Edith L. Schwister - Rudolph

Wenn die Sirene schweigt....

Erinnerungen an eine Kindheit in dunkler Zeit

Erzählung

Impressum

Alle Rechte liegen bei der Autorin
Herstellung: Libri Books on Demand
ISBN: 3-8311-0275-9

Die Stille danach erfüllte mit ihrem Nichtton den kleinen Raum mit einer lähmenden Substanz: Angst, die ihrerseits keinen Ton, keine Schwingung zuließ. Die Türe zum Hof stand offen, die Hühner schienen in der akustisch veränderten Luft ebenfalls keinen Laut hervorzubringen, jedenfalls in der Erinnerung scheint es Lotte so. Der langanhaltende Heulton war wie ein Abschied, der die jahrelang vertrauten auf- und absteigenden Warnsignale in einen einzigen, unendlich sich hinziehenden Klageton verwandelte: Jetzt naht das Ende!

Ein Dorf, wie es viele an der Grenze des nördlichen Schwarzwaldes und der Einsenkung des Rheinlaufes gibt. Es war die vorläufige Endstation einer Flucht vor den Bombennächten ihrer Heimatstadt Karlsruhe. Mit Mutter, Oma und den beiden kleinen Geschwistern war Lotte vor einigen Monaten hier gestrandet. Sie war sechzehn, mager und bis zu diesem fatalen letzten Auftönen der Sirene von einer trotzigen Hoffnung beseelt: *Wir* würden siegen!

Zwar hörte man schon tagelang das Rasseln der Panzerketten aus dem nahen Wald, je nach Windrichtung stärker oder schwächer und es liefen wie immer in solchen Ausnahmezeiten, Gerüchte von Haus zu Haus: Würde der Feind durchbrechen oder *unsere Jungs* die Stellung halten, ja die Bedrohung wieder abwenden, irgendwie. Wo, um Gottes Willen, blieben die versprochenen *Wunderwaffen?*

Würde das Dorf sich ergeben und wenn, kamen dann Vergeltungsschläge von den eigenen Leuten, die angeblich ein Nachbardorf wegen eben dieses verräterischen Verhaltens in Schutt und Asche gebombt hatten?

„Hör endlich auf mit diesem blöden Gerede! Ich kann es nicht mehr hören!"

Zornentbrannt und ihrerseits fast hysterisch vor Angst und Sorge hatte die Mutter Lotte hart angefahren. Wie meistens mischte sich die Oma ein, fauchte erst Tochter und Enkelin an, begann dann plötzlich ziemlich entnervt zu weinen. In der aufgeladenen Stimmung heulten die beiden Kleinen ebenfalls und der krönende Abschluß dieser Szene war der mütterliche Vorwurf, daß Lotte schuld daran sei, daß jetzt der kleine Bruder aufgewacht und die Zweijährige wie am Spieß brüllte. So löste sich für einen Moment die schreckliche Anspannung in einem lauten Familienkrach auf.

Wieso konnte die Mutter einfach nicht verstehen, daß Lottes einzige, winzige Hoffnung auf ein Wunder ein Schutzschild gegen die uneingestandene Angst war, die mit dem verklingenden Abgesang der Sirene sich ihrer bemächtigte. Angst, Wut und allerhand nicht im einzelnen beschreibbare Gefühle forderten: Raus hier.

"Komm sofort wieder rein! Es ist zu gefährlich!"

Lotte überhörte den mütterlichen Befehl und lief weiter über den kleinen Hof hinter den Anbau, in dem bis vor einiger Zeit ein angeblich kriegswichtiges Unternehmen einige Leute beschäftigte. Was im einzelnen dort produziert wurde, wußte Lotte nicht genau, aber es waren wohl Kleinteile, die in durchschnittlich großen Holzkisten weggeschaft wurden. Solange dort gearbeitet wurde, war es verboten, diesen kleinen Flachbau, der in Vorkriegszeiten eine Werkstatt war, zu betreten. Es war damals besser, diese Anordnung zu befolgen. Jetzt war seit Wochen niemand mehr dort tätig, ein Vorhängeschloß versperrte die Türe. Hinter der ehemaligen Werkstatt lag der Gemüsegarten und direkt dahinter, nur durch ein niedriges Holzgatter und einen kleinen Graben abgetrennt, begannen die Wiesen.

Lotte wäre zu gerne zu ihrem Gärtchen gelaufen, aber soweit vom schützenden Haus sich zu entfernen, dies traute sie sich nun doch nicht. Auch würde es längst wieder von Unkraut überwuchert sein!

Früher war das gesamte angrenzende Gebiet eine Gemeindewiese, die einige Wochen, bevor die Front näher rückte, durch Gemeinderatsbeschluß teilweise in Felder umgewandelt wurde. Auch den Stadtflüchtlingen sollte ein kleines Stück zur momentanen Nutzung überlassen werden. Als Mutter mit drei Kindern bekam Lottes Familie also ein Stück Wiese zugeteilt, um sie urbar zu machen. Kurze Zeit nach dieser erfreulichen Mitteilung erkrankte die Mutter an einer fiebrigen Halsentzündung, sie sollte vorerst das Haus nicht verlassen.

Lotte brannte darauf, einen Garten anzulegen! Einen Blumengarten! Natürlich sollten auch Kartoffel und allerlei Gemüse dort wachsen, aber vor allem sollte das kleine Stückchen Erdreich etwas besonderes darstellen, ein Traumgärtchen eben.

In Zeiten, die nun schon endlos lange zurücklagen, gab es einen großen, wunderbaren, leicht verwilderten Garten. Zwar nur gepachtet und man brauchte gute zwanzig Minuten mit dem Fahrrad dahin, aber bis zum Ende des ersten Kriegsjahres war dieser Garten mit seinem großen Kirschbaum, einem leicht versumpften ehemaligen Fischbecken, dem kleinen Gartenhaus, der Schaukel davor, dem runden Bogengatter, mit der abblätternden weißen Farbe, was man aber nur bei genauem Hinsehen zwischen den Rosenblättern erkennen konnte und der dichten Brombeerhecke zur Straße ein Ort der schönen Sonnentage. Manchmal radelten ein oder zwei Freundinnen mit, aber immer in Begleitung eines Erwachsenen. Kinder ohne

Aufsicht in der Stadt „so weit weg", dies ging damals nicht, auch ohne Krieg war so etwas höchstens *Straßenkindern* erlaubt. Lotte und ihre Freundinnen wußten nur vage, was es bedeuten könnte ein Straßenkind zu sein, hörten hier und da etwas von anderen Freundinnen oder Schulkameradinnen. Es gab das *Dörfle*, den etwas weiter entfernten ältesten Stadtteil ihrer Heimatstadt, aber dahin ging *man* nicht, vor allem nicht als Kind alleine. Es gab Gemunkele, daß es da Damen gab, die aber keine richtigen waren, was sie aber stattdessen waren, blieb vorerst unbeantwortet. Zudem gab es viele andere Dinge, die interessant und geheimnisvoll erschienen, über die sie auch wenig oder nichts erfuhren.

Lotte und ihre nächsten Freundinnen wohnten zu dieser Zeit mitten in der Innenstadt. Es gab Geviertgrenzen, die nicht zu überschreiten waren, wenn nur mit Erlaubnis.Trotzdem hatte Lotte nie das Gefühl von Eingesperrtsein, lediglich das begrenzte Zeitlimit war sehr lästig. Auch die anderen Mitspieler mußten irgendwann nach Hause, mal früher, mal später und Lotte hatte es noch gut, daß sie nicht nebenbei auf kleinere Geschwister, die häufig mitgeschleppt werden mußten, aufzupassen hatte. Zwar hatte sie sich lange und sehnlich Geschwister gewünscht, aber als sie endlich kamen, war Lotte als Schwester bereits recht alt.

Wohlerzogen zu sein, war ein großes Lob, vor allem für die Eltern und Lotte fand einerseits die Anstrengung, die es kostete, so zu werden, lästig, aber es brachte auch Vorteile: Sie durfte dann hin und wieder ihre leider früh verstorbene Großmutter begleiten, eine kultivierte Dame, eine Art, die ebenso ausgestorben scheint wie manche Laubfrösche.

Diese Großmutter hatte einen interessanten Freundeskreis, zu dem Künstler, Schauspieler und vor allem Musiker und deren

Ehefrauen zählten. Es gab Gespräche, die Lotte zwar nur zum Teil verstand aber: Dabeisein ist alles! Und leider gehörten dazu eben Regeln, die *man* gelernt hatte. Benahm sich Lotte daneben, war die Großmutter brüskiert, der Heimweg wurde ungemütlich, da Lotte sich schuldig fühlen sollte, weil sich die Großmutter wegen ihrer ungezogenen Enkelin nun schämen mußte. Aber es wurde zwischen ihnen allein ausgemacht, die Großmutter petzte nicht, ließ Lotte einfach eine zeitlang ohne Beachtung, was diese wiederum sehr wurmte.

*

Lotte hatte nach der Zuteilung ihres kleinen Wiesengrundes frohen Mutes den Spaten geschultert und nahm den obligatorischen Sack mit, der ein wenig Sichtschutz bot, gegen das „Jabo-Ungeziefer".Dieses lästige Pack, das die letzten Kriegsmonate in ein dauerndes Versteckspielen verwandelte, sobald man sich tagsüber ins Freie wagte. Lotte hatte ihnen ganz persönlich den Krieg angesagt, mit dem ganzen Zorn, den sie aufbringen konnte. Sie ahnte, daß es irgendwie schlecht ausgehen müßte, wenn diese feindlichen Jagdbomber so völlig ungestört sich das Revier untereinander aufteilen konnten, aber mit ihrer Naivität und dem eingepflanzten Glauben, daß nicht sein kann, was täglich immer deutlicher wurde, schob sie alle Bedenken beiseite. Natürlich hatte sie jedesmal einen kurzen Moment eine heillose Angst wenn einer auftauchte, unverschämt niedrig flog, so daß sie manchmal aus einer geschützen Stellung heraus den Piloten sehen konnte und ihm unchristlich alles nur denkbare an den Hals wünschte.
Sie wußte nach einiger Zeit, daß die gefährlichste Situation vorbei war, wenn die beiden Bomben, die diese Jäger mit sich führten, irgendwo, meistens in Bahnhofsnähe oder über den Geleisen abgeworfen und explodiert waren. Einmal war sie mit einer

Bekannten ihrer Wirtsfrau zu deren Haus unterwegs, das nah an der Bahnlinie lag, als so ein Tunichtgut heranbrauste. Sie retteten sich in einen kleinen Verschlag, in dem die Geiß hauste, warfen sich instinktiv auf den Boden, als schon die Bomben in der Nähe einschlugen. Im Ziegenmist sich wiederzufinden vervielfachte die Wut auf den Angreifer.

Man konnte auch nie sicher sein, ob sie wirklich nur den Bahnhof anpeilten, da dieses Rattenpack ja sowieso nicht gut zielen konnte, jedenfalls nach Meinung eines alten Nachbarn, der im Ersten Weltkrieg ein Bein verloren hatte und für den die Franzmänner eh das letzte darstellten: Feige, nur auf Frauen konnten sie schießen und da auch noch daneben!

Solche ermunterndern Redensarten trösteten Lotte für eine kurze Zeit. Aber es verletzte ihren Stolz maßlos, als Karnickel sich hinter Gartenzäunen oder sonst irgendwie unsichtbar machen zu müssen. Anderntags schoß so ein Schweinehund in den Vorgarten der gegenüberliegenden Straßenseite und nachdem Lotte aus dem kurzen, schrecklichen Albtraum, dieser sekundenlangen Todesangst, wieder in die Realität erwachte, schrie sie aus Leibeskräften alle Flüche dieser Welt hinter dem Satansbraten her. Leider verfügte sie nicht über einen ausreichenden Vorrat an *schlimmen Wörtern*, was ihren Zorn noch steigerte. Sie komponierte aus den verfügbaren Ausdrücken eine fast nicht endenwollende Schimpfkanonade.Ihre Großmutter hätte sie sicher dafür getadelt, aber diese war tot und ihre wohlerzogene Enkelin lag unter einem stinkenden alten Kartoffelsack in einer Kuhle neben dem Gatter und hatte furchtbare Angst. Die Franzosen oder wer immer da heranflog, würde sie in alle Ewigkeit hassen, basta! Amen.

Die Großmutter hatte Lotte einmal darauf hingewiesen, daß sie nicht so häufig *niemals* sagen solle, aber das war lange her und Großmütter und andere Erwachsene mußten schließlich nicht immer recht haben!

*

Ein Garten sollte entstehen, mit einem kleinen Blumen-Rondell in der Mitte und davon abgehend die Wege. Lotte hatte den Plan im Kopf, schmückte ihr Traumgärtchen weiter und weiter aus.Groß war das Stückchen Wiese ja nicht, eigentlich überschaubar - aber leider zäh! Der erste Spatenstich, vielmehr der Versuch, war bereits enttäuschend: Höchstens eine handbreit drang trotz größter Kraftanstrengung der Stahl des Spatens in das völlig verqueckte, nie irgendwie bearbeitete Stückchen Erdreich ein. Nichts zu machen! Lotte hatte aber ihren eigenen Kopf, sie wollte das Stückchen Land urbar und fruchtbar machen, koste es, was es wolle. Zwischendurch rauschte immer mal wieder so ein gottverdammter Jabo heran, schnell unter den Sack! Warum in Dreiteufelsnamen schoß denn keiner diese Plagegeister ab?
Nach zwei Tagen war genau eine Reihe umgegraben, eher mehr die obere Grasnarbe entfernt, aber immerhin konnte man zwischen Erde und Wiese einen Unterschied sehen. Zwei Parzellen weiter grub ein alter Bauer, der aus welchen Gründen auch immer noch nicht irgendwo mit einem Gewehr bewaffnet sein Land oder wenigstens die Umgegend verteidigte, sein ihm zugeteiltes Grasland um. Ratsch! Rein mit dem Spaten, Fuß drauf, hochheben und umgedreht. Er sah wohl Lottes fruchtloses Bemühen und es kam zu einem kleinen Tauschgeschäft: Er grub mehrere Reihen in ihrem Feld um und sie lag dafür auf den Knien in seinem umgegrabenen Stück und schüttelte die Quecken aus, zumindest versuchte sie es, glücklich: Es würde ein Garten werden.

Allerdings kam der Helfer anderntags nicht wieder. Aber er hatte ein kleines Rechteck umgegraben, das ausreichte, nach einigen Mühen tatsächlich zwei Mini-Beete anzulegen, einen Pfad dazwischen - und ein Rondell-chen! Ein oder zwei Tage später kam der freundliche Helfer wieder, sah was Lotte gemacht hatte und murmelte etwas wie „von Stadtmenschen kann man nichts anderes erwarten".

Ende einer hoffnungsvollen Gartengeschichte: Die Jabos wurden immer aufdringlicher und Lottes Mutter verbot ihr aufs strengste, sich noch einmal aufs freie Feld zu begeben. Wenn sie recht hatte, hatte sie recht.

Es gab sowieso keinen Blumensamen.

*

Sie hockte auf dem Baumstumpf, der zum Holzhacken diente und dachte nach. Zeit hatte sie ja. Die Schule, die sie zuletzt in ihrer Heimatstadt besucht hatte, ging am gleichen Vormittag in Trümmer, wie ihr zuhause. Es war alles sehr schnell gegangen an diesem spätsommerlichen Septembertag 1944.

Als die Sirenen ihren Vorwarnton über das Stadtviertel schickten, zum zweitenmal übrigens, rannte Lotte los. Ihre letzte Schule lag ungefähr fünf Gehminuten von ihrer Wohnung weg und wenn sie losspurtete, schaffte sie es in zwei Minuten. Ihre Mutter hatte bei der Direktorin eine Sondergenehmigung erwirkt, daß Lotte bei Voralarm, wenn die anderen Schüler in den Keller liefen, schnell nach Hause rennen durfte. Grund: Der kleine Bruder war erst einige Monate alt, lag im Waschkörbchen, die Schwester wurde einige Tage später zwei und wenn es schnell gehen sollte, klammerte sie sich ans Treppengeländer und spielte mit schelmischem Lächeln „selber gehen wollen." Die Oma mit dem verbundenen Bein war auch keine Hilfe, also mußte Lotte spurten, um vor dem Hauptalarm anzukommen: Treppe hoch, die strampelnde Schwester unter den Arm nehmen und zusehen, ob die Mutter mit dem Korb ebenfalls gut unten ankam.

An diesem schicksalhaften Septembermorgen folgten Vor - und Hauptwarnung rasch hintereinander. Lotte kam gerade in den Hauseingang, als das Brummen der ersten Staffel bereits zu hören war. Treppe rauf, Schwester gepackt, da fielen bereits die ersten Bomben.Weiter weg, aber das war kein Trost. Eine aufgeregte Stimme auf der Treppe: Eine Hausbewohnerin kam schreiend herabgestolpert, die Bombenexplosionen waren nun schon nah. In ihrer Angst vergaß sie, die obere eiserne Luftschutztür zu schließen, was das Inferno, das kurz darauf hereinbrach, vergrößerte. Zwar war der Luftschutzraum ebenfalls mit einer schweren Türe gesichert, scheinbar war diese aber auch nicht richtig zu. Jedenfalls flog sie auf und gleichzeitig schoß der gußeiserne Kaminverschluß in den Raum. Zum Glück traf er niemand, aber nun vermengte sich der Staub, der durch die Luftmine aufgewirbelt, mit dem angesammelten Ruß im Kamin. Inferno. Finsternis.

Lotte hatte versucht die Kleine, die sich mit aller Macht wehrte, als sie ihr das nasse Tuch aufs Gesicht drückte, auf dem Schoß festzuhalten. So mußte sie ihre Hand, mit der sie in Todesangst versuchte, sich ebenfalls den feuchten Lappen vor Mund und Nase zu halten, loslassen um das unbändige, schreiende Kind nicht in die Dunkelheit fallen zu lassen. Mit dem ersten Atemzug bekam sie einen Erstickungsanfall, warf die kleine Schwester hinter sich auf das Luftschutzbett und tastete sich zu dem alten Blechfaß durch, das vorschriftsmäßig immer mit Wasser gefüllt sein mußte. Wasser! Welche Kostbarkeit! Es war zwar nicht als Trinkwasser gedacht, aber es rettete sie vor dem schrecklichen Gefühl des

Erstickenmüssens. Der Mutter war es nicht viel besser ergangen, doch das kleine fünf Monate alte Baby wehrte sich nicht mit der gleichen Kraft und Heftigkeit, wie sein älteres Schwesterchen. Nach den ersten schrecklichen Sekunden? Minuten? die Angst, ob der Rest des Hauses einstürzen und alle lebendig begraben würde. Es war übrigens merkwürdig still in dem dunklen Kellerraum, in dem sich, da es Vormittag war, nur acht Personen befanden. Ein pensionierter gehbehinderter Oberst, der eine riesige Sammlung kleiner Zinnsoldaten besaß, die wegen ihrer Farbenpracht und ihrem Seltenheitswert das Staunen von Lottes Mutter erregten. Sie bekam sogar einmal zwei Figürchen geschenkt, die der alte Mann doppelt besaß: Einen farbenprächtigen Reiter und einen Soldaten zu Fuß. Alle steckten üblicherweise in kleinen Schachteln in einem Wattebett, hatten viele nachgestellte Schlachten im Arbeitszimmer des alten Soldaten überlebt: Gegen den Druck und die Sprengkraft einer Luftmine hatten sie allerdings keine Chance. Seine Haushälterin, die sich verspätet hatte, jammerte still vor sich hin. Sie war es, welche die obere Türe nicht geschlossen hatte, was sich im Nachhinein als „Segen" erwies: So war zwar ein Teil des Gerölls der zusammengestürzten Stockwerke auf den Stufen der Kellertreppe gelandet, aber die Türe nach draußen war nicht durch davorlagernde Mauerstücke blockiert.

Oma kümmerte sich um ihr kleines Enkelkind, das nun still vor sich hinweinte und verzweifelt an seinem Nuggi sog, der zur Sicherheit immer an einer Kordel um den Hals hing. Lotte bemerkte, wie die Nachbarin vom zweiten Stock betete. Sie saß da, mit gefalteten Händen und jeder im Keller wußte, daß sie auch für ihre Mutter betete, die bettlägerig nicht mit in den Keller konnte, da niemand da war, der hätte helfen können. Ihre erwachsene Tochter, die sonst half, ihre alte Oma mit in den

Keller zu tragen, war an diesem Morgen nicht da. Auch weigerte sich die alte Frau mit großer Sturheit im Luftschutzkeller zu leben, wie ihre Tochter Lottes Mutter erzählte. Es war ihr Wille, in ihrem Bett zu sterben, wenn es denn Gott und das Schicksal wolle. Wie sich später herausstellte, hatte sie überlebt: Die Mine hatte das Haus schräg von oben nach unten zerstört. Die beiden obersten Stockwerke, in denen Lotte und ihre Familie wohnten und das des Oberst waren nicht mehr vorhanden, auch die Front zum Hof war bis unten zusammengebrochen. Das Zimmer, in dem die alte Frau ans Bett gefesselt lag, war heil geblieben! Von diesem Glücksfall erfuhr die besorgte Tochter erst eine Zeit später. Jeder im Keller wußte, daß diese Nachbarin innerhalb von einigen Wochen die schreckliche Nachricht bekommen hatte, daß ihre beiden Söhne in Russland gefallen waren. Nun sorgte sie sich um ihre Mutter und die Tochter, die irgendwo, wie sie hoffte, das Bombardement überlebt hatte.

Der Oberst begann nach einer endlos sich hinziehenden Zeit den „Rückzug" zu organisieren. Nachdem sich der hereingewehte Dreck und Staub langsam auf Mensch und alles, was sich sonst noch in dem Raum befand, herabgesenkt hatte, kam auch wieder etwas Licht in den Raum. Es kam von der Treppe her, noch immer wie durch einen Schleier, aber die Momente der totalen Finsternis waren nun vorbei. In der Ferne heulte eine Sirene Entwarnung, so als wäre nichts gewesen. Da der alte Mann nicht gut zu Fuß war, schickte er seine immer noch vor Angst bibbernde Haushälterin zum Nachschauen. Sie kam heulend zurück, schrie unentwegt „alles sei kaputt , wir kämen da nicht mehr lebend raus". Es war wohl die leidgeprüfte Nachbarin, die sie regelrecht anherrschte, sie solle sich nicht so hysterisch aufführen, schließlich hätten andere auch Nerven und Angst. Es gab einen Mauerdurchbruch zum Nachbarhaus, der für solche Fälle extra angelegt war. Die vorgesehene Lücke war nur lose zugemauert und daneben lehnte eine schwere Axt. Dies wäre ein letzter Fluchtweg gewesen.

Mit der Nachbarin zusammen ging Lotte nun vorsichtig aus dem Kellerraum. Die Mutter, noch immer fast starr vor Schreck und seltsam hilflos in ihrer Angst um die Kinder, legte den Kleinen auf das Notbett und überließ die beiden Kinder in der Obhut von Oma, die still und mit gefalteten Händen dasaß.

So gingen sie nun zu dritt nachsehen, wie sich ihre Welt binnen Minuten verändert hatte. Der Anblick, der sich ihnen bot, war von einer bizarren Schönheit, den Lotte lange nicht vergaß: Über dem Schutt und der aus den Angeln gerissenen Türe leuchtete ein blauer Septemberhimmel, so, als hätte hier niemals ein Haus gestanden! Als hätten da nicht Menschen ein Heim gehabt, Bett und Herd, von allem anderen ganz zu schweigen.

Es zeigte sich bei näherem Hinschauen, daß man die größten herumliegenden Brocken auf die Seite schieben konnte und Lotte, mit ihren jungen Beinen und sportlich, wie sie war, hüpfte zwischen dem Geröll die Stufen der Treppe hinauf.

„Um Gottes Willen, sei vorsichtig! Komm wieder runter."

Die Warnrufe der Mutter überhörend, wagte sich Lotte dahin, wo einmal der Hausflur war. Alles voll Schutt, die Haustüre lag irgendwo, die Türe zum Hof war wie von Geisterhand weggeblasen und im Hof war ein tiefer Trichter, darum eine kleine Berglandschaft aus Trümmerteilen. Die Mutter kam die Treppe hoch und ihr Gesicht war fassungslos. Sie bückte sich und hob mechanisch einen Gegenstand auf. Es war die Feuerungstüre eines Küchenherdes, völlig unbeschädigt glänzte die weiße Emaillierung und der Markenname *Küppersbusch* stand schwarz zu lesen.

Mutter wußte, daß es *ihr* Herd war, sie hielt das abgerissene Teil minutenlang in der Hand, völlig in sich versunken, murmelte sie fast gebetsmühlenartig :

„Es ist mein Herd, es ist mein Herd, es ist mein Herd". Sie schien für Augenblicke völlig versunken, vergessen, daß im Keller die Kinder waren, es noch keineswegs sicher hier in diesem weitgehend zerstörten Haus. Ein Blick nach oben zeigte Lotte, daß das Treppenhaus bis zum zweiten Stock zwar auch trümmerübersät, aber noch zu begehen war. Die Nachbarin versuchte, sich treppauf einen Weg zu bahnen, Lotte hinterher.

"Mutter! Mutter!"

Lotte ging mit der Nachbarin in das Zimmer der bettlägerigen Frau, auch voller Angst, ob sie denn tot dort läge. Unter ihren Decken vergraben schaute das alte Gesicht hervor, das Zimmer voller Glasscherben der zerborstenen Fenster - aber sie lebte.

„Mama, sie lebt, sie lebt"

rief sie in den Hausflur hinunter. Sie wollte nun erkunden, wie weit sie noch weiter steigen könne. Aber sie erkannte rasch, daß nach einem halben Treppenabsatz , der bereits kein Geländer mehr hatte, es nur noch unter Lebensgefahr weiter ginge. Unten rief Mutter verzweifelt:

„Komm runter, komm runter", heulend, fast fremd klang ihre Stimme und Lotte spürte, daß sie ihre Mutter nicht noch mehr ängstigen dürfe. Es war soviel Klagendes, verzagtes in den Rufen, daß sie umkehrte.

Bei Nachbarn vis-a-vis, die dankbar über das Glück, nur Fenster und Dachziegel eingebüßt zu haben, fanden sie alle im Keller einen ersten Unterschlupf. Der kleine Bruder bekam Hunger und schrie aus Leibeskräften, mußte sich aber mit einem Fläschchen kalter Babynahrung zufriedengeben, da Strom und Gas stundenlang ausfielen.

Die kleine Schwester, ein hübsches und fröhliches Kind hatte den Schrecken wohl heil überstanden. Sie lachte die Nachbarn an, plapperte alle die Wörter und Sätze, die sie bereits sprechen konnte und rannte in dem fremden Keller von einem zum anderen.

*

Traumhaft huschten einzelne Sequenzen dieses Vormittages durch Lottes Kopf, während ihre Aufmerksamkeit dem Geschehen in der kleinen Küche zugewandt war: Die beiden Erwachsenen hatten sich beruhigt, auch die Kinderstimmen waren nur leise vernehmbar.

Lotte hatte Angst. Es war eine völlig andere, nicht mit der wieder bald vorübergehenden zu vergleichen, welche einen Teil der Nächte und später auch Tage, qualvoll in sich geduckt, für Stunden oder Minuten die Menschen in den Kellern oder anderen Unterschlupfen heimsuchte. Lotte fühlte sich vielleicht zum ersten Male seit der Krieg begonnen hatte, ausgeliefert und gefangen. Mutter und Oma, beide hatten schon einen Krieg erlebt, ebenfalls mit schlimmen Erinnerungen, vor allem an die Hungerzeit danach. Früher hatte die Mutter oft davon erzählt, doch Lotte empfand diese wiederkehrenden Geschichten lästig, sie schloß innerlich die Ohren und ließ das Erzählte über sich hinweggleiten. Es betraf sie nicht und sie konnte, satt damals und lange als Einzelkind der Familie verhätschelt, keine tiefergehende Vorstellung vom durchlebten Elend der Mutter heraufbeschwören. Sie dachte oftmals, daß es die Mutter gut hatte, daß man sie nicht zwang, Dinge zu essen, die nicht schmeckten. Zwar war vor allem der Vater derjenige, der die bekannten Sprüche aufsagte: „Es wird gegessen, was auf den Tisch kommt" und es dabei gut hatte, da

Mutter und Oma nichts kochten, was ihm nicht schmeckte, Lotte wußte das sehr gut. Wenn der Vater wegen unregelmäßiger Arbeitszeit bei Tisch nicht anwesend war, führte Lotte einen meist siegreichen Kampf darum, was sie essen wollte und was nicht. Die Oma war dabei die geheime Verbündete und Lotte wußte, daß sich Mutter und Tochter darüber häufig in die Haare gerieten, was sie wiederum weidlich ausnützte.

Oma, die in der Nachbarschaft einen eigenen kleinen Hausstand hatte, kam jeden Vormittag, um der Tochter beim Kochen zu helfen. Es gab keinen Tag, an dem sie nicht ihrem einzigen Enkelkind trotz sehr schmaler Rente etwas mitbrachte: Einen Apfel, eine Brezel oder wenn es das noch gab, eine Orange. Und wenn Lotte das Mittagessen nur halb aufgegessen hatte, bei Oma in der Küche gab es immer noch etwas, das besser schmeckte. Allerdings, die wiederkehrende Mahnung, nächstens dafür alles brav aufzuessen, fehlte nie. Lotte erwiderte darauf eilfertig:„Ja, Oma, mach ich", aber beide nahmen dieses Spielchen nicht besonders ernst.

*

Nun saß sie in einem fremden Haus fest, dauernd plagte sie der Hunger, denn was es noch an Eßbarem gab, bis der Krieg endgültig zu Ende war, machte kaum satt, nicht eine sechzehnjährige, die klapperdürr und noch keinesfalls ausgewachsen war.

Was würde passieren? Zunächst ging der Krieg mit Veränderungen weiter. Ohne Vorwarnung diesesmal. Sie, von denen niemand im Moment genau sagen konnte, wer die Täter waren, beschossen das Dorf! Lotte erschrak, als es plötzlich mehrmals hintereinander krachte, ohne daß sie feststellen konnte, woher die Geschosse kamen. Dies war eine neue Situation, die sie von den auftauchenden Ängsten, was die nächste Zukunft bringen würde, sofort wieder in die banale Wirklichkeit zurückführte. Bisher war das Dorf einigermaßen sicher gewesen. Der kleine Bahnhof war zwar zur Hälfte Ruine, die Häuser in seiner Nachbarschaft verloren mehrmals Fensterscheiben und Dachziegel, sogar zwei Ziegen wurden Opfer feindseliger Handlungen. Lotte kam sich sehr kriegserfahren vor und leicht überheblich schilderte sie Mutter und Oma von den aufgeregten Gesprächen der Landfrauen, die jede geborstene Fensterscheibe bereits als großen Verlust bilderreich beklagten.

Nun erwischte es auch das Dorf selbst. Heimtückisch! Es gab kein Gebrumme mehr, an dem abzuschätzen war, ob die feindlichen Geschwader direkt über einem oder noch entfernt oder bereits im Abziehen begriffen waren. Vor endlos langer Zeit hatte sie einmal in einem Klassenzimmer gesessen und ohne daß sie sich richtig daran erinnern konnte, lesen und schreiben gelernt. Und wie einst das ABC lernte sie in vielen Nächten, die keinen ungestörten Schlaf mehr kannten, die Geräusche der herannahenden Bombergeschwader abzuschätzen und ungefähr ihre Richtung zu erahnen.

War Vollmond und der Himmel nicht bewölkt, ertasteten Scheinwerfer hin und wieder einige silbern aufblinkende Todesvögel und die Leuchtspuren der Abwehrflaks versuchten, sie einzukreisen und zu töten. Ja, es war Jagdzeit, und Lotte, die ein paarmal mit ihrem reichlich leichtsinnigen Vater vor der Haustüre stand und zusah, wünschte nichts sehnlicher, als daß *wir* einen erwischten. Sie war damals dreizehn oder vierzehn und in solchen Momenten fiel alles anerzogene christliche Mitgefühl, jeder Gedanke, daß in diesen Todesmaschinen Menschen saßen, die ihrerseits, wenn sie getroffen wurden auf ein brennendes Inferno zusteuerten, völlig von ihr ab. Es gab auch niemand von den Erwachsenen, der auf solche abwegigen Gedanken kam! Es war Krieg und wer da oben herandonnerte, war der Feind! Für eine kurze Zeit erfüllte sie eine tiefe animalische Jagdlust, sie war in diesen Momenten Katze und vergaß, daß sie gleichzeitig Maus war, die zwar vorläufig noch ein sicheres Versteck hatte. Aber auch für Katzen waren die Zeitumstände nicht angemessen.

*

Und jetzt saß sie in diesem Bauernnest fest. Zwar besaß sie nichts, aber auch garnichts mehr, was sie mit dem Mädchen verband, das noch vor einigen Monaten ein eigenes kleines Zimmer sein eigen nannte.Lotte versuchte sich zu erinnern, wie dieser Raum ausgesehen hatte, aber merkwürdigerweise hatte die Bombe auch Teile ihrer Erinnerung daran zerstört. Manchmal wurde Lotte von einigen Freundinnen, die mit Geschwistern ein Zimmer teilen mußten, um ihr eigenes kleines Reich beneidet. Sie hatte vorerst nur die kleine Schwester, die ihre Kreise nicht weiter störte. Zeitweise schob die Mutter das Kinderbettchen in Lottes Zimmer und die Kleine turnte krähend darin herum.

Lotte setzte ihr einmal *Seppl*, den großen Teddy, dem seit Jahren ein Ohr fehlte mit ins Bett und es gab ein Riesengeschrei, als die kleine Schwester den Bär als Leiter benutzte und kopfüber aus ihrem Bettchen fiel. Glücklicherweise hatte sie zuvor ein Kissen hinausgeworfen, worauf sie unbeschadet landete.

Großer Vorwurf an die ältere Schwester, Geschrei von Mutter und Kind und Lotte kam sich ungerecht behandelt vor.

Der Bär hatte nun seine Strafe ebenfalls abbekommen: Kopflos lag er auf dem Schuttberg hinter dem Haus, der treue Begleiter ihrer Kinderjahre, den Lottes Vater kurz nach ihrer Geburt auf einem großen Kirmesrummel als Preis für seine Schießkünste gewonnen hatte. Jedenfalls hatte man das Lotte so erzählt.

Lotte war ein Stadtkind und hatte die Haltung vieler Städter angenommen, die jahrhundertelang auf ihre städtische Kultur stolz waren und alles was auf dem Land lebte mehr oder weniger als *Bauern* betrachtete. Jetzt waren sie zu fünft bei einer Familie zwangseingewiesen, zahlten zwar Miete für die zwei Dachkämmerchen und die ehemalige ebenerdige Waschküche, die jetzt ihre Küche und der bevorzugte Aufenthaltsraum war, aber von wohlfühlen war keine Rede. Immer aber noch Klassen besser als das Massenquartier in der Schule, in dem sie über eine Woche hausen mußten, bis die Quartiere endlich zur Verfügung standen.
Das Haus, in dem sie nun eine vorübergehende Bleibe gefunden hatten, stand an der Dorfstraße und wegen des zu hohen Grundwasserspiegels hatte es keinen richtigen Kellerraum. Was als Keller diente, war ein Raum, dessen Boden nur rund einen Meter tiefer als die Straße lag und somit keinerlei Schutz bot. Bevor die Sirenen für immer verstummten, waren ja die Bombengeschwader nach wie vor nicht vom Himmel verschwunden. Wie Heuschreckenschwärme brummten sie durch die Nacht und auch tagsüber kündete die Sirene oft ihre Nähe an.
Das Dorf, tief verdunkelt, war zwar nicht ihr Ziel, aber man konnte nicht sicher sein, ob es diesen Teufeln nicht einfiel, einfach Bomben dahin zu werfen, wohin sie Lust hatten! Außerdem gab es im nahen Wald versteckt noch Flakstellungen und es bestand nach wie vor die Möglichkeit, daß ein angeschossenes Flugzeug eventuell brennend auf das Dorf stürzte.Jedenfalls mißtraute Lotte mit ihren einschlägigen Erfahrungen den Versicherungen der

Landbevölkerung, die sich selbst mit dem Glauben mutmachte, daß sie als Bombenziele nicht wichtig genug wären.

Diese Nächte waren wirklich kräftezehrend. Es waren auch keine Katzengelüste mehr in Lotte, noch nicht mal mehr Haßgefühle. Nur noch warten, daß sie vorüberflogen und das schreckliche Wissen, daß ihre Last andere traf. In einer dieser Nächte lag das Dorf in der Einflugschneise Richtung Pforzheim. Dort traf Welle auf Welle die kleine Stadt. Nach der Entwarnung, als Lotte mit ihrer Mutter in das Dachkämmerchen ging, in der sie schliefen, sahen sie den Feuerschein am Himmel. Sie rätselten, welche Stadt in dieser Himmelsrichtung wohl liegen könne und schnell kamen sie auf Pforzheim.

„Die armen, armen Menschen!" Mehr sagte die Mutter nicht, sie weinte leise und Lotte ahnte, welche sinnlose Zerstörung dort gerade im Gange war. Und sie war es leid. Was genau wußte sie nicht, fand keine Sprache dafür, da Krieg noch das normalste war, das sie kannte. Aber ihre Siegeszuversicht verschwamm langsam, unmerklich.

*

Die alte, fast völlig taube Frau kam gerade in den Hof, als die ersten Granaten irgendwo einschlugen. Sie konnte sie nicht hören und ihre Tochter, mit der zusammen sie im Haus lebte, war nicht da. Lottes Mutter rannte auf den Hof, einmal um ihre unmögliche Tochter hereinzuholen, die aber aus eigenem Impuls selbst losrannte, als die nahen Granateinschläge krachten und auch, um die alte Frau vom Hof zu lotsen. Diese aber war widerspenstig. Trotz ihrer achtzig Jahre ging sie immer noch hochaufgerichtet und hatte ihren eigenen Kopf. Sie wollte frisch gelegte Eier einsammeln und da sie die Explosionen nicht, oder nur schwach wahrnahm, ging sie stur Richtung Hühnerstall. Wild gestikulierend versuchte Lottes Mutter ihr klarzumachen, daß sie umkehren solle. Inzwischen schlugen weitere Granaten entfernt ein, und Lotte hatte Angst um ihre Mutter.

Oma, die meistens mit den Kleinen spielte, verließ ihren Posten, humpelte zur Türe und brüllte aus Leibeskräften, Mutter solle lieber an ihre Kinder denken, als sich um die Alte zu sorgen, die solle doch an ihrem Geiz verrecken! *Gassensprache* war sonst nicht Omas Art aber Lotte fand, daß sie recht hatte. Hier entlud sich der Zorn einer tief gedemütigten Frau. Sie hatte ebenfalls in einer Bombennacht alles verloren, für ihr offenes Bein gab es keine wirklich helfende Behandlungsmethode und sowieso keine Medikamente. Noch mehr als ihre Enkeltochter fühlte sie sich eingesperrt und diskriminiert, auch wenn dieses Wort noch nicht in Mode war. Meistens beschäftigte sie sich still mit den kleinen Enkelchen, die zwar häufig weinten, weil sie die Unruhe um sich herum, die Spannung wahrnahmen. Wie oft wurden sie, vor allem die inzwischen zweieinhalbjährige Schwester aus dem Schlaf gerissen, in den dunklen Keller gezerrt oder wie jetzt am glockenhellen Tag mitten aus dem Spiel heraus gepackt und weggeschleift. Sie begriff nicht, warum, man hatte ihr gesagt, es sei Gewitter.

Die stolze alte Frau mit Haus und Hof und die verarmte Oma, die spürte, daß sie ungeliebte Gäste waren, die man möglichst bald wieder los sein wollte. Lotte wußte, daß da niemals Freundschaft aufkommen konnte, obwohl doch alle in höchster Lebensgefahr waren.

Die Mutter, bei der letztlich alle Verantwortung verblieb, suchte ein gutes Einvernehmen, vor allem mit der Tochter des Hauses herzustellen, anfangs allerdings mit viel heruntergeschluckter Wut, die sich erst hinter verschlossener Türe Luft machte. Denn was

Oma im Zorn herausbrüllte war leider Tatsache: Geiz hatte das Herz der alten Frau erstarren lassen. Täglich sammelte sie einige Eier ein, zeigte einmal eine Schüssel voll vor und war nicht bereit ein einziges zu verkaufen! In den ganzen Monaten, als Lotte dort hauste, hausen mußte schenkte die Alte zwei angeschlagene Eier für die Kinder her! Erst nach und nach durchschaute Lotte das Spiel: Keinesfalls aß die alte Bäuerin die Eier selbst, sie waren Tauschware!

Der eingeheiratete Schwiegersohn war irgendwo im Feld, ob er noch lebte, war ungewiß. Die Ehe war zuerst kinderlos geblieben, dann wurde ein kleines Kind totgeboren. Das war zwei Jahre bevor der Krieg sich dem Ende zuneigte. Einige Zeit nach dem ungewünschten Einzug in ihr Haus kamen sich die beiden jüngeren Frauen näher. Beide schickten sich in das Unvermeidliche, vor allem, weil Lotte sich als geschickte Verkäuferin erwies. Es war ihre erste, allerdings unbezahlte Arbeit, die sie der Ablenkung wegen gerne machte.

Zu dem Haus, in dem sie einquartiert waren, gehörte ein kleiner Laden, in dem Lebensmittel und früher auch andere Waren angeboten wurden. Die Regale waren weitgehend leer, nur einige der Grundnahrungsmittel wurden noch angeliefert und gegen Lebensmittelmarken verkauft. Die meisten Bewohner des Ortes waren inzwischen wieder Selbstversorger, die nur Zucker und einiges andere, was gerade zu haben war, kauften.

Anfangs betätigte sich Lotte als Hilfskraft, säuberte Regale, räumte einiges hin und her und freute sich, wenn sie zwischendurch selbständig Kunden bedienen durfte. Meistens war der Laden aber leer und Lotte stellte sich unter die Ladentüre mit dem Gefühl einer gewissen Selbständigkeit. Niemand hielt sie damals für erwachsen und sie war es auch nicht. Zwar hatte sie sich in schlimmen Augenblicken bewährt, aber im Grunde nahm dies keiner zur Kenntnis. Ihre Pubertätszeit (sie kannte das Wort nur vom Hörensagen) nahm niemand wahr, es war kein Thema in dieser von äußeren Notwendigkeiten geprägten Zeit. Sie lebte von einem zum nächsten Tag, war auch nie krank, nur halt mager und hielt sich selbst für wenig anziehend. Auch haßte sie die beiden einzigen Kleider, die sie besaß und ihre Sorgen waren die Sorgen ihrer Mutter. Bis zum bitteren Ende aber war sie von einer gläubigen Naivität *an den Endsieg* erfüllt, die ihr nicht auszutreiben war.

*

Mit zehn Jahren kam sie zu den Jungmädchen. Mit ihrer Mutter und vielen Gleichaltrigen saß sie damals in einem kleinen Saal, hörte einen SA-Mann reden, verstand das meiste nicht, fühlte etwas, das gebildete Erwachsene vielleicht als Empathie bezeichnet hätten. Es war die Atmosphäre, die dort herrschte, die sie tief beeindruckte. Lotte ahnte mehr, als sie wußte, daß sie von diesem Augenblick an zu etwas gehörte, das groß und gut war. Später entnahm sie einigen vorsichtigen Andeutungen ihres Vaters, daß er es lieber gesehen hätte, wenn sie nicht dort teilgenommen hätte. Aber sie kam nie dahinter, wie er wirklich zu den politischen Verhältnissen stand und später konnte sie ihn nicht mehr fragen.

Der ältere Bruder ihres Vaters war relativ früh in die Partei eingetreten. Lotte mochte diesen Onkel sehr, er konnte hinreißend kleine Witzchen erzählen, solche, die für Kinderohren geeignet waren. Dazu schnitt er Grimassen, die sein etwas langgezogenes Gesicht in ein Spielfeld aus Falten verwandelte, das die jungen Zuschauer faszinierte. Lotte hatte ihn höchstens zwei-oder dreimal in Uniform gesehen, der Onkel erschien ihr dann mehr als ein fremder Mann, irgendwie zugeknöpfter.

Es gab noch einen Nennonkel, einen Schulfreund von Vater und Onkel. Kam dieser ebenfalls zu Besuch, überboten sich die drei Männer darin, Lotte beim gemeinsamen Spielen abzulenken und sie, wenn sie nicht höllisch aufpaßte, durch Mogeln verlieren zu lassen. Lotte wurde dann sehr wütend, vor allem, weil jeder mit perfekter Unschuldsmiene beteuerte, ganz ehrlich gespielt zu haben.

Lotte hatte einen sehr jungen Vater und die beiden anderen Männer waren nicht sehr viel älter. Der väterliche Schulfreund schlug sich als Kunstmaler mehr schlecht als recht durchs Leben. Von ihm wußte Lotte genau, daß er kein Parteimitglied war. Sie hatte einmal zufällig ein Gespräch mitbekommen, in dem der Onkel seinem Freund vorschlug, Mitglied in der Partei zu werden. Es ging bei diesem Gespräch nicht um ideologische Überzeugungsarbeit, vielmehr meinte der Onkel, daß der Kunstmaler als Parteimitglied vielleicht eher Käufer für seine Bilder fände. Dieser Vorschlag empörte den Angesprochenen derart, daß es in nullkommanix zu einem handfesten Krach kam. Mutter mischte sich ein, entdeckte Lotte, die im Nebenzimmer ihren Horchposten nicht verlassen wollte, und schickte sie zu Bett. Schließlich war es nicht ungefährlich, wenn die Tochter mitbekam, was da alles an - und ausgesprochen wurde. Lotte wäre zu gerne dabeigewesen, wenn die Erwachsenen sich abends ins Wohnzimmer zurückzogen, sie hörte oftmals ihr lautes Lachen und wünschte sich dann nichts so sehr, als endlich erwachsen zu sein. Aber Kinder gehörten leider, leider zeitig ins Bett!

Die Mutter, von ängstlicher Natur, enthielt sich ebenfalls weitgehend jeder politischen Stellungnahme, jedenfalls in Lottes

Gegenwart. Nur die Großmutter väterlicherseits zeigte offenes Mißfallen, als Lotte sie stolz das erstemal in ihrer neuen Uniform besuchte. Lotte wollte ein Lob hören, doch die Großmutter meinte nur:

"Junge Damen steckt man nicht in Uniform!"

Das war hart, denn nichts wünschte sich Lotte damals so sehr als eines Tages eine Dame zu sein wie diese Großmutter. Sie war lange ein inneres Leitbild ihrer Enkelin und dies Urteil verunsicherte diese. Es verursachte leise Zweifel, die nie ganz schwanden, die aber durch die geschürte Begeisterung übertüncht wurden. Schließlich vertrat sie mit ihrer Uniform eine gute Sache, obwohl es Lotte lange schmerzte, daß sie zu ihrer Jungmädchenuniform noch keinen der begehrten Gürtel tragen durfte mit der schicken Schnalle, wie die älteren sie hatten. So konnte jeder sehen, daß sie noch zu den Kleinen gehörte, eine Anwärterin eben.

Nicht von allen Aktionen in der Jugendgruppe war sie begeistert. Samstag nachmittags traf sich die Gruppe, der sie zugeteilt war, zum Singen. Eine ältere BDM-Führerin studierte mit ihnen neue Lieder ein. Die Strophen mußten auswendig gelernt werden, aber auswendig lernen gehörte auch zum Schulunterricht, man machte es so nebenbei, Pflicht eben. Auch Unterricht in Staatsbürgerkunde oder etwas ähnliches fand an diesen Nachmittagen statt. Lotte wollte vor allem dabeisein, hinterher mit den anderen Verstecken oder *Räuber und Gendarm* spielen

Bei besonderen Anlässen galt mitmarschieren auch als Pflicht, was Spaß machte, wenn der Weg nicht zu lang war und der Himmel ein Einsehen hatte. Ermüdend waren die am Ende des Aufmarsches stattfindenden Kundgebungen. Man mußte ziemlich lange stillstehen und wenn die Hymnen gesungen wurden mit dem ausgestreckten rechten Arm solange ausharren, bis zu Ende gesungen war. Lotte hatte mit ihrer besten Freundin ausgeklügelt, möglichst beim Aufmarschieren nicht in der ersten Reihe zu stehen. Dann konnte man heimlich schon mal den müde werdenden Arm auf der Schulter des davorstehenden Mädchens für einige Sekunden ausruhen lassen. Aber leider klappte das nicht immer.

Einmal überraschte ein heftiger Regenguß die Marschierenden und Lotte kam pudelnaß nach hause. Ihr Vater war wütend, beherrschte sich aber in ihrer Gegenwart. Ein Schnupfen war die Folge. Warm im Bett verpackt, von Mutter und Oma als Kranke verwöhnt, war ja auch nicht schlecht! Wirkliche Freude machten Lotte die nachmitäglichen Bastelstunden, da sie geschickte Hände hatte und dabei eine Menge lernte.

Auch mit einer Sammelbüchse loszuziehen, hatte Vor-und Nachteile. Zum einen waren die Büchsen, wenn sie voller wurden recht schwer, zum anderen aber konnte sie lange auf der Straße bleiben und mit den Freundinnen wetteifern, wer seine Büchse schneller voll hatte. Die angebettelten Leute waren nicht immer begeistert und Oma regte sich darüber auf, daß ihre Enkelin meinte, sie würde das nur zu einem guten Zweck machen. Oma verstand eben nicht, daß Lotte fest daran glaubte, daß sie an etwas beteiligt war, was groß und gut war. Diesen Glauben konnte auch Oma ihrer Enkelin nicht ausreden.

Und so stand sie nun unter der fremden Ladentüre, beobachtete vorübergehende Menschen, hoffte wie ein alter Krämer auf Kundschaft und hielt gegen alle Dinge, die sie sehr wohl auf einer anderen inneren Wellenlänge wahrnahm, ihrem Glauben die

Treue. Viel später, als sie manchmal an diese Zeit zurückdachte, kam ihr der Gedanke, daß sie nur mit dieser Haltung alles, was damals auf sie einstürmte, bewältigen konnte

*

Als der Krieg begann, war sie ein behütetes Mädchen, noch nicht ganz elf Jahre alt. Sie ging recht gerne zur Schule, spielte nachmittags mit den Freundinnen, ansonsten war ihr Lebenslauf geregelt: Wenn sie nach Hause kam, wartete Mutter mit dem Essen am gedeckten Tisch und nach den Hausaufgaben war frei. Zwischendurch mußte sie lustlos Tonleitern üben, schickte sich widerwillig darein: Die meisten Freundinnen erlitten ein ähnliches Schicksal! Dagegen aufzubegehren, gegen Mutter, Vater und zwei Omas war ziemlich aussichtslos.

Die ersten Anzeichen einer Veränderung begannen mit den Proben zur Verdunkelung. Die Fenster mußten verhängt werden, kein Lichtstrahl durfte nach draußen dringen: alles schwarz. Da man erst bei Eintritt der Dunkelheit kontrollieren konnte, ob auch alles vorschriftsmäßig war, mußte man warten. Normalerweise wäre Lotte um diese Zeit im Bett gewesen, aber veränderte Umstände brachten die eingeübten Regeln durcheinander. An Omas Hand, eine phosphorizierende kleine Leuchtplakette am Kleid, wurde die Verdunkelung begutachtet. Wolken waren aufgezogen und es war wirklich erschreckend dunkel. Vielleicht gab es doch Gespenster! An Phantasie mangelte es Lotte lebenslang nicht, und die Gespenstergeschichten, die sie gerne las, waren spannend und aufregend, solange die Gespenster nur im Buch vorkamen oder von ihnen in sicherer Nähe eines Erwachsenen erzählt wurde. Lotte wollte schnell wieder umkehren, aber auch ein *tapferes Mädchen* sein! Die Oma, an diesem Abend pädagogisch nicht besonders einfühlsam, stimmte noch einen langgezogenen „Hu-hu"- Gespenster-Singsang an und obwohl Lotte wußte, daß es die Oma war - man konnte nie wissen ob dadurch nicht die Geister erst munter wurden!

Der wirkliche Schreck, fast ein Schock, kam später. Zum erstenmal Fliegeralarm. Das ungewohnte Heulen der Sirene in der Dunkelheit war schon aufregend genug. Die Mutter hatte sich angezogen, der Vater gab sich als unerschrockener Held, stand im Schlafanzug am Fenster und schaute hinaus in die verdunkelte Umgebung. Mutter wollte Lotte mit in den Keller nehmen, Lotte hatte Angst, war aber auch neugierig und der Vater wollte sehen, was passiert. Die Sicherheit des Vaters stählte Lottes Mut: Nein, sie ginge nicht mit in den Keller. Mutter bezichtigte Vater, er sei bodenlos leichtsinnig, blieb dann aber auch am Fenster stehen.
Ein Flugzeug war zu hören, Vater meinte, das sei ein Aufklärer. Was dann geschah, war so unerwartet, daß Lotte vor Angst fast versteinerte. Ganz plötzlich wurde es hell, ein „Christbäumchen", wie man diese Leuchtapparate später sinnigerweise nannte, senkte sich ganz in der Nähe langsam herab. Und Lotte erkannte blitzschnell, daß ihre ganze schöne Verdunkelung nichts, aber auch garnichts mehr Wert war! Im diffusen Lichtschein, der sich da lautlos aus Himmelshöhe herabsenkte, erkannte sie die Nachbarhäuser, die Dächer, Balkone, den hohen Kastanienbaum im Hofgarten. Und sie war die Maus. Das mit den Katzengefühlen brauchte erst eine Gewöhnung an die Schrecken und eine große Portion Zorn auf die, die ihr das antaten. Natürlich waren das die Feinde, wer sonst?

*

Sechs Jahre sind eine lange Zeit, vor allem wenn man nicht

versteht, was eigentlich vorgeht. Wenn alles vorbei war, sollte Frieden sein. Plötzlich wußte Lotte, wovor sie so eine heillose Angst hatte: Vor dem Frieden! Sie konnte sich keine Vorstellung davon machen, was dieses geheimnisvolle Wort in Wahrheit bedeutete! Die Mutter gab nur kurze Erklärungen ab: Wenn endlich der Krieg vorbei ist. Lotte spürte, daß die Mutter mehr wußte, aber wenn sie so knapp antwortete, war meistens nicht mehr viel aus ihr herauszulocken. Sie hatte ebenfalls Angst, Angst um sich und die Kinder und es liefen Gerüchte um, die nichts Gutes verhießen. So viel war Lotte klar: Bevor dieser ominöse Zustand des Friedens sichtbar wurde, mußte erst der Krieg zu Ende sein und sie gehörten alle zu den Verlierern! Niemand würde sie mehr schützen, Mäuse ohne ein Versteck!

Alle möglichen Schreckgeschichten, irgendwann gehörte, aufgeschnappte, gelesene verdichteten sich in ihrer Phantasie zu einem Gefühl namenlosen Grauens davor, was alles geschehen würde - können. Im Dreißigjährigen Krieg, von dem sie in der Schule gehört und darüber gelesen hatte, vergingen sich die Eroberer in schrecklichster Weise an der Bevölkerung. Vielleicht würden sie den kleinen Bruder, der so fröhlich lachen konnte totschlagen oder aufspießen, diese unberechenbaren Barbaren. Und die Schwester mit und überhaupt alle! Alle, alle ohne Ausnahme! Oder es passierten andere schreckliche, unvorstellbare Dinge. Warum nur, warum? Lotte bekam den ersten Weinkrampf ihres Lebens und als er vorbei war, schien etwas verändert, nur was, wußte sie noch nicht.

Die Angst hatte jedenfalls jetzt eine Adresse - aber ganz banal ging das Leben weiter. Einfach so: Aufstehen, waschen, sich anziehen und die Sonne ging auch auf. Und der Krieg war immer noch nicht ganz zu Ende, er röchelte so vor sich hin.

Einige Wochen zuvor hatte ein Erlebnis Lotte verwirrt, dessen Bedeutung sie erst viel später erkannte. Sie durfte an manchen Tagen stundenweise das kleine Geschäft selbständig führen, da die Inhaberin sich um den Nachschub der wenigen noch lieferbaren Waren kümmern und mit dem beginnenden Frühjahr auf einem weiter entfernten Feld arbeiten mußte, Feldbestellung war wichtiger denn je. Lotte hatte sich eines Morgens vorgenommen, die Schaufensterscheibe zu putzen, was ungewohnte Anstregung erforderte und unbefriedigend war, da bloß mit klarem Wasser Schlieren entstanden, die das Fenster verunzierten.

Sie hatte einen Stuhl vor das Fenster geschleppt und als sie eine Pause machte, sah sie, wie ein alter Mann mit einem Kind an der Hand die Straße heraufkam. Es war ein seltsames Paar: Der alte Mann hatte einen langen grauen oder weißen Bart und einen Schlapphut, wie ihn früher Künstler trugen, wie Lotte aus Abbildungen wußte. Etwas versetzt, schräg vor dem Laden, stand ein steinernes Kruzifix. Sie hatte es x-mal gesehen, aber nie wirklich wahrgenommen. Schließlich war sie nicht katholisch und brauchte sich deshalb auch nicht darum zu kümmern! Als das merkwürdige Paar vor dem Kreuz ankam, zog der Mann seinen Hut, verbeugte sich tief und machte das Kreuzzeichen. Das kleine Mädchen knickste andächtig und beide verharrten eine Weile im Gebet. Dann gingen sie auf das Geschäft zu und Lotte beeilte sich, damit sie auch in den Laden kam. Kunden? Das Kind war blaß und sah ein wenig verwahrlost aus, ein langes Kleidchen, das ihm nicht paßte, hing an ihm herunter. Der Mann zog höflich den Hut, verbeugte sich auch vor Lotte, was sie kurz irritierte. Ihre Schüchternheit überfiel sie für einen kurzen Moment aber wie schon häufiger in so unklaren Situationen, wurde sie von

Geisterhand irgendwoher angestubs und Lotte verwandelte sich in eine Inkarnation ihrer Großmutter! Es war etwas Schauspielerei dabei, die sie genoß. Sie neigte leicht schräg den Kopf, lächelte und fragte überaus freundlich und zuvorkommend:

"Womit kann ich dienen?"

„Mademoiselle, bitte Zucker"

und damit schob er ein Märkchen über den Tisch, das fünfzig Gramm Zucker verhieß, wenn man es besaß. Lotte spürte den unsichtbaren Engel der Großmutter in ihrem Rücken, nahm das wertvolle kleine Papierstückchen an sich, drehte sich um und versuchte Haltung zu bewahren. Wer um Gottes Willen waren diese Leute? Womöglich Franzosen, obwohl sie nicht so aussahen, wie Lotte sich Franzosen vorstellte. Einer der „Erbfeinde" mitten im Laden?

›Höflichkeit ist eine Tugend, sie kostet wenig und macht das Leben angenehmer‹, hörte sie ihre Großmutter sagen. Sie nahm die Tüte und die Schippe für den Zucker, füllte ihn ein und wie in einer Eingebung wog sie nicht ganz exakt ab: Zwei oder drei Gramm der kostbaren Kristalle rannen mehr in die Tüte, sie wußte es und der Mann der sie beobachtete wußte es auch. „Bitteschön!" Geld wurde gewechselt, „Merci, Mademoiselle."Verbeugung, Lächeln, dann gingen sie.

Lotte vergaß ihre Fensterputzerei und dachte angestrengt nach, was passiert war. Eines wußte sie genau: Erzählen durfte sie niemanden davon, nicht der Ladeninhaberin noch ihrer Mutter, weil die sich sonst wieder ängstigte. Intuitiv spürte sie, daß es den beiden schlecht gehen mußte, so wie sie aussahen. Aber wo kamen sie her? Einige Tage später sah sie sie wieder, das gleiche Ritual vor dem Kruzifix, doch die Ladenbesitzerin war anwesend und Lotte sah, wie der Mann kurz vor dem Eintreten zögerte, nur ganz kurz mit dem Kopf nickte und weiterging. Lotte war sich sicher, daß er darauf wartete, bis sie wieder alleine im Laden war. Lotte hätte später nie sagen können, was sie veranlaßte, sich Gedanken zu machen, wie sie diesen Fremden etwas zuschustern könne, ohne daß es auffiel. Sicher hing es mit der ausgesuchten Höflichkeit des Mannes zusammen, der ihr Großvater hätte sein können, obwohl der Bart ihn vielleicht älter machte. Männer mit Vollbart waren in der Zeit, in der sie diese Beobachtungen machte, eine Seltenheit. Eigentlich kannte sie solche Bartträger nur von alten Fotos, denn ihre eigenen Großväter waren lange tot. Aber wer nannte sie, die unscheinbare sechzehnjährige, die höchstens auf vierzehn geschätzt wurde, schon Mademoiselle?

Mit dem Erscheinen dieses Mannes zogen Erinnerungen an ihre verehrte Großmutter in das kleine Ladenlokal, an eine untergegangene Welt, in der diese Frau von Männern mit Handkuß begrüßt wurde, wie Lotte mehrmals beobachtet hatte. Ein außenstehender Beobachter hätte sich vielleicht über Lottes Fähigkeit gewundert, sich einerseits mit wachsender Begeisterung für ihre Aufgaben in der Jugendorganisation einzusetzen, gleichzeitig aber zu wissen, daß sie sich umziehen mußte, wenn sie zu ihrer Großmutter wollte, die sie nicht in ihrer geliebten Uniform zu sehen wünschte.

So *schizophren*, wie man später sagen würde, verhielt sie sich auch jetzt. Franzosen waren ihrer damaligen Meinung nach das letzte, was man sich als Gegenüber wünschte, sie waren die Feinde, auf die man Spottlieder sang und denen es nach allgemeiner Ansicht nicht schlecht genug gehen konnte! Aber so ein einzelner, der nicht hereingeschlurft kam, der mit Sicherheit ihrer Großmutter die Hand geküßt und sie mit Madame begrüßt hätte, der zog nun vor ihr, die sich mehr wie ein häßliches Entlein

33

vorkam in ihrem lilfarbenen Altweiberkleid, den Hut und verbeugte sich artig.

Als erste Maßnahme versteckte sie den sogenannten *Harzer Käse*, der noch ein paarmal angeliefert wurde und den es wohl ohne Marken gab. Diese kleinen runden Käsestücke hatten nur noch die Form, aber keinesfalls mehr den Geschmack, den man damit verband. Oma schüttelte sich jedesmal, wenn sie ein Stückchen davon aß, auch Lotte hielt sich die Nase zu, wenn sie ihrem Hungergefühl nachgebend, etwas von dem Käse naschte. Die Exemplare wurden neben der Kasse plaziert, aber kaum eine der Landfrauen wollte sie kaufen. Als noch zwei Stücke übelriechend dalagen, kamen die Fremden wieder. Lotte war inzwischen etwas sicherer, deutete auf die beiden Käslein und machte ein fragendes Gesicht. Große, erfreute Zustimmung. Der Mann sagte etwas zu dem Kind, das daraufhin Lotte freudig erwartungsvoll anlächelte. Sie wünschte im Stillen, sie mögen schnellstens wieder gehen, da sie hörte, wie die Ladenbesitzerin kam. Die nächste und damit letzte Käselieferung, versteckte Lotte für *ihre* Kunden unter der Theke.

In der Zwischenzeit war etwas passiert, was ihren Zorn auf die Bauersleut schürte. Sie hatte zufällig mitbekommen, wie die Hausfrau und zwei Nachbarinnen mit zwei Männern zusammenstanden, die wohl aus der Stadt kamen, und wie sie ohne jede Hemmung *Maggelgeschäfte* besprachen. Um was es genau ging, konnte Lotte nicht verstehen, aber von Zucker und Schweinen war die Rede. Sie kannte die beiden Nachbarinnen und war so verärgert über sie, daß sie sich vornahm, an deren Zuckerration Abstriche zu machen, um sie dem fremden Mann und dem Kind heimlich mit in die Tüte zu füllen. Es bedurfte einiger gedanklicher Anstrengung, um dieses Vorhaben in die Tat umzusetzen, da diese Frauen genau auf die Waage schauten und diese ein Präzisionsinstrument war, das exakt wog! An der Waage selbst konnte sie nichts verstellen, aber in die Messingschale konnte vielleicht etwas gelegt werden, um das angezeigte Gewicht zu verändern.Nach langer Suche und Wiegeversuchen mit den unterschiedlichsten kleinen Gegenständen, deren sie habhaft werden konnte, fand sie die Lösung: Ein Stein von unauffälliger Farbe mußte es sein! Dann konnte sie, falls sie bei ihrem Manöver ertappt wurde überrascht ausrufen ›*Wie kommt denn der Stein da rein?*‹

Also suchte Lotte hinter dem Schuppen nach kleinen Steinen, verschätzte sich gewaltig im Eigengewicht ihrer Fundstücke und hatte spielerisch fast einen halben Vormittag damit zu tun, Steine zu suchen, zu wiegen und wieder fortzuschaffen. Außerdem kamen zwischendurch Kunden und sie mußte auf der Hut sein, da sie an diesem Morgen wieder für den Laden allein verantwortlich war. Und Oma, neugierig, beobachtete von ihrem Platz in der Küche aus, was Lotte so tat. Und sicher würde sie zu Mutter sagen:

„Was sucht sie denn dauernd hinter dem Schuppen? Ich denke, sie paßt auf den Laden auf!"

Es war für Lotte äußerst bequem zu sagen, daß sie im Laden aushalf oder sogar dort die alleinige Bedienung war, denn solange sie dort war, entband es sie von anderen unangenehmen Pflichten wie Spülen oder Betten machen und Staubwischen in der kleinen Dachkammer.

Ein länglicher, braunmarmorierter Stein paßte schließlich und wurde für das geplante kleine Betrugsmanöver in die Tasche gesteckt. Lotte wußte genau, daß sie sich hart an einer Grenze bewegte, die ihre Großmutter und ihre Mutter als das bezeichnet hätten, was es auch war: Betrug. Ob groß angelegt oder ganz klein, es wäre so benannt worden. Lediglich Oma hätte vielleicht gesagt >*Das Kind hat es doch gut gemeint*.< Ob sie das allerdings auch gesagt hätte, wenn sie erfahren hätte, für wen ihre geliebte Enkelin den *Betrug* begehen wollte, darüber zerbrach sich Lotte erst garnicht den Kopf.

Zweimal klappte das gewagte Manöver auch. Lotte verwickelte die Nachbarin, die trotzdem scharf auf die Anzeige der Waage achtete, in ein Gespräch. Der gleichzeitig mit der Tüte in die Waagschale plazierte Stein wurde nicht entdeckt. Dreimal begegneten sich Lotte und der ältere Franzose noch und jedesmal wog die Waage einige Gramm mehr. Nur ein paar Gramm, vielleicht ein oder zwei zusätzliche Kaffeelöffel Zucker für das kleine Mädchen.

Da Lotte nicht mehr wie bei der ersten Begegnung überrascht wurde, imitierte sie immer mehr ihre Großmutter. Fast huldvoll, so als wäre es die größte Selbstverständlichkeit der Welt erwiderte sie die galante Begrüßung des Herrn mit artigem Kopfnicken, füllte den Zucker ab, beobachtete aus den Augenwinkeln, wie der Fremde die Waage taxierte, tat, als sähe sie das nicht und verabschiedete sich als gute Vertreterin ihres kleinen Krämerladens, in dem sie hinter der Theke hervorkam und die beiden bis zur Türe begleitete, wo der Unbekannte nochmals den Hut lüftete und das kleine Mädchen einen Knicks machte.

Trotzdem haßte sie weiterhin alle anderen Franzosen!

*

Es geschah überhaupt Überraschendes in den letzten Wochen und Tagen, bevor die Sirenen verstummten. Eines Morgens stand eine noch junge Frau im Hof, der die Waschküche, in der sie lebten, begrenzte. Sie sprach etwas deutsch, hatte einen nur wenige Tage alten Säugling im Arm, nackt war das Kleine in einen alten Zuckersack gewickelt. Sie frug Mutter, ob sie etwas für ihr Baby zum Anziehen hätte. Zwei Jäckchen und ein Strampelhöschen, aus denen der kleine Bruder herausgewachsen war und einige Stücke bereits reichlich zerlumpter Windeln. Bessere gabs auch für den Bruder nicht mehr, sie stammten teilweise noch aus Schwesterchens Wickelzeit. Die junge Frau war voller Dankbarkeit für die verschlissenen Gaben. Die Hausbesitzerin schaute mißtrauisch aus dem Fenster und meinte nachher, damit zöge man nur Pack ins Haus. Lotte bewunderte in diesem Moment ihre Mutter für ihre große Selbstbeherrschung. Wußte diese doch, daß es hinter dem Laden im Lager nicht nur eine, sondern zwei komplette Babyausstattungen, angeschafft für das nicht lebensfähige Kind, gab. Bei allem Respekt vor der Trauer: Kein Stück davon konnte die Mutter ihr je abkaufen noch bekam sie etwas für ihren kleinen Buben geschenkt.

Aber Lotte erfuhr dadurch, daß es vor der Ortschaft ein Lager gab, in dem einige Ausländer lebten, gezwungenermaßen. Wie und warum war nicht zu erfahren, nur daß die junge Frau ihr Kind im Lager geboren hatte, heimlich wohl, weil sie nicht ohne ihren Mann ins weiter entfernte Krankenhaus wollte. Auch sie hatte Angst. Und Lotte vermutete nun, daß der seltsame Fremdling und das Kind ebenfalls von dorther kamen.

*

Würden sie auf dem Rathaus die weiße Fahne hissen? Die Schießerei war unterbrochen, hörte sie vielleicht ganz auf? Wer kämpfte überhaupt noch gegen wen und wo? Das unheimliche Rattern der Panzerketten aus dem umliegenden Wald war ebenfalls verstummt. Tage zuvor war vergeblich versucht worden,

Gräben im Wald auszuheben, um die feindlichen Panzer möglichst lange vom Dorf fern zu halten. Eine ziemlich nutzlose, hektische Tätigkeit, die den Grabenden selbst wohl für eine kurze Zeit die Angst nahm, obwohl sie von der Sinnlosigkeit dieses Tuns innerlich überzeugt sein mußten.

Die Franzosen wurden angeblich irgendwo gesichtet, dann waren es Engländer oder gar Neger! Man stelle sich das vor. Radio hatten sie selbst keines mehr, Zeitungen wurden nicht mehr gedruckt. Über dem ganzen Ort lag bleischwer die Angst und darunter gab es eine hektische Geschäftigkeit. Löcher wurden in Gärten ausgehoben und Wertsachen darin versteckt. Nachts natürlich, damit sie außer dem unberechenbaren Feind nicht auch lüsternen, zur Denunziation geneigten Nachbarn eine leichte Beute würden.

In der berechtigten Sorge, daß der nun bald hereinbrechende Feind sie aus dem Haus jagen würde und sie ebenfalls obdachlos auf der Straße säßen, wurde die Ladeninhaberin gesprächiger, schenkte Mutter sogar ein Stück Speck, suchte nach Hilfe und Trost bei denen, die schon alles verloren hatten. Lotte erfuhr in diesen Stunden viel von stillen Feindschaften im Dorf, wer bezichtigt wurde, gegen alle Verordnungen verstoßend mehr Schweine als angegeben gemästet, Lebensmittelkarten irgendwie manipuliert - und vor allem, wer das große Wort unter dem sicheren Schutz seiner Parteizugehörigkeit geschwungen hatte. Das letztere wurde zwar nur im Flüsterton weitergegeben, noch war der unheimliche Bann nicht gebrochen, nur stark angeknackts.

Die Mutter, die in echten Notlagen mutig und kämpferisch wurde und von irgendwoher ein Tröpfchen Drachenblut in den Adern hatte, wollte endlich wissen, was denn nun tätsachlich vor sich ging. Deshalb mußte sie zum Rathaus, das einige hundert Meter weiter behäbig mitten im Ort lag. Zwar erfuhr sie dort nichts über *Feindbewegungen*, aber sie solle sich nach Einbruch der Dunkelheit am Ortsrand einfinden, dort wäre ein Lagerhaus, in welchem Lazarettvorräte gelagert und das ausgeräumt werden solle, bevor die Lagerbestände dem Feind in die Hände fielen. Alles solle an die Bevölkerung verteilt werden, die Ausgebombten voran zum Empfang berechtigt.

Oma hütete die Kinder und Lotte machte sich abends mit Mutter auf den langen Weg. Die Häuser waren immer noch tief verdunkelt, ein Zug, wie Schattenbilder, bewegte sich dorfauswärts zum Lagerschuppen. Eine kleine Zinkbadewanne, mehrere blauweißkarierte Bettbezüge, einige Laken und zwei Militärdecken, mit großen dunkelblauen Karos auf grauem Grund, Bestecke und andere Kleinigkeiten: Ein echter Schatz für Leute, die nichts mehr besaßen und auch nichts kaufen konnten. Lotte brachen fast die Arme ab, so schwer war die Wanne mit den Kostbarkeiten, die sie in ihr Quartier heimschleppten.

Wenn Lotte später an diese Tage zurückdachte, konnte sie die nachfolgenden Ereignisse nie mehr chronologisch exakt einordnen, so viel an Neuem, Beängstigendem, Verändertem rührte alles zu einem Brei an Erinnerungen in ihrem Kopf zusammen.

Plötzlich standen zwei Männer in ihrer Küche! Schrecken! Sie waren über den Hof gekommen, von oben bis unten verschmutzt, ohne Kopfbedeckung, mit Kleidungsstücken, die nur noch entfernt an Uniformen erinnerten: Deutsche Soldaten. Unsere Jungs!, die uns eigentlich verteidigen sollten! Sie hatten Hunger, fragten nach Essen. Mutter rückte zwei Brotstücke heraus, wohl aus Angst, daß die eigenen Leute, wenn sie so aussahen, sich womöglich mit Gewalt holen würden, was man nicht freiwillig gab. Die Kleinen fingen wie auf Kommando ein Schreikonzert an, das die Männer verschreckte. Sie wollten nur noch etwas Wasser. Der eine sagte, daß er zuhause auch drei Kinder hätte und hoffe, daß es ihnen gut gehe.

„Deserteure!", wie Oma nach ihrem Weggang verächtlich feststellte. Lotte tat es gut, daß Oma sie so beim Namen nannte. Deutsche Soldaten hätten nicht abzuhauen, befand auch sie voller Entrüstung. Mutter, zu deren Wesenszügen gehörte, daß sie ihre Meinung manchmal rasch änderte, verbot Mutter und Tochter solche Reden. Natürlich waren sie von der Truppe abgehauen, natürlich war das nicht richtig, aber wenn sie doch auch eine Familie hatten! Und der Krieg sowieso verloren ging, was wohl unabänderlich war. Sie erinnerte auch an Vater. Lange erreichte sie keine Post mehr von ihm, er steckte irgendwo an der Ostfront, wo und unter welchen Umständen blieb ohne Antwort. Mutter meinte, sie wäre dankbar, wenn er sich auch irgendwie durchschlagen könne und hilfreichen Menschen begegne. Lotte traf der Gedanke, dass ihr Vater ebenfalls ein Deserteur sein könne, fast wie ein Blitz aus heiterem Himmel. Sie schwieg, aber in solchen Momenten stand sie ihrer Mutter ferner als diese je ahnte. Im Stillen hoffte sie, Vater möge wieder zurückkehren. Aber als Deserteur? Lotte drängte die aufdringlichen Phantasiegebilde zurück, welche ihr vorgaukelnden, wie ihr Vater in verdreckter, zerrissener Uniform als herumirrender Deserteur irgendwo an Türen klopfte und um Essen bat. Nein, nein, er würde nicht desertieren! Und wenn doch? Lotte verschob diese unangenehme Vorstellung in die Zukunft.

Dann das Gerücht: Neger seien im Ort, allerdings sicher hinter einem Drahtzaun eingesperrt. Lotte hatte noch nie leibhaftig einen Schwarzen gesehen oder sie konnte sich nicht mehr daran erinnern, und eingesperrt waren sie sicher auch nicht gefährlich. Jabos, die täglichen Plagegeister, erschienen jetzt nur noch sporadisch, also konnte sie geschwind die Straße hinunter rennen und gucken. In der Nähe des Bahnhofs sollte das Lager sein.

Vielleicht zwanzig oder dreißig dunkelhäutige Männer drängten an den Zaun, Amerikaner wohl, jedenfalls in Uniformen, die Lotte nicht kannte. Die vorderen streckten ihre Hände durch den Zaun und bettelten um essen, soviel verstand Lotte. Sie wagte sich nahe heran, weil einer ihr ein schmales goldenes Ringlein entgegestreckte, das sicher kein Gold war, aber schön glänzte. Die Verlockung war groß.

Lotte rannte wieder heim, wollte ihre im Schrank eingeschlossene Brotration haben, doch Mutter wollte wissen, weshalb. Lotte konnte ohne rot zu werden Ausreden herbeizaubern, war aber einen Moment lang nicht richtig bei der Sache, trumpfte gegen ihre Mutter auf und betonte, sie könne schließlich ihr Brot essen oder wegschenken, das ginge niemanden etwas an. Das war natürlich die falsche Taktik. Sie sagte etwas von armen Negern, die da in Bahnhofsnähe gefangen wären und schrecklichen Hunger litten. Vom beabsichtigten Ringtausch natürlich kein Wort. Oma hielt diesesmal zu Mutter und mit vereinten Kräften beschimpften sie Lotte. Mutter, raffiniert, führte das vernichtendste Geschütz auf:

„Hast du vergessen, daß das unsere Feinde sind? Gehe nur hin und füttere sie, damit sie uns nachher besser totschlagen können."

Das war hart. Lotte schlich sich davon, teilweise beschämt, da sie sehr wohl wußte, daß sie sie garnicht *füttern* wollte, sondern, wenn sie zu sich ehrlich war, nur schäbig deren Not ausnützen. Ein deutsches Mädchen, stolz auf ihre Uniform, die zwar auch unter dem Schutt begraben! Für einen erbärmlichen Ring Geschäfte mit dem Feind machen! So etwas kratzt lange am Selbstwertgefühl und holt stolze Reiterinnen schnell vom hohen Roß. Sie schlenderte in Gedanken vertieft Richtung Lager, vielleicht fiel ihr irgend etwas ein, wie sie ihren Fehler wieder gutmachen könne: Das provisorische Lager war leer. Sie erfuhr nie, wie diese Männer dahin gekommen und wohin sie verschwunden waren.

Ja, die Mutter hatte recht, es waren Feinde, aber sie hatten Hunger. Vielleicht war auch ein bißchen Mitleid dabei? Schönreden tut dem Gewissen gut. Lotte verstand langsam sich und die Welt sowieso nicht mehr.

Das nächste Gerücht: Angeblich hätten sich die im Lager lebenden Franzosen oder andere Ausländer mit einigen Männern aus dem Ort verbündet, das Rathaus besetzt und weiße Tücher rausgehängt! Ob jetzt die Deutschen sie wegen dieses Verrats bombardieren würden? Angeblich hatten solche Vergeltungsschläge der eigenen Truppen im einige Kilometer entfernten Nachbarort stattgefunden und das Dorf war dabei in Schutt und Asche gefallen. Ob es stimmte oder ob inzwischen alle Deutschen Soldaten desertiert waren? Jeder wußte alles und keiner nichts Richtiges. Eines war klar: Es würde höchstens noch einen Tag dauern, dann wären die Franzmänner im Ort.

Mutter in ihrer nervösen Anspannung der letzten Wochen und Tage, entschloß sich zu einer Handlung, die Lotte später nur bewundern konnte. Sie kramte in ihren geretteten

Familienpapieren. Wenn schon die Franzosen kommen sollten, dann bitteschön, würde sie beweisen, daß ihr ferner Ehemann und Vater der Kinder im Grunde Franzose war! Lotte wußte zwar, daß ihr Vater im Elsaß geboren, und ihre bewunderte Großmutter ebenfalls Elsässerin war. Aber diesen plötzlichen Gedankensprung: Ihr Vater ein Franzose!

*

Plötzlich eine Erinnerungsspur: Sie selbst war ja schon einmal in Feindesland gewesen: Mit Mutter und dem vermeintlichen Franzosenvater!

Onkel und Tante von ihm wohnten in Straßburg und nach der „Befreiung" des Elsaß waren sie dort für ein oder zwei Tage zu Besuch. Vaters Verwandte wohnten in einem Haus in der Innenstadt, das einen beeindruckenden Aufzug aufwies: Hinter einem reich verzierten schmiedeeisernen Gitter glitt das Gefährt mit etwas Geruckele in wundersamer Schnelligkeit nach oben und verursachte ein leises Grimmeln im Bauch. Der gutmütig veranlagte Onkel ließ sich durch Lottes Bitten erweichen viele Male mit ihr rauf und runter zu fahren, bis die Tante meinte, das wäre jetzt genug.

Nachmittags der Besuch im Kaufhaus: Vater verordnete vor dem Hineingehen Ehefrau und Tochter absolutes Stillschweigen in Gegenwart der Verkäuferinnen. Warum das? Vom Onkel hatte er erfahren, daß die angebotenen Waren nur an die einheimische Bevölkerung verkauft wurden: Mit Sonderausweis. Lotte staunte nicht schlecht als ihr Vater plötzlich den elsässischen Dialekt aus seiner Kinderzeit hervorkramte und so selbstverständlich mit der Verkäuferin sprach, daß eine Frage nach dem benötigten Ausweis sich erübrigte.

Den tiefsten Eindruck auf Lotte machten die in einzelnen, hellrosa

Seidenpapierrüschen ruhenden Pfirsiche. Solche wundervollen Früchte, groß, weiß mit rosa Bäckchen hatte Lotte noch niemals gesehen. Sie vergaß fast das Schweigegebot. Vater schubste sie leicht an, damit sie sich nicht verplappere. Draußen erklärte er dann sehr weltmännisch, daß dies Kullerpfirsiche seien, die man leicht anstechen müßte und dann kämen sie in ein Glas Champagner und kullerten durch die aufsteigenden Luftbläschen darin herum. Ohne Champagner würden sie überhaupt nicht schmecken. Lotte konnte das nicht glauben, sie vermutete eher, daß Vater nicht eingestehen wollte, daß diese Luxusfrüchte sündhaft teuer waren. Und alles was es gab, konnte man sowieso nicht kaufen! Aber was gab es doch für herrliche Dinge auf der Welt.

Ganz leer ging Lotte allerdings nicht aus: Durch Vaters charmante Art mit der Kassiererin elssäsisch zu parlieren, kam ein kleines Spielzeug in Lottes Besitz: Ein rotblaues Jo-Jo mit einem silbern glitzernden Sternchen auf den Außenseiten der kleinen Scheiben überreichte ihr Vater, nachdem sie das Kaufhaus verlassen hatten. Sie sollte es aber besser nur zu Hause ausprobieren, das verräterische Franzosenspielzeug!

Liegt es noch in der untersten Schublade ihrer hübschen Biedermeierkommode, zwischen all dem Krimskram, der dort eine Bleibe fand? Das schöne Möbelstück hatte sie von der verstorbenen Großmutter geerbt. Sie müßte mal nachgucken! - Ein kurz aufflackernder Erinnerungsschmerz: All dies gab es ja nicht mehr!

Nur jetzt nicht heulen!

Die Gespräche zwischen Vater und Onkel damals in Straßburg galten der Politik. Es stellte sich heraus, daß der Onkel Hitler glühend verehrte. Kurz nach dem Einmarsch der deutschen

„Befreier" war er der Partei beigetreten und freute sich, daß seine Großnichte für Hitler schwärmte und ein Bild von ihm in ihrem Zimmer hing. Vaters tatsächliche Meinung über den „Führer" erfuhr sie auch bei diesem Aufenthalt nicht. Die beiden Männer zogen sich in Onkels Arbeitszimmer zurück und sie blieb mit Mutter und Tante im Wohnzimmer und ließ ihr Jo-Jo an seiner Schnur auf-und niedersausen.

Einige Zeit nach dem Krieg erfuhr Mutter von anderen Verwandten vom weiteren Schicksal der in Straßburg gebliebenen: Der Onkel, der von den Franzosen für seine Parteizugehörigkeit als Kollaborateur das Schlimmste befürchten mußte, hatte sich aus Angst vor Rache selbst erhängt. Über das Schicksal seiner Frau war nur zu erfahren, daß sie aus der Wohnung geholt wurde, danach verlor sich ihre Spur.

*

Was die Mutter vorhatte, war ziemlich kühn. Die Geburtsurkunde ihres Mannes war in deutsch ausgestellt, Vater wurde schließlich in jener geschichtlichen Phase geboren, als dieser umkämpfte und umstrittene Landstrich gerade wieder zu Deutschland gehörte, nach dem verlorenen Krieg 1870/71. Messerscharf argumentierte Mutter: Jetzt säßen die Franzosen wieder dort, folglich sei ihr Mann Franzose und sie und ihre Kinder seien zu schützen. Oma sagte:

„Dann seid ihr ja alle Franzosen,"

und seit langer Zeit konnten sie alle zusammen wieder einmal herzhaft lachen. Aber noch waren sie es nicht und es konnte ganz übel ausgehen. Der angebliche Franzosenvater war irgendwo in Rußland verschollen, kämpfte also auf der falschen Seite und sie waren und blieben weiter Deutsche, mit einer mehr als windigen

Urkunde, die womöglich explosiver war, als man ihr ansehen konnte.

Die Mutter setzte alles auf eine Karte! Sie packte die Urkunde ein und marschierte zum Rathaus. Glück, ein Schutzengel oder die turbulenten Zustände dort: Die Mutter kam wieder mit der Nachricht, irgend jemand käme vorbei und würde einen Zettel an die Haustüre heften, daß da Leute lebten, die irgendwie Franzosen oder sonstwas verwandtes waren und das Haus nicht requiriert werden solle.

Nach den recht unklaren Schilderungen von Mutter hatte sich folgendes zugetragen: Sie hatte sich durchgefragt, der Bürgermeister hatte nichts mehr zu sagen. Ein junger Elsässer, wie sich herausstellte, hatte wohl vorläufig das Kommando übernommen. Er sprach nur gebrochen Deutsch, er war ja nach dem Ersten Weltkrieg im wieder französischen Elsaß aufgewachsen! Jedenfalls mußte Mutter dem jungen Mann klargemacht haben, daß Vater eigentlich jetzt Franzose sei! Tatsächlich kam mittags jemand vorbei und heftete einen handgeschriebenen Anschlag an die Haustüre, in französisch leider, den keiner richtig lesen konnte. Ein kleiner Hoffnungsschimmer.

Erst einige Tage später erfuhren sie, daß nicht Vaters Geburtsurkunde den rettenden Zettel an die fremde Haustüre flattern ließ, sondern daß ein paar zerlumpte Windeln und zwei verschenkte Babyjäckchen als unsichtbares Zeichen schützend über dem Haus schwebten.

Das Ende kam nun immer näher. Anderntags wurde bekanntgemacht, daß sich niemand aus der Bevölkerung mehr auf der Straße blicken lassen dürfe. Bei Zuwiderhandlung würde man erschossen.

Würden sie nachts kommen? Dann konnten sie womöglich in der Dunkelheit den Anschlag garnicht lesen. Und wenn niemand auf französisch antworten konnte? Sie suchten die Brocken der fremden Sprache zusammen, die ihnen in der Not einfielen. Viele war es nicht.

Keiner konnte in dieser Nacht wirklich schlafen. Sie hatten sich auch nicht ausgezogen, wozu auch? Die Mutter hatte ihre Tasche mit den Papieren neben sich und den inzwischen Einjährigen im Arm. Lotte lag daneben und das Schwesterchen war in Omas Bett gekrochen. Lotte grübelte nach und in dem kleinen Dachzimmer klebten alle möglichen Schreckgespenster an Wänden und der Decke. >Sie würden vielleicht Frauen was antun<! Etwas, was wohl schlimmer war, als nur erschossen werden? Oder kamen sie mit aufgepflanztem Bajonett?

„Wo ist eigentlich der Führer?",

sie hatte das leise vor sich hingesprochen, aber die Mutter, die wach neben ihr lag, hörte es.

„Er kann uns jetzt auch nicht mehr helfen, versuche zu schlafen."

Das Bild tauchte vor ihr auf, wie sie in einmal gesehen hatte. Er stand grüßend in einem Wagen und sie stand, von ihren Klassenkameradinnen umringt am Straßenrand und winkte ihm zu. Es mußte nach dem Einmarsch in Paris gewesen sein, als die Wagenkolonne mit ihm über die Rheinbrücke zurückkam. Er stand da und schaute in ihre Richtung und Lotte war sich sicher, daß er lächelte.

„Er hat mich angelächelt!"

„Mich auch, du eingebildete blöde Kuh!"

„Selber blöde Kuh!"

Zwei Tage Funkstille mit der besten Freundin.

Aber wer war dieser Mann wirklich? Seinen Lebenslauf kannte sie aus den Schulungsnachmittagen recht gut. An seinem Geburtstag waren die Geschäfte mit seinem Bild dekoriert, überall war geflaggt und es war schulfrei.

Sie hatte ihn öfter im Radio gehört, zwar wenig verstanden, aber soviel war klar: ›Wir‹ mußten kämpfen, damit der Feind, der uns bedrohte, endlich besiegt würde und ›wir‹ danach ganz sorgenfrei leben konnten. Oder so ähnlich.

Zuerst waren es nur die Franzosen und die Engländer, bei den letzteren hatte ein lächerlich dünner Mann einen wichtigen Posten, er hieß so komisch Chamberlain und lief dauernd mit einem Regenschirm herum. Jedenfalls gab es solche Karikaturen von ihm und es machte viel Spaß lauthals mit anderen zu grölen, daß ›wir‹ siegreich nach Engeland führen. Das war zwar eine Insel, aber wenn ›wir‹ dahin wollten, dann würden ›wir‹ auch dahin kommen, wozu hatten ›wir‹ wunderbare Flugzeuge, die im Luftkampf siegten, die lahmen Engländer allesamt abschossen.

Und erst die Stukas, die aus den Wolken fast senkrecht herabstürzten und ganz kurz vor dem Boden rissen die Piloten ihre Maschinen wieder elegant in Himmelshöhen. Das mußte ein Gefühl sein wie Achterbahnfahren, das Lotte liebte. Pilotin in so einem rasanten Gefährt, das wäre doch was! So aus den Wolken herabzustürzen, das mußte ein tolle Sache sein!

Vater reagierte wieder einmal mit totalem Unverstand: Sie sei erstens ein Mädchen, für solche Sachen eigneten sich nur ausgewachsene stahlharte Männer. Und zweitens würde es diesen jedesmal wenn sie herabstürzten totschlecht! Und drittens würde er feststellen, daß sie zuviel Zeit mit Lesen verschwände, nicht genug übe: Sie solle sich lieber im Haushalt nützlich machen und nicht wie eine Drohne den halben Tag nichtstun. Kommentieren durfte sie solche kränkenden Ausfälle ihres Erzeugers nicht. Zum

Glück war er aber nicht den ganzen Tag da! Warum sich also aufregen?

Stukapilotin war vielleicht tatsächlich nicht der richtige Beruf für ein Mädchen.

Und unsere U-Boote, die fast unsichtbar die Meere durchpflügten und mit ihren Torpedos alles abschossen, was da herumkreuzte!

Und die Franzosen! Was hatten sie jetzt von ihrer Maginot-Linie? Nichts.

Lotte sog die Siegesmeldungen wie selbverständlich ein. Sie gehörte eben zu den Siegern! Dies war ein ähnlich angenehmes Gefühl, wie bei den sportlichen Ausscheidungskämpfen in der Schule zu den Besten zu gehören. In Hoch-und Weitsprung landete Lotte meistens auf den vordersten Plätzen, verdarb sich aber bei den Laufstrecken wieder die Punktezahl. Sie konnte nicht lossprinten, wie das später hieß, entweder vermasselte sie den Start oder kam die ersten Meter nicht richtig von der Stelle. Aber im Springen war sie kaum zu schlagen, weshalb sie später in der Schule den Spitznamen „Floh" erhielt. Meistens riefen sie die Mitschülerinnen „Lottefloh" und selbst die Lehrerin, wenn sie sehr gut gelaunt war, nannte sie manchesmal so.

Und was hielt Lotte von den die Russen? Elende Bolschewiken oder Kommunisten waren sie, die ihre Leute versklavten. Aber die waren zum Glück weit weg und vorläufig interessierten sich Leute, die in Baden wohnten, wenig um „sibirische Angelegenheiten", wie Oma meinte.

Jetzt in der Nacht der Ängste fiel ihr ein, daß sie sogar einen leibhaftigen Kommunisten kennengelernt hatte. Der war zwar ganz und gar harmlos, wohnte in einem etwas armseligen Hinterhaus und Mutter war mehrmals mit ihr dahingegangen. Lotte wußte, daß er arbeitslos war, seine Frau nähte für andere

Leute und Mutter, die selbst ganz gut nähen konnte ging hin, damit seine Frau etwas verdienen konnte. Sie hatten sich zufällig beim Einkaufen getroffen: Eine alte Klassenkameradin aus Mutters Heimatstadt Freiburg.

Als Lotte das erstemal mitkam, machte sie zur Begrüßung ihren Knicks und der Mann sagte glatt, das wäre nicht nötig, sie wäre doch keine Dienerin! Das war gegen alle Regeln und Lotte schloß messerscharf, daß Kommunisten eben keinen Anstand haben. Es war kurz nach dem Weihnachtsfest und sie schaute sich nach einem Christbaum um. Etwas verächtlich meinte der Kommunistenfreund, Weihnachtsbäume wolle er keine um sich haben. Kommunistin zu werden, würde ihr im Traum nie einfallen! Aber sonst war er ganz nett. Seine Frau wirkte bedrückt und nach dem sie ein paarmal dort waren, sagte sie zur Mutter, es wäre besser, sie käme nicht mehr. Das war noch vor dem Krieg und Mutter meinte auf dem Nachhauseweg, sie würde das Nähen aufgeben, es wäre zu anstrengend für sie. Lotte spürte, daß die Mutter schwindelte, aber vielleicht war es wirklich besser, nicht mehr zu Kommunisten zu gehen.

Inzwischen war Lottes Wissen natürlich umfangreicher. In der letzten Schule, die sie besuchte, wurde ein Kriegstagebuch geführt, in dem reihum jeden Tag eine andere Schülerin den täglichen Wehrmachtsbericht kommentieren mußte. Bilder mußten aus der Zeitung geschnitten und eingeklebt werden und: Ja nicht einfach nur abschreiben, das gab eine schlechte Note und einen Tadel obendrein. Leider wurden die Nachrichten von den Fronten, vor allem aus Russland, immer erschreckender, aber das durfte man so nicht schreiben, man mußte versuchen, im Kommentar zwar wahrheitsmäßig zu berichten, aber so, daß es wiederum nicht ganz so hoffnungslos klang. Ohne daß es ihr bewußt wurde, lernte sie so, zwischen den Zeilen zu lesen. Auch machte es keine Freude wegen Klebstoffmangel mit einer Art Mehlpapp, den man vorher anrühren mußte, die Zeitungsbilder einzukleben. Oma beklagte jedesmal lauthals die Verschwendung von kostbarem Mehl und maulte anschließend lange in der Küche herum.

Lotte hatte anfangs der Vierziger Jahre im Handarbeitsunterricht stricken gelernt. Sie strickte ein paar hübsche weiße Söckchen, dann wurde eines Tages häßliche, graue, kratzige Wolle in die Schule geliefert: Socken sollten gestrickt werden, für die armen Soldaten an der Front, die in Russland schrecklich froren. In Heimarbeit natürlich. Lotte tat sich begeistert hervor, bot an, direkt zwei Paar zu stricken. Die Lehrerin betrachtete sie skeptisch und teilte ihr dann die Wolle zu. Mit der Kratzwolle war das anstrengend und Männer haben verdammt große Füße! Sie verlor schnell die Lust. Wozu hatte man eine Oma, die stricken konnte? Die war keinesfalls begeistert, liebte aber ihre Enkelin und strickte unter erheblichem Protest die Socken.

„Hast du die selber gestrickt?" Eine Lehrerin direkt anzuschwindeln, war nicht ungefährlich. „Ja,...meine Oma hat ein bißchen mitgeholfen." „Richte deiner Oma aus, daß sie gut stricken kann." Knicks. „Danke." Puh, das war ausgestanden.

Die letzten Wochen in der Schule waren ihr ein Greuel gewesen. Es war inzwischen >totaler Krieg< und die Direktorin der Schule, eine hohe BDM-Führerin, erschien nur noch in Uniform. Jeden Morgen mußten die Schüler vor dem Unterricht im Schulhof antreten, sie hielt einen Appell und anschließend wurde die Nationalhymne gesungen. Wenn es regnete, fand das ganze in der Turnhalle statt. Das ging ja noch. Das andere aber war schlimm. Einige Wochen zuvor war beim morgendlichen Appell ein schneidiger Sanitätsoffizier erschienen. Die Direktorin stellte ihn den Schülerinnen vor und erklärte, ihrer Schule wäre die Ehre zuteil geworden, für ein Lazarett und damit für unsere armen Verwundeten Kräutertee herzustellen. Der Offizier beschrieb, was dafür zu tun sei: Blätter von Himbeeren und Brombeeren sammeln, Gänseblümchen und noch sonstiges geeignetes Grünzeug. Befehl von der Direktorin: Am freien Nachmittag einen Korb voll sammeln, am anderen Morgen abliefern. Dafür keine Hausaufgaben! Lotte lernte den Wert von Hausaufgaben schätzen, nachdem sie sich mit einer Freundin zusammen abmühte, in der Stadt geeignete Plätze zu finden, wo dieses Zeugs wuchs. Gänseblümchen gabs in der Anlage, aber kaum hatte man eine Lage im Korb, sackten sie zusammen und trotz Aufschüttelns wurden es nicht mehr. Dazu kam noch ein alter Herr des Weges, drohte mit dem Stock, beschimpfte sie und wollte sie vom Rasen werfen. Lotte war wütend, und obwohl man alte Herren nicht anbrüllte, verbat sie sich die Einmischung, erklärte, warum sie das machten und hörte den alten Mann etwas murmeln, was nicht besonders gut klang.

Mutter wurde rebellisch. Sie fand es sei eine Schnapsidee, daß ihre Tochter weniger Unterricht hatte, wo sowieso wegen des häufigen Fliegeralarms viele Stunden ausfielen, und ging zur Direktorin. Sie führte die kleinen Geschwister an, ihr Mann sei im Feld und sie brauche ihre Älteste zuhause, da sie selbst leidend sei. Das war sie zwar nicht, aber Lotte mußte für das Zugeständnis die üblichen Tagesberichte schreiben, damit die anderen Schülerinnen davon befreit waren. Das war ein schlechter Tausch! Lotte war sauer auf Mutter, die einfach nicht wollte, daß in dieser unsicheren Zeit ihre Tochter weit herumstreifte.

Nach einer Woche ungefähr hatte die Sammelei ein Ende und nun sollten die Blätter kleingeschnitten werden. Mit Scheren oder Messer, man bekam davon grüne Hände und sogar eine Blase. Aber immerhin: Der Schulspeicher füllte sich langsam. Die einzelnen Blättersorten wurden auf Zeitungen ›Bitte von zu Hause mitbringen‹ zum Trocknen ausgelegt, der Offizier kam wieder, bedankte sich, lobte alle Schülerinnen für ihren Sammelfleiß und machte der Direktorin diesbezüglich Komplimente. In den nächsten Tagen sollte die große Teeparty stattfinden: Man sollte eine Tasse des Selbsterzeugten probieren dürfen, er würde Kekse dazu spendieren.

Drei Tage später waren die wertvollen Teeblätter in alle Winde zerstoben. Die Schule ging mit kaputt, als die Bombe sie traf.

*

Wie hatte der Krieg überhaupt angefangen?

Es war ganz still im Zimmer, sie hörte nur das Atmen der anderen und Lotte versuchte sich zu erinnern, wie es in Zeiten war, als sie noch ihr Heim hatten und an sonnigen Tagen in den Garten fuhren, unbeschwert, lachend. Lotte hatte radfahren gelernt, nicht auf einem kleinen Kinderrad, nein direkt auf dem großen ihrer Mutter. Vater hatte den Sattel niedriger angeschraubt und sie war mit ihm zum Schloßplatz gegangen, an dem neben dem Schloß noch das alte Hoftheater stand, in dem Vater arbeitete. Inzwischen hieß es Staatstheater, aber es strömte noch etwas von der Zeit aus, in der es gebaut wurde. Vater hatte ihr Mut gemacht, rannte neben her und hielt das Rad am Gepäckträger fest. Plötzlich war er nicht mehr neben ihr, sie zappelte noch ein paarmal hin und her, dann fiel sie samt Fahrrad um. Knie etwas aufgeschlagen:

„Nicht heulen, steig wieder auf, du kannst es schon ganz gut."

Vater hätte lieber einen Sohn gehabt. Manchmal vergaß er daher bei seinen Erziehungsversuchen, daß Lotte ein Mädchen war.

Jetzt fuhr sie mit dem Vater auf der Landstraße Richtung Garten Wettrennen. Mutter immer hinterher:

„Fahr nicht so schnell mit dem Kind, wenn ein Auto kommt!"

Es war im Garten, als sie die erste Nachricht, daß es wohl Krieg geben würde, hörte. Der Vater einer ihrer Freundinnen, ein etwas besorgter Mann, honoriger Geschäftsinhaber und Mitglied der Partei platzte mit der Schreckensnachricht mitten ins nachmittägliche Spielen. Er war zum Garten gekommen, seine Tochter heimzuholen, dabei erfuhren sie alle das neueste. Es hatte wohl schon Wochen vor Kriegsbeginn Evakuierungspläne für die Zivilbevölkerung gegeben, da sie immerhin so nahe an der französischen Grenze lebten. Mutter wurde geraten möglichst bald die Koffer zu packen und bereitzuhalten, Oma auch. Aufregung, Hektik.

Und ein erster schmerzlicher Verlust durch die neu beginnenden Umstände: Mohrle, schwarz von Kopf bis Schwanz, unterbrochen nur durch einen kleinen weißen Kehlfleck, durfte nicht mitevakuiert werden! In der aufgeregten Stimmung allerseits fand sich niemand, der ein über lange Jahre liebgewonnenes Katzentier für eine unbekannte Zeit umsorgen würde. Denn Mohrle war nicht für ein Katzenleben in Feld und Garten ausgebildet, sie kam als aufgefundener Winzling in Lottes Familie und verließ nie die Wohnung. Sie hatte Mutters Herz gewonnen und hing zärtlich schnurrend an ihr, während Lotte hin und wieder einige Kratzer abbekam, wenn sie meinte, die Katze solle sich ihrem Wollen beugen. Wenn Mohrle aber in entsprechender Stimmung war, ließ sie sich, ein Puppenmützchen über die Ohren gestreift, im Puppenwagen fein zugedeckt durch die Wohnung kutschieren.

War allerdings Tischtennis angesagt, verkroch sich Mohrle in die letzte fast unzugängliche Ecke unter dem Wohnzimmerbüffet. Selbst Mutter konnte sie vor dem Schrank kniend nur mühsam hervorlocken: Tief beleidigt ließ sich das Katzentier vor die Türe setzen, worauf sie so steinerweichend miaute, daß man sie nach kurzer Zeit wieder einließ und das Spiel bald danach wegen mangelnder Spielbällchen ein schnelles Ende fand. Denn die kleinen Bälle waren aus einem Material gefertigt, das Katzenbissen nicht standhielt. Mindestens ein halbes Dutzend mit einer Delle versehene gab es bereits, die natürlich nicht mehr zum Spielen taugten. Mohrle sollte durch sie abgelenkt werden, aber sie lauerte darauf, ein „frisches" Bällchen zu erhaschen, um es jagend durchs ganze Wohnzimmer zu treiben. Der Katze dabei zuzusehen war meistens spannender als das ganze Spiel, dessen Zubehzör irgendwann im Keller bei den anderen ausrangierten Sachen verschwand.

Und nun wohin mit Mohrle? Vater, der ebenfalls an der Katze hing, wußte in dieser Situation keinen Rat, drückte sich aber vor einer klaren Entscheidung. Er wollte nicht der Bösewicht sein, der Schuld hatte an der Auslöschung eines Katzenlebens. Es sei Mutters Katze, sie müsse entscheiden, was mit Mohrle geschehen solle. Die ganze Familie war zudem überzeugt, daß er in den nächsten Tagen einen Einberufungsbefehl zum Kriegsdienst erhalten würde, der ihn von zuhause wegholte. Es kam zwar anders, aber soweit konnte keiner die nähere Zukunft entschlüsseln.

Oma, die keine besonders innige Beziehung zu Katzentieren hatte, meinte trotzdem realistisch, daß es nicht besonders tierlieb sei, die Katze einfach auszusetzen und damit dem Verhungern preiszugeben.

Lotte heulte nur, hoffte auf irgendwelche wundertätigen Engel, die aber in den wirren Tagen wohl anderen, stärker Trostbedürftigen, zugeteilt wurden: Den Müttern, die ihre Söhne in ein ungewisses Schicksal entließen und den Verliebten, die mit nassen Taschentüchern vom Bahnhof zurückkamen. Wen kümmert da eine Katze?

Mutter war es auferlegt, Mohrle im Körbchen auf dem Fahrrad zum tödlichen Ende seines Katzenlebens zu begleiten. Als sie zurückkam, weinte sie fast den ganzen Tag und Lotte, von eigenem Schmerz ungerecht, verurteilte durch schweigenden Trotz Mutters Handlungsweise.

Doch neue Ereignisse drängten den Schmerz vorerst in die Dunkelkammer, zu den anderen traurigen Schattenbildern, die dort im Laufe eines Lebens gehortet werden.

*

Es waren nur einige Tage vergangen nach der offiziellen Kriegserklärung, als sich Lotte mit Mutter und Oma auf dem Bahnhof einfand. Vater mußte zurückbleiben, er versorgte vorerst die Wohnung und wartete auf den Kriegseinsatz. Die richtige Begeisterung dafür ließ er nicht erkennen.

Es war eine Reise ins Ungewisse. Für Lotte begannen unvergeßliche Wochen, ein seelisch und auch ganz reales Luftholen auf dem Land, bevor der Krieg und seine Auswirkungen Stück für Stück zum Lebensalltag wurden.

Auf dem Bahnhof war es turbulent zugegangen, später erst stellte sich heraus, daß sie in dem hektischen Durcheinander in den falschen Transportzug eingestiegen waren. Lotte saß am Abteilfenster, Mutter und Oma vis-a-vis. Beim letzten Weihnachtsfest hatte tatsächlich die sehnlich gewünschte große Puppe unterm Christbaum gesessen, die durfte jetzt mit auf die

Reise und Lotte war stolz auf ihr kleines Köfferchen, in dem die Puppengardarobe verstaut war. Ein gepflegtes kleines Mädchen, umsorgt von Mutter und Oma, so saß sie da, schaute aus dem Fenster und genoß die Reise. Ihr brachte der Krieg, vor dem sich Mutter und Oma fürchteten, eine Menge Abwechslung. Weshalb sollte man da Angst haben?

Die Reise führte sie in den nördlichen Teil Württembergs, bei einer Kreisstadt mußten sie aussteigen, wurden mit einem kleinen Militärlaster an ihr Ziel gebracht. Lotte war müde, nahm nur war, daß sie sich mitten auf dem Land befanden.

Es gab zwar zu jener Zeit einen Reichsbauernführer, aber in dieses Dorf war er wohl nie gekommen. Von den späteren Segnungen „Grüner Pläne" war die kleine Ansiedlung noch Lichtjahre entfernt und so sah sie auch aus: Ein elendes Kuhdorf, wie Mutter und Oma übereinstimmend meinten. Sie waren so etwas wie eine verfrühte Vorhut späterer Touristen, die Kosten für ihre Unterbringung übernahm der Staat und so waren sie als überraschende Geldbringer hochwillkommen. Nur Mutter und Oma, die Stadtfrauen, waren unglücklich und verärgert über die Zumutung dieses Ortes.

Mutter kam mit Lotte zu einem freundlichen aber sichtlich äußerst bescheiden lebenden älteren Ehepaar. Das kleine Bauernhaus hatte nur drei Räume, eine Art Wohn- und Kochküche, ein schmales Wohnzimmerchen und das Schlafzimmer der Eheleute, das sie nun an die einquartierten Fremden vermieteten. Sie selbst hatten sich ihr Nachtlager in einem kleinen Anbau zurechtgemacht.

Mutter und Lotte mußten im reichlich engen Ehebett schlafen. Unter der Schlafkammer befand sich der Hühnerstall, was weiter nicht schlimm gewesen wäre, wenn die Dielenbretter nicht bereits reichlich altersschwach verzogen und daher nicht mehr dicht aneinandergefugt waren. Mutter vermutete sofort, daß hier Mäuse oder anderes Getier freien Zugang habe und es kam, wie es kommen mußte: In einer der darauffolgenden Nächte wurde Lotte durch Mutters kurzen Aufschrei wach:

"Eine Maus! Ich schwöre, eine Maus war im Bett!"

Mutter schluchzte verzweifelt, weniger wohl wegen des angeblichen Mäusebesuchs sondern wegen der Zumutung, hier im hintersten Winkel Württembergs unter so armseligen Umständen zu hausen.

Oma hatte es noch schlimmer erwischt: Eine junge Bauernfamilie mit vier kleinen Kindern, die beiden jüngsten waren innerhalb eines Jahres geboren, eines im Januar und das nächste im Dezember des gleichen Jahres, wie Oma mit mißbilligendem Kopfschütteln Mutter erzählte. Die überforderte junge Mutter fand wohl, daß Oma sich gut als Babysitter eignen würde, während Oma nur eines wollte: weg!

Lotte empfand alles eher als Abenteuer. Gleich nach der Ankunft hatte sie sich riesig gefreut, als sie den Spitz vor der Haustüre sah. Mit dem könnte sie sicher spielen und durchs Dorf marschieren. Der Spitz sah das anders: Er war als Wachhund engagiert und empfand Lotte samt Mutter als Störenfriede, die er durch unentwegtes Bellen gehörig auf Abstand zwang. Da sie beide aber durch die Haustüre mußten und die Hausleute nicht immer anwesend waren, wurde Spitz - er hatte keinen eigenen Namen - an den nächststehenden Baum angeleint, was ihn wiederum tief in seiner Hundeseele verletzte, worauf er sein Bellen verstärkte und dafür Prügel vom Hausherrn bezog. Nein, den Hund als Spielgefährten zu gewinnen, das war ausgeschlossen.

Mutter, durch Omas Unzufriedenheit noch angestachelt, war für ein/zwei Tage nach Karlsruhe gefahren und brachte zu Lottes ganzem Entzücken ein paar halbhohe Gummistiefel mit, der letzte modische Schrei! Das Entzücken erfuhr durch zwei Regentage noch eine Steigerung: Die Dorfstraße war stellenweise mehr Weiher und Lotte patschte mit ihren Stiefeln und kurzem Stadtröckchen hin und her und fand dies ein wunderbares Leben. Sie brauchte vorerst nicht zur Schule und da sie gerne jemand zum Spielen gehabt hätte, die Dorfjugend sich ferne hielt von sowas Reingeschneitem, verfiel Lotte auf eine Idee, die nicht die beste war, wie sich später herausstellte.

Das Haus, in dem sie als Gäste untergekommen waren, wurde nach drei Seiten von Wiesen umrahmt, es gab viele Obstbäume auf dem Grundstück, ein kleines Bächlein, mehr ein Rinnsal, begrenzte es zum Nachbarn. Zwischen zwei Bäume hatte der Bauer einen Draht gespannt, der als Laufschiene diente für die Geiß der Familie. Sie hatte ein altes Hundehalsband um, das durch ein Seil verlängert dem Tier einen begrenzten Auslauf zum Grasen bot. Lotte nestelte eines Nachmittags das Seil von der Hundeleine los und die Geiß ging bereitwillig mit Lotte auf die Dorfstraße, knabberte hier und dort ein Blättchen, so daß es eine Zeit dauerte, bis Lotte samt Ziege bei Oma ankam. Sie band die Ziege an den Holzzaun des Vorgartens und Oma freute sich über den Besuch ihrer Enkelin. Die Arme hatte gerade zwei der Kleinen auf dem Schoß, ein drittes plärrte zum Steinerweichen und Lotte versuchte, es irgendwie zu beruhigen. Die Mutter der munteren Schar stand am Herd und kochte in einem großen Kessel Windeln, man konnte es gut riechen.

So verging einige Zeit, bis plötzlich eine Nachbarin in die Küche stürmte und irgend etwas Unverständliches schrie. Die Geiß!

Lotte hatte sie völlig vergessen und das Untier nützte dies schamlos aus. Jetzt, im Frühherbst, gab es noch eine Menge Gemüse im Vorgarten und solche Leckerbissen waren natürlich hochwillkommen. Außerdem zerrte das Untier am Holzzaun, einige der morschen Latten hatten nicht standgehalten und hingen jetzt schräg über den Beeten.

Die Ziege am Hundehalsband durchs Dorf spazieren zu führen, war schon gegen jedes bäuerliche Verständnis, darüber konnte man lachen. Aber sie im Vorgarten den Gemüsevorrat fressen zu lassen und den Zaun teilweise zu zerstören, dies ging entschieden zu weit. Es gab einen kleinen Auflauf, der Besitzer der Ziege kam mit Lottes aufgeregter Mutter ebenfalls hinzu, der angerichtete Schaden mußte wieder gutgemacht werden. Mutter und Oma gaben einen angemessenen Obolus. Lotte wurde heftig ausgeschimpft, bekam Stubenarrest und lernte einige Unterschiede zwischen Stadt- und Landleben kennen. Auch prägte sich ihr für immer ein, daß Geißen gefräßige Wesen sind, die sich nicht nur von Gras ernähren.

Nach dieser ziemlich teuren Erfahrung reichte es Mutter endgültig. Sie meldete sich wütend bei der Kommandatur der Kreisstadt, drohte damit, daß sie sich und ihr Kind eher von den Franzosen totschießen ließe, als noch einen Tag länger in diesem Kaff zu bleiben! Beeindruckt von Mutters temperamentvoller Rede setzte sich die Bürokratie in Bewegung. Von falschem Zug und falschem Ort war die Rede, es wurde hin- und hergeprüft und dann festgestellt, daß sie alle drei eigentlich in Bayern sein müßten.

Bayern! Als Südwestdeutsche wurden sie dort als einigermaßen annehmbar akzeptiert und so begann für Lotte eine wunderbare Zeit. Der kleine Ort, in den sie nach langer Fahrt kamen, bestand aus zwiebelturmgeschmücktem Kirchlein nebst Friedhof daneben, kleiner Schule, dem obligatorischen Wirtshaus, ein Laden, in dem es trotz seiner Kleinheit fast alles zu kaufen gab, was das Herz begehrte, was in jenen Zeiten eher bescheidene Wünsche hatte. Daneben drei oder vier Höfe, damit war der Platz der Anhöhe ausgefüllt. Die übrigen zur Dorfgemeinde zählenden Höfe waren meist stattliche Einzelhöfe, die jeder für sich seinen eigenen kleinen Hügel beanspruchten. Daneben gab es kleinere Häuschen, hier lebten Pächter oder Landarbeiter, deutlich von den großen Hofbesitzern auch räumlich getrennt.

Lotte kam mit Mutter in einen der großen Höfe, der früher mal ein Gasthaus war und daher immer noch über viele eingerichtete Zimmer verfügte, die jetzt leerstanden. Auch hier wurden sie als gutzahlende Gäste aufgenommen: mit Vollverpflegung. Letzteres erwies sich mit der Zeit als problematisch, da auf dem stattlichen Hof eine resolute und überaus sparsame Bäuerin das Szepter (und wohl auch den Geldbeutel) fest in ihrer Hand hatte und daher der tägliche Speiseplan eher gleichförmig ausfiel. Vielleicht war dies notwendig, da der Hausherr ein sehr jovialer Bayer mit einem Hang zur Geselligkeit war, die sich aber wohl mehr im Wirtshaus abspielte als in den eigenen vier Wänden. Lotte war für ihn das „Dirndl", und er konnte lange nicht begreifen, daß ein Dirndl aus der fernen Stadt sich für Hühner und Landwirtschaft allgemein so begeistern konnte.

Der Hof, in den sie einquartiert wurden, galt in *landwirtschaftlichen Fachkreisen* als mustergültig, wie die Besitzer Mutter stolz erzählten. Vor allem in der Hühnerhaltung probierten sie eine neue, rationellere Technik aus, um die eierlegenden Hühner von den legefaulen zu trennen. Die letztgenannten waren die Anwärterinnen für den Kochtopf!

Lotte avancierte in kürzester Zeit zum *Eierdirndl*, ein Ehrentitel, wie sie fand. Den jungen blondgelockten Stallknecht, der zu *Omas Hof* gehörte, beeindruckte Lotte mit ihrem Fachwissen über Hühnervolks interessante Lebensgewohnheiten. Lotte erfuhr dafür im allerfeinsten bayrisch die Namen von zwei Pferden und mehreren Kühen. Er beschrieb ihr die Tiere so anschaulich, daß in Lotte der Verdacht aufkeimte, er würde annehmen, sie habe noch nie in ihrem Leben Pferd oder Kuh zu sehen bekommen! Auch erfuhr sie, daß der Blondgelockte lieber in der Stadt leben würde, als hier Mist zu schaufeln.

Der Hühnerstall war der modernste in der ganzen Gegend, hell, sauber und meilenweit entfernt von der quälenden Enge späterer Massentierhaltung. Die Tiere konnten auch draußen in einem eingezäunten großflächigen Areal nach hühnerlust scharren und für den Fall, daß sie den Drang verspürten, ein Ei zu legen, hatte der Landwirt eine Reihe Kästen an der Wand des Stalles anbringen lassen, die einen raffinierten Klappmechanismus aufwiesen: Machte sich ein Huhn auf, um dort auf dem Stroh seinem anstrengenden Legegeschäft nachzugehen, klappte hinter ihm eine Art Falltüre zu und es saß fest, bis jemand kam, das gelegte Ei einzukassieren und das Federvieh zu befreien.
Lotte verdiente sich ihren Ehrentitel nun damit, daß sie viele Male am Tag in den Stall lief, durch die Spalte der Klappe spingste, um zu kontrollieren, wie weit das Geschäft mit dem Eierlegen fortschritt. Still staunend beobachtete sie mehrmals, wie ein Ei unter Mühen auf die Welt kam. Wenn Lotte die Lucke öffnete, um das eingesperrte Huhn zu befreien, sich das noch warme Ei griff, beschlichen sie seltsame Gefühle: War es richtig, dem Huhn das gelegte Ei einfach wegzunehmen?

Lotte verlor aber keine weiteren Gedanken daran, der Ehrgeiz hatte sie gepackt: Nach knapp einer Woche waren es *ihre* Hühner, die nun fleißig legen sollten. Um dem nachzuhelfen, gab es immer eine handvoll Extrakörner, wenn Lotte in ihren Stall kam. Das kleine Säckchen mit der Sonderration Körner stammte vom stadtsehnsüchtigen Stallburschen, der sich von Lotte erzählen ließ, was es zum Beispiel für Gefühle verursacht, wenn man Straßenbahn fährt und ob das teuer sei. Er war trotz seiner sechzehn Jahre noch nie in einer größeren Stadt gewesen und Lotte schilderte mit wachsender Begeisterung und einigen phantasievollen Ausschmückungen die Vorzüge ihrer Heimatstadt, die dadurch unversehens mehr und mehr zu einer schillernden Metropole geriet! Aber Heimweh nach der fernen Stadt plagte sie vorläufig nicht.

An der Schmalwand ihres Hühnerstalles war auf einer Holztafel ein großes kariertes Blatt festgepinnt, auf dem durch Striche in die entsprechenden Kästchen festgehalten wurde, wer sich als Huhn im Legen besonders hervorgetan und wer nur wenige positive Eintragungen über produzierte Eier hatte. Die einzelnen Tiere hatten kleine Nummerschildchen am Flügel befestigt und bevor eines wieder aus dem Kasten durfte, mußte seine Nummer festgestellt und in die Statistik an der Wand eingetragen werden.
Die Bäuerin war froh, daß sich Lotte nach einer kurzen Einweisung so geschickt verhielt und überließ ihr weitgehend die Eiersucherei. Ein wichtiges Amt mit großer Verantwortung und dazu geeignet, sich mit fast elf größer und bedeutender zu fühlen! Eierinspektorin! Die Statistik sollte stimmen und an manchen Tagen fanden sich zwanzig und mehr Hühner und Eier etwa zur gleichen Stunde in den Kästen. Lotte bemerkte nach einer

gewissen Zeit, daß es drei Hühner gab, die überhaupt kein Ei legten. Auch die Bäuerin, die natürlich die Oberaufsicht über das Stallwesen hatte, trug keinen Strich in die betreffenden Spalten ein. An einem der nächsten Sonntage gab es überraschenderweise Huhn zu mittag. Lotte fragte, welches der Hühner denn nun als Mittagessen diente: Eines der dreien, die kein Ei gelegt hatten.

Lotte kam wieder einmal in eine moralische Zwickmühle: Logisch und vernünftig: Das Huhn, das am wenigsten Eier produziert, kommt in die Suppe! Andererseits: Vertrauen zu genießen und Lob einzuheimsen für eine gut geführte Statistik hebt sehr das Selbstwertgefühl. Aber das Blatt an der Wand verriet auch einige der Lebewesen, die ahnungslos herumgackerten und zutraulich die Extrakörner aufpickten. Warum waren bloß einige zu blöd zum Eierlegen? Sie verdarben Lotte etwas den Spaß, denn auch die „Blöden" waren irgendwie ihre Hühner! Das Leben in der Stadt war doch bequemer: Man mußte sich über solche Probleme nicht den Kopf zerbrechen!

Die Statistik verfälschen? Schwer wäre das nicht: Den gut legenden Tieren hin und wieder eines ihrer Produkte nicht ankreuzen, dafür einem der so schmählich Versagenden ein statistisch gesichertes Überleben garantieren? Einige Tage plagte sich Lotte mit diesen Gedankenspielen herum. Dann entschied sie souverän: Für die Hühner und gegen die Statistik! Aber danach verlor sie schnell die Lust an ihrem Amt, auch weil neue Eindrücke auf sie zukamen und ihre Zeit einschränkten.

Denn: Hier mußte das Dirndl wieder die Schulbank drücken, was besondere Fragen aufwarf

Mutter hatte bei der Abreise an vieles gedacht, nicht aber daran, Lottes letztes Zeugnis mit einzupacken. Lotte vermißte es keinesfalls, da es, alles in allem, eher durchschnittlich war. Für sie begann ein neuer Schulabschnitt, der sich so vollkommen von ihren bisherigen Erfahrungen unterschied, daß mit einem Schlag ihr schulischer Ehrgeiz, der arg darniedergelegen hatte, wieder erwachte.

Es hing damit zusammen, daß sie in der altersmäßig zusammengewürfelten Klasse zu den jüngsten gehörte und nun von dem Lehrstoff für die älteren einiges mitbekam. Die Schulzeit endete nach der achten Klasse, was bedeutete, daß hier „die großen" mit in der Klasse saßen und die wollte sie unbedingt beeindrucken! Zuvor aber gab es noch ein unerwartetes Hindernis: Lotte samt Familie gehörte nicht dem einzig gültigen Glauben an, sie waren schließlich evangelisch. Zuerst fiel es nicht auf. Lotte sah mit Staunen, daß vor dem Unterricht mindestens eine Viertelstunde laut und innig gebetet wurde. Der Lehrer war wohl mit ins Gebet versunken, Lotte versuchte nicht aufzufallen und merkte sich, wenn auf bayrisch die gebenedeite Maria angesprochen wurde, weil dann alle in der Klasse knicksten. Lotte blieb stehen, versuchte dem bayrisch vorgetragenen Gebet zu folgen. Hier war sie „Flüchtling", wie der Lehrer sie der Klasse vorgestellt hatte, auch wenn Lotte sich nicht so vorkam, sie die Bedeutung dieses Wortes sowieso nicht richtig verstand. Sie war eher stolz, als sie auf der Wandkarte zeigen durfte, wo sie herkam. Jo mai, von so weither kam das neue Dirndl!

Und die Franzosen, die Deibel, hatten sie vertrieben, von Haus und Hof. Stadtwohnungen waren eher unbekannt, aber das war nicht so wichtig. Auch stimmte das mit der Vertreibung nicht exakt, machte aber mächtigen Eindruck auf die Schüler und Lotte genoß es.

Nachdem der Lehrer sich von der Überraschung, daß hier etwas im Grunde „Ungläubiges" an dem morgendlichen Gebet teilnahm, erholt hatte, beschloß er souverän, daß Lotte täglich eine gute Viertelstunde später zum Unterricht erscheinen durfte.Das war zwar angenehm, aber Lotte bedauerte es doch, weil dies morgendliche Zusammensein im Gebet ihr gefallen hatte. Sie machte sich trotzdem früh auf den Schulweg und verbrachte die Viertelstunde damit, entweder die Auslagen im Geschäft zu betrachten oder im Örtchen herumzuspazieren.

Wenn sie später an diese Zeit zurückdachte, konnte sie sich an keine Begebenheit erinnern, daß Mitschüler sie wegen dieses Privilegs beneidet oder angefeindet hätten. Das hing wohl damit zusammen, daß Lotte wie eine Art Sternschnuppe in die Dorfschule gefallen war und sie, ohne dies tatsächlich zu wollen oder nur anzustreben in die Rolle eines kleinen Stars aufrückte. Außer ihr gab es nur noch zwei jüngere „Flüchtlingskinder", die aber in die Unterklasse gingen und daher Lottes Weg nicht kreuzten.

Lottes Mitschülerinnen, fast alle bezopft und mit jener praktischen Kleidung ausgestattet, die auch einen Schulweg von teilweise anderthalb Stunden ohne Schaden überstand, bewunderten Lottes Kurzhaarfrisur, während Lotte sich nichts so sehr wünschte wie lange Haare, damit sie sich auch Zöpfe flechten könne. Aber Haare wachsen nicht so schnell und dieser Wunsch ging in den Wochen, die sie dort zubrachte leider nicht in Erfüllung. Dafür gab es in der Kleiderfrage erbitterte Kämpfe mit Mutter und Oma.

Fast alle Kinder kamen mit Holzschuhen zur Schule, auch die aus den wohlhabenden Höfen. Die von allen Seiten beäugten Gummistiefel und anderes städtisches Schuhwerk verloren für Lotte über Nacht an Wert, Holzschuhe mußten es sein! Die Bäuerin hatte kleine Füße, lieh Lotte zum Ärger von Mutter ein Paar schon leicht lädierte Holzpantoffel, in denen Lotte nicht laufen konnte, da ihre Füße in den dünnen Strümpfen darin hin und herschaukelten und Lotte trotz sportlicher Begabung im Hof vor aller Augen die Balance verlor und hinfiel.

Rabenmutter samt Bäuerin lachten sie aus, was Lottes Trotz verstärkte. Anderntags mußte sie noch mit ihrem üblichen Schuhwerk in die Schule, wunderte sich, daß alle Holzschuhe in Reih und Glied vor der Schultüre standen. Warum froren die anderen nicht in dünnen Strümpfen? Des Rätsels Lösung: Sie hatten keinesfalls dicke Socken in den Holzpantinen an, sondern die Füßlinge ihrer Strümpfe waren mit aufgenähten Lappen verstärkt und bei einigen waren auf diese Weise auch die Knie bedeckt. Mit geübtem Auge erkannte Lotte sofort, daß diese aufgenähten Knieschoner wohl von den ärmeren Schülern eher unwillig getragen wurden. Manche hatten regelrechte Lappenpolster unter den Fußsohlen, klar, da bekam man keine kalten Füße und rutschte nicht in den Schuhen hin und her.

„Haben Sie vielleicht ein paar alte Stoffreste, die Sie mir geben könnten?"

„Wozu?"

„Ich möchte für meine Puppe etwas nähen."

„Frag mal Maria, die weiß wo die Lappenkiste ist."

Maria war nach damaligem Sprachgebrauch die Magd auf dem Hof, eine Frau unbestimmten Alters, irgendwo zwischen dreißig oder vierzig Jahren. Mutter verstand sich gut mit ihr, da sie den Kummer Marias nachfühlen konnte, die ohne eigenes Mannsbild wohl weiterhin als Magd und Mädchen für alles auf dem Hof arbeiten mußte. Und jetzt auch noch der Krieg, der die Männer wegholte und sicher viele nicht mehr wiederkehren ließ!

Maria ließ Lotte in der Kiste wühlen und hochbeglückt zog sie mit ihrer Ausbeute von dannen. Mutters wachsames Auge nahm wahr, daß ihre Tochter im Wäschefach des Schrankes herumsuchte.

„Was willst du mit den Strümpfen? Du hast doch erst gestern welche frisch angezogen und hier kann ich nicht dauernd waschen! Gib bitte die Strümpfe her!" Imperativ, da war nichts zu machen. Verständiges Nicken war noch die beste Strategie, Mutter aber schloß vorsichtshalber das Schrankfach ab.

„Ich geh´ mal Oma besuchen!"

Lotte rannte den hauseigenen Hügel hinunter und den nächsten wieder hinauf. Oma hatte diesesmal das große Los gezogen und Lotte beneidete Oma im Stillen, daß sie in dem prachtvollsten Hof weit und breit untergekommen war. Das Haus war zwar nicht so groß wie *ihr* Hof, dafür ein regelrechtes Schmuckstück. Außen grün verputzt, Holzschnitzereien und mächtige Hirschgeweihe machten das Gebäude beim Näherkommen noch imposanter. Ein älterer Witwer bewohnte es, der Lotte ebenfalls „Dirndl" nannte und immer mit irgend etwas Nahrhaftem fütterte: Ein Stück Speck, so auf die Hand, eine Wurst, selbstgeräuchert natürlich, und Lotte war immer heilfroh, wenn sie heimlich Oma die Sachen wieder zustecken konnte. Noch gab es keinen Hunger und schon garnicht auf dem Dorf!

Lotte hatte ihren Plan keinesfalls aufgegeben. Aber gegen die Starrsinnigkeit ihrer Mutter konnte nur Oma eventuell etwas ausrichten. Die übliche, zeitraubende und nervtötende Prozedur!

„Aber Kind, warum willst du denn alte Lappen auf deine schönen Strümpfe nähen? Es gibt hierum wohl keine anderen mehr zu kaufen. Mama hat sie doch extra für dich gekauft und du weißt doch, daß Mama sparen muß. Die Strümpfe waren teuer."

Immer das gleiche.

„Hast du denn ein paar alte Strümpfe?"

„Ja, aber Mama sagt sicher, daß sie noch halbneu sind."

„Ich werde mal mit ihr reden, aber sei ja nicht frech und vorlaut."

Mutter, die ihre Tochter gerne etwas herausputzte, war nach wie vor dagegen. Oma mit Diplomatie:

„Aber das Kind möchte doch aussehen wie die anderen, und die laufen hier halt so rum."

Konsequenz in der Erziehung ist ein nicht zu unterschätzendes Standbein der Pädagogik. Aber Konsequenz ist über alle Maßen nervenaufreibend, weshalb sie oft auf der Strecke bleibt.

„Gut, ich nähe dir Lappen unten auf ein altes Paar, aber auf die Knie kommen keine!" Kompromisse müssen leider oft sein.

Mutter mit ihrem Sinn für schöne Dinge machte aus den Strümpfen über Nacht eine Art Patschworkarbeit, hübsch kunterbunt und künstlerisch. Lotte konnte nicht viel dazu sagen, stakte in die Holzschuhe, die jetzt besser paßten und übte fleißig, darin zu gehen.

So den vorgefundenen neuen Lebensumständen angepaßt, fühlte sich Lotte in der Klasse schnell heimisch. Sie konzentrierte sich auf den Unterricht, heimste mehrmals ein Lob ein und wurde vom Lehrer als leuchtendes Vorbild für Fleiß und Aufmerksamkeit, vor allem den größeren Jungen gegenüber, herausgestellt! Aber sie entging dem Vorurteil, eine Streberin zu sein, da sie eben doch nicht zu der eingesessenen Dorfjugend zählte und daher kein Neid aufkam. Die Zeit, die sie dort zubrachte war zu kurz, um derartige Gefühle aufblühen zu lassen. Sie, das „Flüchtlingskind" befand sich in Ferien, unterbrochen durch den morgendlichen Schulbesuch, während die anderen Schüler meistens zuhause tüchtig auf dem Hof oder den Feldern anpacken mußten. Einige Jungen benutzten diese Tatsache als Ausrede, jedenfalls sah es der Lehrer so, wenn sie ihre Hausaufgaben nicht gemacht hatten.

Dann setzte es Ohrfeigen, was Lotte etwas verwundert zur Kenntnis nahm. Aber in ihrer Schule in der jetzt fernen Heimat gab es Tatzen auf die Hände, was auch nicht gerade angenehm war.

Um zur Schule zu gelangen, mußte Lotte den Haushügel hinunter über einen Steg den kleinen Bach überqueren und dann ging es wieder etwas steiler hinauf zum Dorfkern. Nach einigen Tagen machte Lotte die Beobachtung, daß immer zwei, drei der größeren Jungen unten am Steg standen, wenn sie herunterkam. Mit der Zeit wurde die Gruppe größer. Von oben konnte sie beobachten, daß sie miteinander sprachen oder lachten, sich manchmal auch rauften, sowie sie allerdings auf den Steg kam, wurden sie seltsam wortkarg. Kaum daß sie grüßten, aber sie gingen stumm neben ihr den Hügel hoch. Die meisten waren größer als sie und Lotte fehlten ebenfalls die Worte: Sie hatte keinerlei Übung oder Erfahrung, wie oder über was sie mit diesen großen unbekannten Wesen reden sollte. Hätten sie etwas gefragt, hätte sie sicher geantwortet, aber so?

Der Hausherr verkündete am Mittagstisch die Neuigkeit.

„Dös Dirndl hat sakra vuil Verehrer!“

Er lachte auf seine bayrisch-joviale Art. Lotte wäre fast vom Stuhl gefallen, als der Bauer aussprach was sie insgeheim ahnte aber nicht in richtige Worte fassen konnte. Er hatte ihr wohl morgens mehrmals nachgeschaut und die kleine wartende Jungenschar beobachtet. Mutter wurde neugierig und Lotte war dies alles ungemein peinlich. Die Vorstellung, daß eine noch nicht ganz elfjährige „einen Freund“ haben mußte, blieb späteren Generationen vorbehalten. Aber Verehrer! Das hörte sich gut an und obwohl Lotte sich nach außen zierte, alles abstritt: Sie genoß heimlich den ersten bescheidenen Triumpf weiblicher Anziehungskraft.

Über Nacht hatte es geschneit, tüchtig. Lotte spürte einen glückseligen Augenblick lang die wunderbare Veränderung, die der etwas früh im Jahr gefallene Schnee der Landschaft brachte. Natürlich gab es in ihrer Heimatstadt fast jedes Jahr Schnee, meistens um Weihnachten herum, aber eine Winterlandschaft dieser Art hatte sie bis dahin noch nie gesehen. Vorsorglich hatte der Hauswirt schon einen Schlitten bereitgestellt, jetzt mußten auch wieder die Gummistiefel in Dienst treten. Aber: Einen richtigen Hügel hinunterfahren, der jetzt im Schneeglanz bedrohlich steil wirkte? Sie stand unschlüssig oben, überlegte, ob sie besser zu Fuß gehen solle, als der Hausherr auftauchte. Ein Pfiff, ein Winken und schon lösten sich unten aus der Truppe zwei oder drei Gestalten, kraxelten unter dem Gejohle der anderen hoch und wurden angewiesen, „dös Dirndl aus der Stadt" runterzufahren. Einer der Jungen quetschte sich hinter Lotte auf den Schlitten und ab gings. Lotte schämte sich für einen Moment, daß sie es nicht selbst versucht hatte und fand, daß es garnicht so schlimm war. Kurz vor dem Steg bremste der Schlitten. Lotte wollte absteigen und wie die anderen ihren Schlitten hochziehen: kein Denken daran! Drei oder vier der Jungen zogen und schoben ihren Schlitten und sie protestierte nur der Form halber, weil es schön war, so den Berg hinaufbefördert zu werden, von ihren „Verehrern". Das kurze Intermezzo am Berg löste auch die Zungen aller Beteiligten. Die älteren Mädchen zogen die Jungen auf, ein von Lachen begleitetes Hinundhergeplänkel erfüllte die winterliche Morgenluft. Lotte verstand nur weniges, konnte aber trotzdem aus Mimik und Gesten erschließen, daß die größeren

Mädchen verlangten, in Zukunft auch den Berg hinaufgezogen zu werden, was ein wildes Protestgeschrei der so Aufgeforderten provozierte. Lotte, die bisher fast nur mit ungefähr Gleichaltrigen Umgang hatte, spürte instinktiv, daß zwischen den Älteren etwas vibrierte, von dem sie ausgeschlossen blieb. Sie war und blieb in deren Augen ein fremdes Kind, dem man freundlich entgegenkam, das man noch einige Tage lang mit Schlitten und großem Hallo den Berg hinaufbeförderte - aber sie würde nie wirklich dazugehören.

Abends gings erst richtig los! Drei oder vier größere Gestalten im Hof des Anwesens. Frage an den Hauswirt, ob Lotte mitdarf zum abendlichen Schlittenfahrtspektakel? Einige Ermahnungen an die Frager, dann: Ja, sie darf. Mutter wurde erst garnicht gefragt, was überaus hilfreich war, da sie erst am anderen Tag durch Oma erfuhr, was das für eine Schlittenpartie war! Oma konnte von einem Fenster ihrer Unterkunft aus beobachten wie ein Schlittenkonvoi zusammengestellt wurde, den der größte und älteste Junge steuerte, es zumindest versuchte. Lotte, irgendwo dazwischengeklemmt, erhielt die Anweisung: Die Füße oben halten und ja nicht bremsen! Runterfallen während der Fahrt konnte sie sowieso nicht, da vor und hinter ihr je ein Beschützer saß. Und dann gings abwärts. Eine reichlich stachelige Hecke, welche entlang der Fahrstraße verlief, stoppte bei der ersten Abfahrt die Weiterfahrt. Der Schlittenführer bremste zu spät und so abrupt, daß die angehängten Schlitten umkippten und alle unter Fluchen und Lachen im Schnee oder in der Stachelhecke landeten. Die Schlittenbahn, befanden die größeren, sei so zu kurz, wohl auch zu unattraktiv, obwohl es Lotte beim Hinaufklettern ziemlich hoch und weit vorkam. Kriegsrat: Die Hecke stört! Ihre Stacheln schützten an diesem Abend die Pflanzen nicht vor dem

Abknicken und runtergetreten werden, solange, bis ein mittelgroßes Durchgangsloch zur Straße hin den Schlitten Durchfahrt gewährte. Dann ging es mit Karacho über die verschneite, leicht vereiste Straße und auf der anderen Seite noch ein Stück talwärts. Dumm war nur, daß hier auch Autos fuhren, wenige zwar, aber immerhin. Einer der Jungen blieb oben am Start, rief, wenn in der Ferne die abgeblendeten Scheinwerfer eines Autos auftauchten. Lotte war es nicht ganz geheuer, sie kam aus der Stadt und wußte, daß die Entfernung eines Autos nicht so ohne weiteres abzuschätzen war.

Aber es gab noch andere Aufpasser. Ob Oma dahintersteckte und ihr Hauswirt? Als sie vielleicht das dritte Mal die Anhöhe hinaufkeuchten: Männerstimmen!, unüberhörbar! Lotte wurde durch einen Stoß unsanft vom Schlitten herunter in den Schnee geschubst. Wie von Geisterhand verschwanden Schlitten und Fahrer, auch Lottes Schlitten, der mitten zwischen den anderen angebunden war: verschwunden! Sie fand sich plötzlich alleine zwischen zwei wütenden und schimpfenden Männern wieder: Omas Hauswirt und der Bauer, bei dem sie wohnte. Irgend was von „Saububen narrische" und eine Menge für Lottes Ohren leider Unverständliches, wurde in die Dunkelheit gerufen, dann nahm der Bauer Lotte väterlich an die Hand, schimpfte auch mit ihr etwas, war aber bereits besänftigt, als sie beide am Haus ankamen. Von ihm erfuhr Mutter nichts.

Wie von Zauberhand gesteuert, stand morgens der verschwundene Schlitten wieder auf dem Hof. Abendliche Abenteuerfahrten wurden wohl in eine andere Gegend verlegt, Lotte nicht mehr dazu aufgefordert. Sie fuhr jetzt alleine die zahlreichen Hügel in der näheren Umgebung herunter, schließlich war sie inzwischen eine gestählte Fahrerin!

Nach knapp einer Woche war der Schnee wieder verschwunden. Lotte trauerte ihm nach, aber die Bäuerin tröstete, es würde noch mehr als genug Schnee fallen.

Noch trauriger war allerdings, daß sie vorerst nicht weiter zur Schule durfte. Sie hatte, vor allem im Gesicht, einen Ausschlag bekommen, richtige kleine und große Pusteln und Mutter und Oma machten sich große Sorgen. Der Hausherr, der ein älteres Automobil sein eigen nannte, fuhr sie morgens in die kleine Stadt am Inn zum Arzt. Diagnose: Das ungewohnte, zum Teil recht fette Essen bei der Gastfamilie sei die Ursache.Lotte sollte einige Tage eine vorgeschriebene Diät halten, danach solle Mutter das Essen für Lotte und sich selbst wieder alleine zubereiten, wie sie es gewohnt waren.

Nach dem Arztbesuch eine kurzen Abstecher nach Österreich. Über die Eisenkonstruktionsbrücke ins hübsche Städtchen Braunau. Lotte kam eine Idee:

„Mama, hier ist doch der Führer geboren. Gehen wir sein Geburtshaus besuchen?"

„Was sollen wir dort?"

„Ach, bitte! Ich möchte es so gerne sehen. Wenn wir wieder zuhause sind, kann ich den anderen erzählen, daß ich dort war."

Das wäre toll, fand Lotte, den Freundinnen und vielleicht dem Lehrer davon zu erzählen. Und sie könnte ihre BDM- Führerin sicher unheimlich beeindrucken! Im Geburtshaus des Führers, das war direkt sensationell! Schließlich kamen in den ersten Kriegsmonaten nur wenige Leute von Baden nach Bayern oder gar nach Österreich.

„Ja, wir gehen hin, aber erst nachher. Jetzt gehen wir erst mal

Kaffeetrinken. Hier solls im Café noch echten Bohnenkaffe geben. Vielleicht haben sie auch Eis."

Anfang November war das eher unwahrscheinlich, auch in „Führers" Heimatstadt. Aber Eis liebte Lotte über alle Maßen und sie fand, daß Kinder sich ruhig nur von Eis ernähren könnten. Mutter vergaß für einen Moment, daß Lotte ja auf Diät gesetzt werden sollte. Es gab im Café natürlich kein Eis mehr, dafür ein großes Stück Sahnekuchen.

Mutter überkamen in der kleinen Stadt Einkaufsgelüste, da sie wochenlang nicht mehr in einer Stadt war und das gewohnte Leben mehr vermißte als ihre Tochter. Hier gab es hübsch dekorierte Läden, sie alle anzusehen, brauchte seine Zeit. Und in einer Stunde sollten sie sich zur Heimfahrt wieder mit ihrem Hauswirt treffen, auf der anderen Seite des Inns. Es stellte sich heraus, daß das gesuchte Haus noch ein Stück hinter dem Marktplatz lag, man mußte dazu durch einen Torbogen. Die Zeit würde nicht reichen! So sah Lotte das berühmte Geburtshaus nur aus der Ferne. Links an der Straße lag es, erkenntlich an seinem Fahnenschmuck.

Lotte war enttäuscht.

„Wir kommen sicher nochmal her. Du mußt ja auch nochmal zum Doktor."

Es stimmte, Lotte kam noch einmal nach Braunau, doch das Haus war an diesem Tag geschlossen! Lotte weinte.

In der Nachbarschaft wurden in einem kleinen Geschäft Devotionalien des berühmten Sohnes der Stadt verkauft. Die Mutter ließ sich erweichen und Lotte durfte sich ein kleines Bildchen des verehrten Mannes kaufen. In einem schwarzen runden Rähmchen lächelte der Führer sie nun an. Lotte hängte zuhause das Bildchen unter einen Stich von Mozart, den sie von der Großmutter geerbt hatte. Die ganze väterliche Familie war mozartsüchtig! Lottes Vater fragte sie eines Tages, warum sie es ausgerechnet dahin gehängt hätte.

„Es sind beides große Österreicher."

„Mozart war das sicher......" Pause. Vater überlegte wohl, wie er den Gedanken fortführen könne.

„Meistens weiß man erst hundert Jahre später, ob jemand ein großer Mann war."

Lotte spürte sofort heraus, daß Vater Hitler nicht unbedingt für einen „großen Mann" hielt. Dessen Bild ging, zusammen mit Mozarts Abbild, in den Trümmern unter.

*

Wann kamen sie überhaupt wieder aus Bayern zurück? Lotte überlegte angestrengt in die Dunkelheit hinein. Ihr Gedächtnis streikte an bestimmten Streckenabschnitten, verweigerte die Auskunft. War sie ungern zurückgekehrt in die düster verdunkelte Stadt? So viel stand fest: Zum Weihnachtsfest waren sie alle wieder zu Hause. Hatte Vater, der vorerst nicht zum Kriegsdienst berufen wurde, interveniert? Hausarbeit war seine Sache nicht und wenn Lina, Großmutters treue Hilfe, nicht in der Zwischenzeit hin und wieder die Wohnung geputzt hätte, wäre Vater entweder geflüchtet oder im Chaos versunken. Mutter und Oma, die sich meistens langweilten, wollten unbedingt wieder zurück. Obwohl sie versuchten, sich bei ihren Gastfamilien irgendwie nützlich zu machen, verkrafteten sie den plötzlichen Lebensumschwung nicht so gut wie Lotte. Der Krieg gegen Frankreich, der den Anlaß zu ihrer Evakuierung gab, hatte aktiv noch garnicht begonnen. So wurde das erste Kriegsweihnachtsfest in vertrauter Weise im Familenkreis gefeiert. Kein Feind störte die Feier und Mutter fiel auch nicht, wie im Jahr zuvor, mit dem

Christbaum um! Schuld an diesem kleinen Unglücksfall hatte Mohrle, das jetzt im Katzenhimmel war. Verlockt durch glitzernde, sich beim geringsten Lufthauch bewegende kleine Zierspiralen, die weit oben im Tannengeäst hingen, hatte sich das Katzentier trotz stachliger Nadeln hinreißen lassen, einen Kletterversuch im Christbaum zu starten. Weit kam sie nicht, miaute klägliche Hilferufe. Mutter kam etwas zu schnell ihrem im Baum gestrandeten Liebling zu Hilfe, stolperte über ein Geschenk, das noch unterm Baum lag und fiel, mit Katze und Christbaum um. Nicht weit, da der große Baum in einer Zimmerecke stand und die Wände den Fall abbremsten. Es schepperte ziemlich, einige der Glaskugeln gingen zu Bruch und Mutter hatte mit Nadeln im Haar zu kämpfen. Vater holte sich eine gewaltige Abfuhr von Mutter, weil er, anstatt ihr sofort aufzuhelfen, zuerst breitbeinig dastehend das Malheur lachend begutachtete. Lotte flüchtete vorsichtshalber zu Oma, denn sie hatte auch lauthals gelacht, statt der Mutter beizustehen. Oma schloß die Türe und ließ sich von Lotte haarklein erzählen was passiert war. Die Geschichte machte noch die Runde durch die übrige Verwandtschaft: Mutter hatte es in dieser Familie nicht immer einfach!
Und das letzte, erste einige Monate zurückliegende Weihnachtsfest im sechsten Kriegswinter wurde nur der kleinen Geschwister wegen gefeiert.

*

Einen kleinen Tannenbaum zu beschaffen, schien Lotte in der ländlichen Umgebung das geringste Problem. Es gab gewichtigere Sorgen als darauf zu achten, daß irgendwo im nahen Wald ein heranwachsendes Bäumchen für eine Feier sein junges Leben opfern sollte.

Mutter, mit Recht besorgt, wollte nicht zulassen, daß die Tochter zusammen mit einem gleichaltrigen Nachbarmädchen in den Wald ginge. Es sei zu gefährlich! Aber Lotte schwor Stein und Bein: Sie würden ganz vorsichtig sein, aufpassen und falls Alarm käme sofort umkehren!

Fast ungestört durch deutsche Abwehrjäger beherrschten inzwischen die Flugzeuge der Alliierten den deutschen Luftraum. Oft mehrmals am Tag tönte die Sirene vom Rathausdach, nicht für die Jabos, die kamen nicht zu der „Ehre" eigens angekündigt zu werden! Dafür waren sie zu schnell da. Aber über dem meist winterlich bedeckten Himmel trugen die großen Bombergeschwader ihre zerstörende totbringende Last ins geduckte Land. Sie waren für die Landbevölkerung weniger gefährlich, aber wenn sie die Flugroute direkt über das Dorf nahmen, erstarrte für Momente alles Leben. Unheimlich das Brummen der unsichtbaren Todesengel über den Wolken. Lotte bekam jedesmal eine Gänsehaut.

Die modernen Raubvögel der Lüfte aber, die jetzt bereits mehrmals aufkreuzten, auch unterhalb der schützenden Wolkendecke ihre Runden ziehen konnten und auf alles schossen, was sich bewegte oder zu bewegen schien, die Gefahr, die von diesen ausging, war Lotte bereits bekannt.

In der Nähe der Häuser war man vor ihren gierigen Jagdgelüsten einigermaßen sicher. Im Gegensatz aber zu den naturgeschaffenen Verwandten, die lautlos kreisend nach ihren Opfern spähen, waren die technisch aufgerüsteten mit einem Mangel behaftet: Sie konnten laut vernehmbar ihr singendes Kreischen nicht unterdrücken! Dafür waren sie schneller.

Lotte und das Nachbarmädchen schleppten als moderne Tarnkappe ihren alten Kartoffelsack mit. Beim ersten Flirren des heranbrausenden Todesvogels tat man gut daran, sich ganz klein zu machen unter der löcherigen Hülle und es blieb nur die Hoffnung, daß in dem Sack vielleicht ein klein wenig von der magischen Substanz der mythologischen Zauberkappe stecken möge! Aber Sekunden der tiefsten kreatürlichen Angst mußten hingenommen werden.

Mit ausgeborgter Säge und einem der Jugend oft eigensinnigen Leichtsinn, zog Lotte mit dem anderen Mädchen los zur Christbaumsuche.

Zum Glück war in diesen letzten Vorweihnachtstagen der erste kurz gefallene Schnee schon weggetaut. Schnee vermittelt zwar erst das ganz richtige Weihnachtgefühl, aber sein hellglänzendes Weiß paßt leider nicht zum notwendigen Schutzumhang.

An zwei Seiten war das Dorf von Wald umgeben, aber zwischen den letzten Häusern und dem Waldrand lagen Wiesen, die natürlich keinerlei Sichtschutz boten. Es waren schätzungsweise ein- oder zweihundert Meter bis dahin, eine Entfernung, die jetzt doch ziemlich mutlos machte.

Hinter der Hecke des letzten Hauses großer Kriegsrat: Schnell rennen oder doch lieber langsam, den Sack umgehängt sich mehr hinschleichen? Der aufgetaute Schnee machte aus der Wiese eine glitschige Fläche, für einen schnellen Spurt eher ungeeignet. Außerdem war die Begleiterin nicht besonders sportlich und jetzt doch sehr geängstigt. Alles absagen? Weihnachten ohne Christbaum?

Und da kam auch schon wieder der erste Schreivogel dieses Tages herangebraust. Hinter der Hecke wars einigermaßen sicher, schnell zu wenden war diesen Luftraubrittern nicht möglich.

Ätsch! Kindische Freude über diesen offensichtlichen Mangel, der einen zeitlichen Abstand erzwang, eine kurze Atempause zum ungefährdeten Handeln. Dieser frühe Vogel verschwand erstmal am Horizont. Was ein Glück, er würde vielleicht im Nachbarort seine beiden kleineren Bomben auf den Bahnfof werfen oder die Gleise! Kein zweiter in Sicht? Keiner der sich im Geräuschpegels des ersten heranpirscht? Nein, die Winterluft ist rein.

Lotte entschied: Sofort losrennen, egal wie weit sie kämen! Kurz vor dem Waldrand: Es war, als wiederholten die Bäume diesen seltsamen Klang der Maschine, hinducken im Matsch, eine Schrecksekunde, dann ist er schon weiter, kann nicht irgendwo in der Luft stehenbleiben, wird davongetragen, von seiner eigenen, davondrängenden Geschwindigkeit. Im Aufspringen etwas weiter weg das Knattern des Maschinengewehrs: Sie kann es nicht mehr treffen!

Endlich im Wald, wie Hänsel und Gretel! Die Hexe sitzt im Blechhaus und verfeuert normalerweise nicht teure Munition auf unschuldige Bäume. Aber es ist ein alter Wald, die Fichten hochgewachsen, dicht, dunkel. Herumirren. Wo finden sich endlich geeignete Bäumchen? Da, eine kleine Lichtung, nicht größer als ein Zimmer und hier stehen sie endlich! Mehrere kleine, wunderhübsch anzusehende aber sehr nasse Geschöpfe. Diebische Elstern, die mit der Säge, die nicht viel taugt und mit wenig Geschick sich abmühen, zwischen den Zweigen den oberen Teil der Bäume abzusägen und in ihren unrechtmäßigen Besitz zu bringen. Geschafft!

Solche ungeübten Aktionen verschlingen viel Zeit. Außerdem, wo gehts jetzt wieder raus aus dem Wald? Und es ist ganz still. Wo sind die Jabos? Endlich am Waldrand:

„Es schneit! Es schneit!"

Dicke Schneeflocken. Im Schneegestöber können moderne Hexen

in ihren fliegenden Kisten nichts mehr sehen! Vielleicht verliert der Raubritter die Orientierung und fällt irgendwo runter! Triumpfgeheul!

Zu Hause Freude über die gelungene Weihnachtsbaumbeschaffung.. Mutter glücklich und sehr erleichtert, daß die Tochter wieder unbeschadet zurückgekommen war. Sie hatte große Ängste ausgestanden.

Leider ein Wermutstropfen in die Freude: Oma, die nicht in die gefahrvolle Aktion eingeweiht war, fing urplötzlich ein großes Gezetere an: Sie beschimpfte mit groben Worten ihre Tochter, die Lotte dieses Tun erlaubt hatte. Mutter, die deshalb selbst ein schlechtes Gewissen hatte, heulte los, rannte wortlos aus der Küche und Lotte legte sich wütend mit Oma an.

Aber der Weihnachtsbaum war da. Womit sollte man ihn schmücken? Anderntags war der Familienfrieden wieder hergestellt und Oma und Lotte gaben sich ans Plätzchenbacken, im Geheimen, wie sich das für Weihnachten gehört. Mutter verzog sich derweil mit den Kleinen in die ungeheizte Dachkammer. Lotte fand die drei zusammengekuschelt schlafend in Mutters Bett, als sie nach ihnen Ausschau hielt.

Um Weihnachten herum war die Versorgungslage noch nicht so schlecht, es gab auch eine Sonderzuteilung an Lebensmitteln, damit die Bevölkerung weiterhin still hielt!

Zwar waren die Zutaten nicht üppig, aber Oma warf allen Ehrgeiz und ihr ganzes Können in die Zubereitung des Teiges und Lotte half bei der Ausgestaltung des kostbaren Gebäcks. Oma schnitt gleichförmige Rechtecke aus dem Teig, weil dies die rationellste Art war, den wertvollen Teig zu verarbeiten. Lotte befand, daß Weihnachtsplätzchen anders auszusehen hätten und versuchte sich unter Omas Gegrummele an Herzen und Sternen. Einige bekamen ein Loch in die Mitte, sie glänzten später am Christbaum.

Mutter hatte für das zweijährige Schwesterchen aus irgendwoher aufgetriebenen Stoffresten ein Püppchen gefertigt mit Kleidchen zum An- und Ausziehen. Der kleine Bruder war erst ein dreiviertel Jahr alt. Für ihn mußten der Christbaum und einige Plätzchen reichen. Sein helles Lachen ersetzte die fehlenden Christbaumkugeln!

*

Es war eine unruhige Nacht. Die Haustüre war nur angelehnt, da auf dem Anschlag neben verschiedenen anderen Androhungen, auf welche wie selbstverständlich die Todesstrafe stand auch vorgeschrieben war, daß die Haustüren offen zu sein hätten und sich niemand am Fenster blicken ließe. Es ging ein wenig Wind und die Haustüre klapperte. Mutter und Lotte hörten, daß auch die unter ihnen Wohnenden nicht schliefen, die laute Stimme der schwerhörigen Frau drang bis in die Dachstube. Die Fenster ihres Dachzimmers gingen auf den Hof und so konnte man rein gar nichts sehen. Mutter schlich im Dunkeln die Treppe runter und Lotte hörte, wie die beiden Frauen überlegten, wie sie die Haustüre sichern konnten, daß sie nicht zuschlug, aber auch nicht zu weit offen stand. Weitere Aufregung: Der Ladenbesitzerin fiel ein, daß die Ladentüre womöglich auch als Haustüre gewertet wurde und also auch aufzusperren war. Nervös suchten sie im Stockdunkeln die Schlüssel, fanden sie nicht, schlichen zu Lotte hoch, ob die wüßte, wo der Schlüssel war.

„Was ist los?“,

Oma ein bißchen zu laut, die Kleine wach. „Mama! Mama!“ Geheul. Etwas Nervenstärkendes wäre gut in diesen Tagen gewesen. Oma beruhigte das Enkelchen und Lotte ging mit runter, den Schlüssel suchen. Das war wenigstens eine Abwechslung.

Nachdem der Schlüssel endlich - an seinem üblichen Platz, nur einen Haken weiter unter einem anderen - gefunden und die Ladentüre aufgesperrt war, fiel der Unglücksrabin von Hausbesitzerin plötzlich ein, daß ja auch noch die alte Werkstattbaracke eine Tür habe! Wenn man die nicht aufschlösse, zündeten die gottverdammten Sch......franzosen diese womöglich an und alles würde mit niederbrennen. Dafür gabs nun echt keinen Schlüssel zu finden, die Türe war mit einem Vorhangschloß gesichert. Der Handwerkskasten fand sich zum Glück in der Dunkelheit und eine große Zange. Nun mußten sie über den Hof. Schlotternd standen sie in der kühlen Nacht: Würden sie womöglich beobachtet, wie sie, am Schuppen und Hühnerstall entlang zur Baracke schlichen? Kaum was zu sehen. Sie hielten sich an den Händen, tasteten mühsam an den Latten des Schuppens entlang bis zur Werkstatt. Das Vorhängeschloß erwies sich zum Glück als wenig widerstandsfähig, aber es dauerte seine Zeit, bis der Bügel nachgab und die Türe geöffnet werden konnte. Mußte diese auch so erbärmlich quitschen? Lotte meinte, man könne das bis zur Kirche hören. Mutter meinte sachlich:

"Man müßte sie mal ölen!"

Es war die nüchterne Feststellung, der ganz und gar unaufgeregte Ton von Mutters Einfall, der Lotte urplötzlich einen solchen Lachreiz verursachte, daß sie nur mit allergrößter Mühe nicht laut herausplatzte. Da standen sie lange nach Mitternacht im nachtdunkeln Hof, wer Feind, wer Freund war, wußte man nicht mehr zu sagen und Mutter dachte an das Ölen der Türangeln, so als wäre sie noch zu Hause und brauchte bloß das Ölkännchen, das im kleinen Regal auf dem Küchenbalkon stand, zu holen.

Lottes unterdrücktes Gekichere steckte die beiden anderen an, minutenlang mühten sie sich um Fassung, drückten den Rock vors Gesicht, steckten sich gegenseitig wieder mit Lachen an und als sie sich endlich wieder beruhigten, hatte ihr Mut zugenommen!

Anstatt wieder am Schuppen entlangzuschleichen, gingen sie jetzt leise zwar aber quer über den Hof. Da keiner allein sein wollte, tasteten sie sich ins dunkle Wohnzimmer der Hausfrau. Von dort aus konnten sie durch die Gardinen auf die Straße sehen. aber da es keinerlei Beleuchtung gab, dauerte es eine Ewigkeit, bis Lotte den Schattenriß der gegenüberliegenden Häuser erkennen konnte. >Ihr< Haus lag ungefähr in der Mitte der Strecke Bahnhof-Rathaus/Kirche und Lotte vermutete, daß es dort, im Ortsmittelpunkt vielleicht nicht so trostlos war. Vielleicht saßen die paar alten Männer, die es noch im Dorf gab zusammen, vielleicht waren auch die notdürftig ausgerüsteten letzten Verteidiger wieder heimgekehrt, hielten sich irgendwo versteckt.

Ob ein paar der vierzehn/fünfzehnjährigen, denen sie hin und wieder im Ort begegnet war, auch dort hockten? Einige von ihnen zeigten einen erwachsen/trotzigen Ausdruck, so daß Lotte annahm, daß auch sie an den >Endsieg< glaubten.

Einige gleichaltrige aber waren in den letzten Tagen an merkwürdigen Symptomem erkrankt, wie Lotte erfuhr. Sie mußten das Bett hüten und der Dorfarzt hatte sie wohl für kampfuntauglich geschrieben. Auch seine Familie wollte überleben und es war für die anbrechende Zeit gut zu wissen, daß es dankbare Nachbarn gab, die einige Schinken vergraben hatten. Aber es konnte auch sein, daß er schon lange nicht mehr an >die Sache< glaubte und den besorgten Müttern ihre Söhne in sicherer Obhut überlassen wollte.

Die Dorfstraße war leer. Lotte wußte, daß in den Nachbarhäusern nur noch Frauen, alte und junge und Kinder lebten. Nichts regte sich, es schien, als habe eine unbekannte Seuche gewütet und alles Leben vernichtet. Nicht alles! Ausgerechnet jetzt mußte in einem Nachbarsgarten ein Kater auf Brautschau gehen und die Auserwählte kreischte und fauchte gotterbärmlich, zerriß mit ihrem wütenden Geschrei den Schleier der Stille. Auch mindestens ein Hund im Dorf schien noch am Leben, der sich durch das Katzengeheule animiert fühlte, herumzukläffen.

Nach einigen Schrecksekunden fiel Mutter ein, daß oben die Kinder schliefen und Oma so allein sich fürchtete. Also wieder nach oben, ins Bett.

Warum nur hatten sie verloren? Die Wehrmachtsberichte, die sie in den letzten Wochen noch erreichten, die Fanfaren der Sondermeldungen, alles lautete nur noch: Rückzug. Sie erinnerte sich an eine unangenehme Begebenheit in der Schule. Da sie am Platz neben der Türe saß, gehörte zu ihren täglichen Aufgaben, den Verlauf der Front abzustecken Die kleine Europa-Karte, die an der Wand neben ihrem Platz hing, war an manchen Stellen wie perforiert von den Stecknadeln mit den verschiedenfarbenen Köpfchen, die zuerst vor - dann immer mehr zurückgesteckt wurden. Die Russen waren die >Roten< und Woche für Woche rückten sie westwärts. Sie konnte an den kleinen Löchern noch schemenhaft die Linie erkennen, die von Leningrad in einer großen westlichen Ausbuchtung bis fast vor Moskau und weiter im Süden bis zum Asowchen Meer reichte. Damals war sie noch auf einer anderen Schule und ihre Vorgängerinnen hatten die Stecknadeln den Siegesmeldungen entsprechend tief in den russischen Raum vorgeschoben, der abrupt am Kartenrand endete. Aber da noch eine Weltkarte im Klassenraum hing, wußte sie als Schülerin genau, daß das Sowjetreich noch endlos weit nach

Osten reichte.   Aus Nordafrika waren die Nadeln bereits verschwunden. Lotte schwärmte lange für die alten Griechen und Römer, las darüber, vor allem die Götter-und Heldensagen. Ach, ihre geliebten Bücher, alle, alle von der Mine in Atome zerfetzt!

Im Norden Italiens standen jetzt die Engländer und die Amerikaner. Ausgerechnet die Amis, die zusammen mit den Engländern ihre Städte verwüsteten, später ihr ganz persönliches Eigentum vernichteten und sie und ihre Familie buchstäblich als Besitzlose durch die Weltgeschichte trieben: Was suchten die in Italien? Lotte traute ihnen in ihrem Unwissen zu, daß sie dort wie Wilde hausten und alles klauten und mit ins ferne Amerika schleppten.

Sie hatte eine seltsame Abstufung ihrer Gefühle und Urteile gegenüber den Kriegsgegnern entwickelt, die sie bis über das Kriegsende hinaus zunächst nicht revidierte. Am meisten und leidenschaftlichsten haßte sie von Beginn an die Franzosen. Jedenfalls war sie überzeugt, sie zu hassen. Da dies alles nicht ihre eigenen Urteile, sondern Erlerntes und Aufgeschnapptes war, das sie von Kind an begleitete, gehörte der >Haß< auf die Franzosen zum Selbstverständlichen, so wie die felsenfeste Überzeugung, daß >wir< diese besiegen würden und bestrafen. Basta! Sie durchlitt eine grausame, menschenverachtende Lehrzeit, die sie aber nicht wirklich als solche wahrnahm, nicht wahrnehmen konnte.

Im nördlichen Baden aufgewachsen, begann etwas schräg nach südwest gedacht überm *Deutschen Rhein* sofort Frankreich. Bevor die Dörfer global und mitten durch die Städte Autorennen veranstaltet wurden, war das historische Gedächtnis, vor allem der Landbevölkerung und der kleinerer Städte, stärker mit den räumlichen Vorzügen oder Nachteilen der Umgebung und ihrer wechselnden Geschichte vertraut. Großeltern erzählten, was sie wiederum von ihren eigenen wußten, und so kam einiges auch an Geschichtsbewußtsein und Legendenbildung zusammen. Ein Vater, vielleicht in der Marneschlacht verwundet, und danach ging der Krieg für die Deutschen verloren. Ein Großvater, im September 1870 bei Sedan kämpfend, aber als >Sieger< heimkehrend. Und immer auch Leid und Trauer in den Famlien. Die >große Politik<, welche die Kleinen strafte! Siegeszuversicht, Zorn und Niedergeschlagenheit wechselten ab. So war das wohl und Lotte, das Kind und die Heranwachsende entnahm all dem, daß eben die Franzosen die >Erbfeinde< waren, die zu hassen Patriotenpflicht war, vor allem, wenn man selbst eine Uniform besaß, welche siegeszuversicht verhieß.

Mit den Engländern war das eine andere Sache. Irgendwie wurden sie von ihr mit den Franzosen mitgehaßt, aber von ihnen wußte sie nicht allzuviel. Triumphierte, als die erste Stufe der verheißenen Wunderwaffen dort in den Städten explodierte, sie führte Freudentänze auf, als die Nachrichten davon berichteten und das leise Mahnen der Mutter, daß dort ebenfalls Menschen lebten, die sich vor den unheimlichen Waffen fürchteten, überhörte sie geflissentlich.

Die Kommunisten im fernen Land verdienten nur Verachtung, sie zu hassen, war ihr nicht möglich. Sie mußten bekämpft werden, die Soldaten froren dort, hatten nichts zu essen und wären trotzdem fast in Moskau einmarschiert.Warum sie es nicht taten, verstand sie nicht, hörte aber schlaue Reden von besserwissenden Nachbarn, die diese Taktik für falsch hielten.

Und dann Stalingrad. Sie erinnerte sich, daß sie eines Nachmittags mit ihrer Oma im Kino war, als durch den Lautsprecher die Sondermeldung kam. Die Leute waren bedrückt. Tausende von

Männern, Vätern und Söhnen kämpften um diese Stadt. Aber eine verlorene Schlacht bedeutete noch lange nicht, daß sie persönlich nun allen Mut verlor.

Lotte hatte eine der rotbekopften Stecknadeln in der Hand, als sie der Mutwille überkam und sie die Nadel kurzerhand mitten in die rote Signatur steckte, die >Berlin< auf der Karte bezeichnete. Sie war in der Klasse dafür bekannt, daß ihr häufig Streiche einfielen, harmlose zwar, aber sie hatte diesen Ruf - auch bei ihrer Klassenlehrerin.

Lotte ahnte unter allen Entschuldigungen, die sie für sich selbst suchte, daß sie oft mehr wußte, als sie bewußt wahrnehmen wollte. Es war ein Streich, sicher, aber darunter steckte auch ein Stück Unlust, Verdrossenheit, fast jeden Tag die roten Nadeln ein Stückchen zurück zu stecken. Eine Ahnung vielleicht, ein kurzes Streifen in die Zukunft, schnell wieder weggehuscht, wie Schemen? Der Klassenlehrerin war es nicht aufgefallen. Auch petzte keine der umsitzenden Mitschülerinnen, sie kicherten in sich hinein. Petzen war in der Klasse verpönt.

Die Direktorin kam herein, alle schnellten auf.

"Heil Hitler! Frau...." Heil Hitler, setzen!" Das Unglück wollte es, daß sie in die Richtung der kleinen Karte sah:

"Wer hatte heute Kartendienst?",

der Ton war drohend, alle, auch die Klassenlehrerin erstarrten.

"Ich".

Lotte sprang auf, schlotterte aber, sie wollte ihre Beine zusammenhalten, wie es sich gehörte, wenn die Direktorin so >amtlich< mit einem sprach, fühlte aber, wie sie zitterten.

Die Direktorin beherrschte sich, aber Lotte spürte ihren Zorn trotzdem. Das Verhör begann methodisch:

„Wielange hast du schon Geographieunterricht?"

Lotte versuchte verzweifelt nachzurechnen, kam nicht drauf, stotterte herum.

„Du kannst also Kartenlesen?“

„Ja.“

„Wie lange betreust du die Karte?“

Die Klassenlehrerin wollte ihr zu Hilfe eilen. Ein eisiger Blick in ihre Richtung.

"Lotte ist alt genug, und kann alleine antworten!“

Schweigen, es fiel ihr nicht ein.

„Wer hat dir gesagt, daß die Russen nach Berlin kommen?“

Lotte fühlte, daß jetzt jeder Spaß aufgehört hatte. Kein Streich mehr, der einen Tadel nach sich zog, kein Verständnis für eine solche >widerwärtige< wie die Direktorin sagte, Tat.

„Was du gemacht hast, ist Sabotage und Verrat an unseren Soldaten! Ist dir das bewußt? “

„Nein!“

„Wo ist dein Vater?“

Die Direktorin wußte doch ganz genau, daß er an der Front war.

"Mit welchen Erwachsenen hast du Umgang?“

Sie überlegte, was diese Frage bedeuten könne, ahnte blitzschnell, daß ihre Familie in Gefahr geriet. Aus Angst um diese begann sie zu weinen und fand ihre Sprache wieder, wenn auch stockend.

„Ich wollte nur einen Spaß machen.“

"Spaß nennst du das? Dein Vater kämpft an der Front und du machst solche dummen Scherze. Wie alt bist du?“

„Fünfzehn“.

„Ist dir klar, was es bedeuten würde, wenn die Russen in Berlin einmarschierten? Ist dir das klar geworden? Ist dir das klar geworden?“

Ihre Stimme klang hart und streng, aber Lotte spürte instinktiv, daß sich die Direktorin vor dieser Aussicht mehr als sie selbst fürchtete.

„Nein",

schwindelte sie, obwohl sie aus dem Geschichtsunterricht wußte: Wenn ein Feind die Hauptstadt erobert hatte, dann war der Krieg aus. Was hatte sie angerichtet? Sie hatte tatsächlich in ihrem Leichtsinn einen üblen Scherz gemacht. Die Direktorin spürte wohl, daß Lotte bewegt war, deutete es aber anders.

„Weißt du, wißt ihr überhaupt", nun wurde die Klasse mit einbezogen, „was es für uns alle, unser Vaterland, den Führer, den Gott segnen möge, bedeuten würde, wenn wir diesen Krieg verlieren? Nein, wir werden diesen Krieg nicht verlieren. Wir haben im Moment etwas Pech, weil zu viele Feinde unser schönes Vaterland unter sich aufteilen möchten und uns versklaven wollen. Aber noch haben wir unsere tapferen Soldaten und wir werden Waffen bekommen, die allen anderen zeigen, daß die Deutschen noch lange nicht besiegt sind."

Da waren sie wieder, die Wunderwaffen. Bei allem momentanen Elend, das war ein Wort der Direktorin, das aufrichtete. Schließlich war sie auch eine Führerin und man konnte daher ihren Worten trauen.

„Heil Hitler". Aufspringen.

"Heil Hitler". Fort war sie.

*

Die Nacht nahm und nahm kein Ende. Sie waren doch wohl alle etwas eingeschlummert und wurden erst wach, als es bereits dämmerte. Der Hahn hatte nicht gekräht, war, zusammen mit den paar Hühnern, die es noch gab abends in einen Sack gesperrt und im Kellerraum verstaut worden. Die Hühner allesamt erlebten den

Einmarsch der Franzosen zwar in enger Gefangenschaft aber unbeschadet.

Die Mutter sorgte sich um ihre Älteste besonders. Irgend etwas mußte geschehen, um sie so unattraktiv wie es nur ging, erscheinen zu lassen. Lotte, sonst oft aufmüpfig gegen Mutter und Oma ließ alles kommentarlos über sich ergehen.

Sie hatte keinerlei weibliche Formen, so mager, wie sie war, aber hübsche Beine und vor allem langes, dunkles, etwas lockiges Haar. Dies mußte kaschiert werden. Auch die Oma war mager, fast einen Kopf kleiner als ihre Enkelin und besaß nur noch einen einzigen Rock, fast knöchellang, den sie tagaus, tagein tragen mußte und wenn er gewaschen wurde, blieb sie im Bett oder zog eine Kittelschürze an, die aber viel zu kurz war. Kleiderwechsel. Auch Oma trumpfte nicht auf, zog still vor sich hinweinend das Kleid der Enkelin an, es ging ihr gerade gut über die Knie und jeder konnte nun den dicken Verband um ihr krankes Bein sehen.

Omas Rock reichte Lotte etwas über sie Waden, Schürze drüber. Oben eine alte Strickjacke, welche die Nachbarin beisteuerte, die froh war, unter Menschen zu sein und ungemein kooperativ wurde. Das Haar, was macht man mit dem Haar? Zusammenstecken und als engen Knoten feststecken. Haarnadeln? Nein, Oma rückte ihre nicht raus, sie hatte nur noch zwei oder drei. Also von der alten Frau oben welche ausborgen. Flugs kam die Hausfrau wieder, brachte Nadeln und noch zwei Kopftücher mit, wie sie die Frauen auf dem Land trugen, wenn sie im Haus oder auf dem Feld arbeiteten. Die Tücher waren von einer undifferenzierbaren Farbe, graubraunschwarz oder so ähnlich. Die Mutter band Lotte eines um, sich selbst auch eines, schließlich war sie erst Anfang vierzig, verhärmt zwar in dieser Zeit - aber man konnte nie wissen. Die Oma durfte ihr ergrautes Haar zeigen.

Man traute den Franzosen alles zu, aber daß sie sich an einer über Sechzigjährigen >unsittlich< vergreifen würden, das dann doch nicht.

Da war es gefallen, das Wort!

Lottes Gedanken waren plötzlich nur noch darauf fixiert. Vergewaltigt, dies schreckliche Wort hatten sie nicht in ihrer Gegenwart gesagt, aber Lotte kannte es, auch seine Bedeutung, wenn auch nur vom Hörensagen. Die erwachsenen Frauen waren lebenserfahren, hatten mit einem Mann zusammengelebt, Kinder bekommen, die kannten alles. Lotte wurde es plötzlich schlecht. Ihr Magen zog sich zusammen und sie konnte nicht schnell genug auf den Hof laufen. Über dem steinernen Spülbecken erbrach sie sich, immer wieder, bis das wenige, das in ihrem Magen war unter Würgen herauskam. Danach sah sie käsebleich aus und fiel fast ihrer Mutter in die Arme. Ihre Hauswirtin huschte wieder nach oben und kam, bei Gott, mit einer halbvollen Flasche Schnaps wieder runter. Wahrscheinlich war er auf geheimnisvolle Weise in einem dunklen Verschlag irgendwo selbstgebrannt und gegen Tausch von einigen Zuckermarken in ihren Besitz gelangt. Das war jetzt egal. Sie goß einen guten Schluck des Gebräus in eine Tasse, Mutter wollte protestieren, wurde aber überstimmt.

„Trink, Kind, das tut dir gut".

Ein Zuspruch von Oma. Lotte würgte einen kleinen Schluck runter, wollte wieder zum Spülstein, aber Oma hielt sie fest und beharrte darauf, daß sie austrank. Sie spürte sofort die Wärme, und fühlte sich kurz danach auf merkwürdige Weise besser. Oma bekam auch einen, dann noch einen Schluck. Die Nachbarin stärkte sich ebenfalls, nur Mutter wollte nicht. Sie vertrug Alkohol nicht gut, wußte darum und wollte nüchtern bleiben. So, ein wenig aufgeheitert, harrten sie der Dinge, die nun kommen sollten.

Wie sich alles im einzelnen abspielte, Lotte konnte sich mit bestem Willen später nicht mehr exakt daran erinnern. Vielleicht war es die ungewohnte Wirkung des Alkohols, sie konnte nur noch einzelne Szenen, durch Mutters und Omas Erzählungen später ergänzt, erinnern. Motorenlärm war zu hören, einzelne Schüsse, wahrscheinlich Warnschüsse, und dann kamen sie ins Haus.

Mutter befahl Lotte sich an den Spülstein zu stellen und sich ja nicht umzudrehen. Lotte gehorchte wie ein Küken, wenn die Henne einen Warnruf ausstößt, drehte sich nicht um und spülte immer wieder die gleiche Tasse. Zum Glück wirkte der Aushang an der Türe mildernd auf das Gemüt der Kampftruppen. Denn der Krieg war noch keinesfalls aus, es gab noch versprengte deutsche Truppen im Wald und sie befürchteten wohl, daß es in den einzelnen Häusern Widerstandsnester gab. Ja, sie kamen mit aufgepflanztem Bajonett an die Türe, wie Mutter und Oma sich später erinnerten.

"Madame", hörte Lotte sie sagen, dann die Frage:

"Sind Männer, Soldaten hier? Waffen?"

Es mußte wohl wieder ein Elsässer dabei sein,

„Nein, nein, nur Babys."

Lotte hielt es nicht aus, vielleicht tat der Schnaps seine Wirkung, sie mußte sich umdrehen, auch wenn sie danach wie Lots Frau zur Salzsäule erstarren würde. Ein älterer und ein noch junger Franzose standen keine zwei Meter von ihr entfernt. Sie spürte wieder Großmutters Zeigefinger im Rücken, richtete sich kerzengerade auf und schaute die beiden Eindringlinge an. Zwar neigte sie nicht den Kopf, lächelte auch nicht, stand nur da und schaute die beiden fremden Soldaten an.

Nachdem diese alle Schränke aufgerissen und darin gewühlt

hatten, nahmen sie die Schnapsflasche mit, gingen wortlos wieder, die Treppen hinauf. Das bekam Lotte nicht mehr mit, sie fiel in Ohnmacht. Als sie wieder zu sich kam, war der erste Schock vorbei. In Omas Tasse befand sich noch ein kleiner Schluck, Lotte sträubte sich nicht mehr. Später am Tag plagten sie starke Kopfschmerzen von dem ungewohnten Gebräu.

Die Soldaten waren noch im Haus. Eine durchdringende zornige Stimme:
„Was fällt euch ein? Laßt die Finger von meinen Sachen!!".
Das war die alte Hausbesitzerin. Wieder ein Schreck: Wenn nun die beiden Franzosen womöglich in Zorn gerieten und sich von einer ganz anderen Seite zeigten? Poltern auf der Treppe. Durch die offenstehende Küchentüre sahen sie, wie der jüngere die Schüssel mit den Eiern davontrug, während der andere einige Pakete unter dem Arm hatte.
Dann waren sie wie ein böser Spuk verschwunden. Oma, Mutter und Tochter empfanden trotz der grade überstandenen Schreckminuten ein wenig Schadenfreude: Hätte sie die Eier rechtzeitig verkauft, müßte sie jetzt diesen nicht nachtrauern!
Die Hauswirtin hatte große Mühe ihre alte Mutter aufzuhalten, daß sie nicht unbesonnen auf die Straße lief den gestohlenen Eiern und dem Speck hinterher.

In was für einer Zeit lebten sie jetzt? Die Tageszeit war noch am ehesten auszumachen, der Hunger meldete sich und sie hatten nur noch ein halbes Brot, ein paar Kartoffeln, wenige andere Grundnahrungsmittel und etwas Milch für die Kleinen. Würde der Bäcker wieder aufmachen, wann durften sie wieder auf die Straße um beim Bauern Milch zu kaufen? Solche banalen Fragen bestimmten die *Stunde Null*, die jetzt begonnen hatte, ohne daß sie es wirklich wahrnahmen. Sie alle waren an einer historischen Sternstunde beteiligt, konnten es aber nicht entsprechend würdigen. Es schien so, als wäre der Krieg für sie nun aus. Was würden die nächsten Stunden, Tage bringen?

Oma, von Geburt und Gemüt Schwäbin, 1877 geboren, hatte als Erwachsene das Ende des Ersten Weltkrieges überstanden. Sie faßte sich als erste, fachte das Feuer im Herd an, auf dem früher Viehfutter gekocht wurde und schob einen Topf Kartoffel darauf. Mutter setzte den kleinen Bruder aufs Töpfchen, der wie üblich lauthals protestierte. Die kleine Schwester wollte auf den Hof laufen und protestierte ebenfalls empört, als die Mutter sie zurückhielt. Das Übliche eben, mechanisch, eingeübt.

Die Hauswirtin kam und berichtete, was ihr eine Nachbarin, die sich an ihren hinteren Gartenzaun gewagt hatte, leise und mit vielen Gesten zugerufen hatte: Sie sollen alle im Haus bleiben! Uralte Weiterleitung von Signalen, von Hoffenstern über Gartenzäune, Schuppen hinweg, funktionierten diese mit einer Schnelligkeit, die man sich in späteren Zeiten nur schwer vorstellen kann. Irgendwann am späteren Nachmittag der Büttel, der wieder sein Amt einnehmen mußte, organisiert von wem? Ausgangssperre! Ab morgen früh bis zum frühen Abend durfte man aus dem Haus, nur in der Hauptstraße des Ortes und ein paar kleineren Straßen innerhalb sich bewegen. Nicht aufs Feld, wer außerhalb angetroffen wird: Ohne Warnung erschossen! Klare Sprache.

Als nächstes mußten die Hühner aus dem Keller, aber wohin? Sie hatten sich geradezu mustergültig in ihrem Sack verhalten, kein Laut, als die Franzosen in den Keller schauten. Jetzt waren sie ein kostbares Gut. Früher wurden sie *artgerecht* gehalten, durften in Hof und Garten scharren, das war vorerst vorbei. Die Hausfrau kam mit einer Kiste, Mutter half tragen und sie beschlossen, die Hühner nicht in den Stall, sondern in der alten Werkstatt unterzubringen. Das war ein Steinbau mit Schlagläden und alle hofften, daß sie sich in der Dunkelhaft still verhielten. Sie bekamen Körner hingestreut, Wasser und ein wenig Streu. Der Hahn mußte noch zwei Tage in Einzelhaft in der Kiste bleiben, damit sein Krähen nicht alle verriet. Lotte kam auch hin, sie blieben eine zeitlang, damit die Hühner die Körner finden konnten, dann die Läden zu. Hoffentlich legen sie trotzdem ein paar Eier!

Lotte war das im Grunde egal. Sie hatte inzwischen ein gespaltenes Verhältnis zu dem gackernden Federvieh! Noch brodelte Zorn in ihr, was dieses gierige Getier angerichtet hatte!

Nachdem der Gartentraum ein so jähes Ende gefunden hatte, wirkte der Wunsch, etwas Eigenes anzubauen und wachsen zu sehen in Lotte weiter. Mutter, die ihre Tochter so traurig nicht sehen wollte, machte einen Vorschlag: Sie solle doch in einer Kiste ein Frühbeet mit Salat anlegen, später könnten die Pflanzen vielleicht irgendwo im Hausgarten ausgepflanzt oder als frischer Blattsalat geerntet werden. Lotte, oft voller unerklärlicher Unrast in jener Zeit war sofort begeistert. Eine geeignete Kiste war leicht zu beschaffen, die Hauswirtin steuerte Salatsamen bei und eine alte Fensterscheibe, die im Schuppen stand. Lotte schaufelte Gartenerde in das Mini-Frühbeet, in Reihen kam der Samen darauf, Wasser und die Scheibe darüber. Jeden Morgen der erste Weg: Schaute vielleicht schon ein winziges Grün heraus? Als es soweit war, wurde die Scheibe mit Hölzchen etwas schräg aufgestellt, Luft und beginnende Sonnenwärme sollten ein übriges tun.

Und wie hervorragend die Pflänzchen gediehen! Lotte hatte ein wachsames Auge darauf, ließ, wenn die Hühner im Stall waren, die Scheibe offen stehen und wenn sie freien Auslauf hatten, achtete sie mit Argusaugen darüber, daß kein vorwitziges Huhn in die Nähe der Kiste kam.

Vielleicht eine Woche bevor die Franzosen einrückten, waren die ersten Pflanzen so gut gediehen, daß in ein bis zwei Tagen ein kleiner Teller voll Pflücksalat geerntet werden konnte. Aber des Geschickes Mächte...

Lotte hatte die Scheibe entfernt, als sie weg mußte, etwas erledigen sollte. Die Hühner waren im Stall, keine Gefahr also. Sie beauftragte trotzdem Oma mit der Salat-Aufsicht. Diese sagte zwar „ja", vergaß es scheinbar oder hatte den Auftrag als nicht wichtig eingestuft. Jedenfalls humpelte sie in die Dachkammer und in der Zwischenzeit ließ die alte Hausbesitzerin arglos ihr geliebtes Federvieh aus dem Stall. Es kam, wie es kommen mußte: Nicht nur rupften die verrückten Hühner in windeseile alles was sie erhaschen konnten raus, nein, zwei mußten noch in die Kiste hüpfen und tüchtig darin scharren!

Lotte kam gerade dazu, wie das Erdreich in kleinen Klümpchen über den Kistenrand flog. Für einen Moment erstarrte sie wie die berühmte „Witwe Bolte", deren gebratenes Federvieh auf rätselhafte Weise aus der Pfanne verschwunden war. Dann erwischte Lotte aus heiterem Himmel ein so gewaltiger Anfall von reinem Jähzorn, daß sie außer sich vor Wut die Glasscheibe nach den davonfliehenden Hühnern schmiß, die Kiste umkippte und auf dem verstreuten Erdreich wie eine Wahnsinnige herumtrampelte und nach Oma schrie. Zum Glück war die Hauswirtin nicht im Hause und die taube alte Frau konnte ihr Geschrei nicht hören.

Mutter, die mit den Kleinen gerade zurückkam, konnte ihre Tochter fast nicht bändigen, die jetzt heulend dauernd nur schrie:
„Ich bring´sie um, alle, alle! Ich drehe ihnen einzeln den Hals um! Und Oma, Oma soll sich ja nicht blicken lassen!"

Dann sank Lotte von einem Weinkrampf geschüttelt auf den nächsten Stuhl und Mutter mußte sich zusammenreimen, was denn überhaupt passiert war. Oma wollte gerade zur Türe herein, geistesgegenwärtig schob Mutter sie in den Flur zurück und Lotte hörte, wie Mutter leise sagte: „Geh´wieder nach oben, es ist was schlimmes passiert."

Oma aber wollte wissen, was mit Lotte los sei, befürchtete, sie hätte sich verletzt oder es wäre mit ihrer lieben Enkelin sonst etwas Furchtbares passiert. Mutter meinte nur kurz: „Die Hühner haben den Salat gefressen!"

„Ach so", sagte Oma erleichtert, "ich dachte schon, Lotte wäre ein Unglück zugestoßen. Wegen dem Salat braucht sie doch kein solches Geschrei zu machen."

Lotte hatte der ungeahnte Zornesausbruch so geschwächt, daß sie überhaupt kein Wort mehr herausbrachte. Was sollte man von so einer verständnislosen Oma überhaupt noch halten?

Mutter besah sich den Schaden, kehrte die Scherben zusammen, scheuchte mit dem Hofbesen die freche Hühnerschar in den Stall und erzählte später der Hausfrau, aus Versehen wäre ihr die Scheibe aus der Hand gefallen, als sie die Hühner den Salat fressen sah. Das mit der Scheibe sei nicht schlimm und Hühner wären halt auf frisches Grün aus!

Lotte hoffte im Stillen, ein Fuchs käme und würde das Viehzeug fressen. Aber wenn Panzer im Wald herumkurven, bleiben schlaue Füchse wahrscheinlich in ihrem Bau!

*

Konnte man den Anordnungen trauen? Am anderen Morgen, dem ersten Tag nach der Stunde Null mußte Milch herangeschafft werden. Früher hatte diese meistens Lotte besorgt, ein Stück weiter im Ort wurde sie einem Bauern abgekauft. Mutter ging jetzt selbst, verbot Lotte das Haus zu verlassen, machte Oma dafür verantwortlich, so, als wäre Lotte gerade drei und ließe sich von Oma festhalten. Lotte wollte sowieso nicht auf die Straße. Der Schock des vergangenen Tages wirkte nach. Sie kam sich irgendwie feige vor, wußte nicht den Grund und hätte am liebsten geheult.

„Ich gehe nur mal in den Garten. Hier drin halte ich es nicht mehr aus!"

Oma jammerte, sie solle hierbleiben, niemand wisse, ob nicht wieder plötzlich Soldaten zur Kontrolle auf den Hof kämen. Lotte versprach hoch und heilig sie würde aufpassen und sofort zurückkommen, wenn etwas ungewöhnliches passierte. Sie konnte es in der engen Küche nicht mehr aushalten, glaubte ersticken zu müssen.

Es war Frühling, es regnete nicht und so setzte sie sich wieder auf den Baumstumpf und dachte nach. Was waren sie jetzt? Flüchtlinge, zwar in der Nähe ihrer Geburtsstadt, aber ohne Heim und womöglich bald ganz ohne Essen, ausgeliefert an Umstände, auf die sie niemand vorbereitet hatte. Ihre Siegeszuversicht, die sie lange vieles ertragen ließ, verflog langsam und machte einer tiefen Resignation Platz.

Wieso konnte dies alles geschehen? Betrogen und verraten kam sie sich noch nicht vor, alles war zuletzt schnell und fast wie in einem Tagtraum vorbeigezogen. Es gab keine Zeitung, um sich über die Begebnisse zu informieren, keine Nachrichtensendungen und wenn es doch welche geben sollte: Sie hatten ja kein Radio mehr.

Wo sollten sie hin? Wie würde ihr weiteres Leben aussehen? Würde Vater wieder von der Front zurückkommen? Lebte er überhaupt noch und wo, unter welchen Umständen? Lange hielt sie es nicht aus, ging wieder ins Haus, da die Mutter vom Milchholen zurückgekommen war und vielleicht etwas Neues erzählen konnte. Es gab wieder Gerüchte: Mutter hatte gehört, daß geplündert wurde. Unter anderem hätten die Franzosen ein Lager mit Schuhen ausgeräumt, die dort lange versteckt worden waren, sie einfach auf die Straße geworfen. Und sie, die Ausgebombten hatten Bezugscheine, die nichts taugten, da es nirgends Schuhe zu kaufen gab. Lotte besaß nur ein Paar, das ihr fast von den Füßen fiel und angeblich gab es keine Schuhe auf Bezugscheine!

Diese Nachricht elektrisierte sie. Sie vergaß Angst und Mahnung, ging angeblich wieder in den Garten und von dort aus schlich sie auf kleinen Feldpfaden hinter den Gärten entlang, sagte natürlich keinen Ton zur Mutter, es fiel ihr nicht ein, daß diese sich sorgen würde.

Tatsächlich: Vor einem Haus in der Ortsmitte lagen so viele Schuhe, wie sie überhaupt noch nie gesehen hatte. Es waren nicht Franzosen sondern Einheimische, die sich fast rauften, Schuhe rafften und wegtrugen. Lotte drängte sich vor, wühlte in dem kleiner werdenden Haufen, erwischte Schuhe, die zu klein waren, suchte verzweifelt ihre und ihrer Mutter Größe heraus. Zuletzt hatte sie mehrere Paare, auch welche, die niemals passen würden, nur raffen und fort damit. Sie rannte mit ihrer Beute wieder die Feldwege entlang, es war alles ziemlich schnell gegangen. Mutter, die sie im Garten vermutete, hatte sie zum Glück noch garnicht vermißt. Atemlos und mit heller Begeisterung schmiß sie die erbeuteten Schuhe auf den vom Schrubben ausgebleichten Waschküchentisch. Oma, mit ihrem lebenspraktischen Sinn, wollte gerade etwas sagen, aber Mutter zischte sie an:

„Sei du bitte still!"

„Komm sofort mit mir nach oben!"

Diese Aufforderung galt Lotte.

Wenn Mutters Drachenbluttröpfchen in Wallung kam, überschwemmte es die ganze Person und Lotte war nicht Siegfried, der Drachentöter! Warum regte sie sich so auf? Schließlich war Lotte schon in extremeren Situationen gewesen, als bloß mal ins Dorf zu laufen, wenn jetzt zwar Franzosen da, dafür aber keine Jabos mehr. Warum wollte sie Oma nicht dabeihaben, die doch sonst immer alles mitbekam?

Oben im Dachkämmerchen, flüsternd mehr, damit die Nachbarin nichts hörte, eine unvergessene Moralpredigt! Sicher war Angst dabei, als Plünderer bestraft zu werden, denn Mutter hatte erfahren, daß auch plündern unter Todesstrafe verboten war. Aber wenn es so war, hätten sie das halbe Dorf erschießen müssen. Nein, das war es nicht. Lotte kam nicht dazu irgend etwas zu sagen, Mutter war außer sich.

„Ist dir klar, daß du die Schuhe gestohlen hast? Was wirst du als nächstes klauen? Nie und nimmer werde ich zulassen, daß der Krieg aus meiner Tochter noch eine Diebin macht. Nie! Nie!"

„Aber andere haben auch..."

"Springst du in den Rhein, wenn andere das auch machen?" Sowas hatte sie schon öfter gehört.

„Du bringst die Schuhe sofort zurück, sofort, ich will das gestohlene Zeug nicht hier haben."

„Ich soll doch nicht ins Dorf!"

„Du bist ohne meine Erlaubnis dort gewesen, also sieh zu, daß du das gestohlene Schuhzeug wieder wegbringst."

Viel später erst begriff Lotte, daß der Mutter, die sich so tapfer geschlagen hatte, nichts geblieben war als das mühsam verteidigte Stückchen Ehre, der verzweifelt gehegte Wunsch nicht zum Pöbel, der keinen Anstand kannte, zu gehören. Nicht tiefer zu sinken, als sie schon dadurch waren, daß sie herumvagabundieren mußten, ohne Heim und ohne Vater, der vermißt. Es waren die später so geschmähten bürgerlichen Tugenden, ein letzter Halt in dem Chaos, das alles aufzulösen drohte. Und ihre Tochter sollte keine Diebin werden! Wenn es etwas Eßbares gewesen wäre, hätte Mutter wahrscheinlich weniger radikal geurteilt: Mundraub unterschied sich von gemeinem Straßenraub.

Daß sie eine Diebin sein sollte, verletzte Lotte tief. Sie hatte an alle gedacht und nun reagierte die Mutter derart hart und persönlich kränkend. Wütend rannte sie in die Küche hinunter, riß Oma, die gerade einen der Schuhe anprobieren wollte, ihr diesen aus der Hand, hörte noch wie sie ihr nachrief:

"Was fällt dir ein? Laß den Schuh hier, spinnst du, so mit mir umzugehen",

doch Lotte war schon draußen. Diesmal ohne Feldwegschleicherei, mitten die Dorfstraße hinauf. Sollten die gottverdammten Franzosen sie doch erwischen und erschießen! Dann würde die Mutter schon sehen, was sie davon hatte.

Sie steigerte sich in die Vorstellung hinein, wie sie auf der Bahre lag, tot, erschossen, und Mutter und Oma deshalb heulten und sich die Schuld gaben, daß sie nun so jung aus dem Leben gegangen war. Ohne die geringste Angst kam sie an die Stelle, von wo aus sie das Haus sehen konnte: Der Schuhberg war verschwunden, dafür standen jetzt bewaffnete Soldaten davor. Und sie hatte mehrere Schuhpaare in ihrer Schürze! Sofort war Lotte hellwach, drehte sich um, rannte in den nächsten Weg zwischen den Häusern. Wohin mit den verräterischen Schuhen? Ein Stückchen weiter ein Garten mit hoher Hecke. Ein Schwung, die Schuhe landeten nacheinander dort. Ein blöder Köter bellte sie durch die Hecke an, sie rannte, rannte, nur weg vom Tatort.

Wofür diese ganze Aufregung, wo sie es gut meinte. Kein Wort würde sie die nächsten Tage mit ihrer Mutter wechseln, die sie so unmöglich behandelt hatte. Hätte sie glatt den Franzosen ausgeliefert!

Sie sah durchs Küchenfenster, daß die Mutter nicht da war.

„Kind, was ist denn los?"

Sie haßte es, wenn Oma sie Kind nannte, wo sie doch schon sechzehn war, sie haßte es, wenn Erwachsene sie rumkommandierten, sie haßte alles, alles.

„Nichts."

Es geschahen weitere merkwürdige Dinge. Einen Tag später kam die Französin wieder, diesesmal ohne ihr Baby. Den Zuckersack hatte sie dabei, stellte ihn auf den Tisch, packte über ein halbes Dutzend Kinderschuhe in unterschiedlichen Größen aus:

„Madame, für Sie und Baby."

Mutter wußte nichts zu sagen als :"Merci, Merci".

Sie erfuhren nun, daß der Ehemann der jungen Frau wohl bei den Rathausbesetzern war und die Kinderschuhe ein Dank für die paar Sachen, die Mutter hergeschenkt hatte. Sie ahnten, daß der ominöse Anschlag an der Haustüre aus derselben Quelle stammte.

„Adieu"!

Lotte deutete aus alter Gewohnheit einen leichten Knicks an, gleichzeitig ging ihr durch den Kopf, daß sie mit dieser Knickserei sofort aufhören würde, dafür war sie jetzt zu alt.

So war das also: Diese Schuhe kamen ebenfalls aus dem geplünderten Lager. Requirieren war wohl eine höhere und gedultete Form von Klauen! Sie dachte bei sich, daß sie diese neue Rangordnung der Dinge nie verstehen würde. Sie freute sich nach außen mit der Mutter über das unerwartete Geschenk, machte auch keine spitze Bemerkung. Wozu auch, die Mutter war selbst verlegen. Oma schaute die Schuhe an, las, welche Größe sie hatten und meinte realistisch:

"Jetzt haben wenigstens die Kinder Schuhe für die nächste Zeit."

Das letzte, größte Paar, trug die kleine Schwester noch, als sie eingeschult wurde.

*

Lotte schaute über den Pferderücken die Landstraße entlang, die sie an einem schönen Frühsommertag befuhren in Richtung ihrer Heimatstadt. Sie saß neben dem Kutscher, der sich bereit erklärt hatte, sie und ihre Familie dorthin zu bringen. Der Krieg war nun endgültig aus, Hitler tot und die Russen waren in Berlin.

Also doch. Berlin! Lotte erinnerte sich, daß sie einmal kurz in Berlin waren, auf der albtraumhaften Fahrt in die kleine Stadt an der Neiße. Ihr Vater, der am Theater arbeitete, das bis nach der totalen Kriegserklärung zur Ermutigung der Bevölkerung weiterspielte, als wäre dies das normalste der Welt, wurde erst spät eingezogen. Zur militärischen Ausbildung war er in Cannstatt und durch den Alarmruf der Mutter, daß sie nach der Bombardierung auf der Straße saßen, bekam er einige Tage Urlaub. Er versuchte zu organisieren, soweit dies möglich war.

Sicherheitshalber fuhren die Züge oft andere als die angekündigten Strecken, außerdem waren die großen Bahnhöfe gern angepeilte Bombenziele. Anderntags, so hatte Vater herausgefunden, fuhr abends Abends ein Zug auf der anderen Rheinseite Richtung Frankfurt- Berlin in den Osten Deutschlands. Mutters einziger Bruder lebte seit seiner Heirat dort. Zur Zeit lag er allerdings mit schweren Verletzungen im Lazarett des Städtchens, aber die Schwägerin und deren Eltern würden sie - notgedrungen - sicher aufnehmen. Oma wollte nicht mit. Sie hatte bei Bekannten eine Notunterkunft im Keller gefunden und weigerte sich standhaft, mit auf die beschwerliche Reise zu gehen.

Vater hatte einen Wagen organisiert und so kamen sie abends rechtzeitig am kleinen Bahnhof an. Leider war der Zug restlos überfüllt, vor allem mit Soldaten, die wieder an die Ostfront mußten. Durch ein Abteilfenster gelangten sie in den Zug, die Kleinen wurden hineingereicht und Mutter und Lotte zogen kräftige Arme gleichfalls durchs Fenster. Vater half nach, stand dann etwas hilflos auf dem Bahnsteig aber für Tränen und andere Abschiedsbezeugungen gab es keinen Raum. Es war das letzte Mal, daß Lotte ihren Vater sah, bevor er zum Fronteinsatz mußte.
Alle Plätze doppelt besetzt, umfallen konnte man in dem Gedränge nicht. Ein Soldat hatte den kleinen, fünf Monate alten Bruder im Arm, der Gottseidank erstmal schlief. Mutter stand eingezwängt in der Nähe, Lotte hatte die kleine Schwester auf ein heruntergeklapptes Tischchen gesetzt, hielt sie fest, so gut es ging. Das Schwesterchen war totmüde, schrie immer: "Will runter, will schlafen." Lotte drückte sie an das Abteilfenster, stockdunkel draußen. Regen gegen die Scheiben, so fuhren sie durch die Nacht. In Frankfurt stiegen einige der Mitfahrenden aus, ebenfalls

durchs Fenster.Bevor sich weitere Miteisende ins Abteil drängten, machte ein Soldat Mutter mit sanfter Gewalt ein Plätzchen frei. Lotte übergab die weinende Schwester der Mutter, setzte sich nun halb auf das schmale Tischbrettchen und schlief immer mal wieder ein. Der kleine Bruder wurde dem nächsten Soldaten in den Arm gelegt, er wachte erst mitten in der Nacht auf, als viele ausstiegen und auch Lotte ein Plätzchen neben der Mutter erwischen konnte. Sie legten die kleine Schwester quer über ihren Schoß. Ein Soldat rollte seine Jacke oder Mantel zusammen, räumte Gepäckstücke zusammen und der Kleine kam auf diese Unterlage ins Gepäcknetz. Mutter hatte Angst, er fiele dort herunter, aber der Soldat beruhigte sie. Stunden, endlose, vergingen, da der Zug immer wieder außerplanmäßig auf freier Strecke hielt.

Lotte war noch nie so lange mit dem Zug gefahren, dachte, daß sie niemals irgendwo ankommen würden. Dann eine größere Stadt: Halle? Magdeburg? Ein längerer Aufenthalt. Der Zug noch immer überfüllt, doch wechselten die Fahrgäste und weitere Soldaten stiegen zu. Rotkreuzschwestern gingen am Zug entlang, verteilten Kaffee, allerdings war es nur „Muckefuck", wie der Ersatzkaffe genannt wurde. Aber heiß. Und einige Scheiben Brot. Brüderchens Fläschchen, das inzwischen leergetrunken war, wurde mit der schwarzen Brühe gefüllt. Empörendes Gebrüll. Das Loch im Nuggi war zu groß, der Kaffee lief zu schnell durch, wurde unter Protest ausgespuckt. Geschrei. Mutter füllte ihren leeren Becher, versuchte mit aufgeweichten Brotstückchen den Kleinen zu beruhigen. Dem Schwesterchen, obwohl keinesfalls verwöhnt, schmeckte das auch nicht.

Wieder hielt der Zug irgendwo auf freier Strecke an. Man hörte leise die Sirene in einem nahen Ort heulen. Nirgends ein Keller, ein halbwegs sicherer Unterschlupf. Ein Soldat mutmaßte, sie könnten in der Nähe der bekannten Leuna-Werke sein. Und jeder wußte, daß Chemieanlagen und Gleise bevorzugte Ziele waren. Eingepfercht warteten sie. Bomben fielen, aber zum Glück weiter weg. Der Zug vibrierte auf den Schienen, Lotte meinte mehrmals, sie würden samt Waggon hochgehoben. Stille.

Auch diese Nacht ging vorbei. Berlin! Anhalter Bahnhof, umsteigen. Mutter, die früher einmal in Berlin war, erzählte Lotte, daß es im Bahnhof Rolltreppen gab. Tatsächlich. Lotte hatte solche technischen Wundertreppen noch nie gesehen. Sie kamen aus dem Boden und bildeten Stufen, auf denen man rauf-und runterfahren konnte. Leider konnte Lotte nicht ausprobieren, wie es sich anfühlte, wenn man darauf stand. Mutter mußte sich erkundigen, wie man schnellstens von diesem überfüllten und unsicheren Gelände wieder fortkam, und Lotte hütete die Geschwister und bewachte den kleinen Koffer, ihren einzigen Besitz.

Am späten Nachmittag kamen sie todmüde an. Mehrmals hatte der Zug noch auf freier Strecke halten müssen. Niemand holte sie ab. Die kleine Stadt war völlig unbeschädigt, die Häuser hatten noch alle Fensterscheiben, nirgends eine ausgebrannte Ruine. Ruhe. Sie fragten sich durch, standen dann vor der Schwägerin/Tante, die nur mühsam ein Lächeln hervorbrachte. Willkommen waren sie nicht, vor allem in dem recht erbärmlichen Zustand, im dem sie sich nach der langen Reise befanden. Trotzdem wurden sie aufgenommen, kühl etwas. Der Krieg war bisher an dem Städtchen und seinen Bewohnern vorbeigegangen.

Mutter, sensibel und daher schnell gekränkt, war tief enttäuscht. Ihr Bruder war im Lazarett nicht ansprechbar. Daß man sie hier wie Zigeuner behandelte, in diesem Ort, in dem noch nie eine Bombe gefallen war! Der Schwiegervater des Onkels mäkelte an

Lottes ungepflegten Haaren herum. Sicher, sie hatte sie längere Zeit nicht waschen können und wenn, nur mit der primitiven Seife, die oben auf dem Wasser schwamm und keinerlei Schaum bildete.Dieser Mann hatte ein eigenes Friseurgeschäft und Lotte sagte zur Mutter:

"Wenn ihm meine Haare nicht gefallen, kann er mich ja mitnehmen und mir die Haare waschen. Aber er soll bloß nicht auf die Idee kommen, sie mir abzuschneiden."

Auf ihre Haare, gepflegt oder nicht, war sie stoz. Der Friseurmeister kam nicht auf die Idee und Mutter mutmaßte, daß er sich für die hereingeschneite Verwandtschaft schämte.

Nachts heulte eine Sirene über die Dächer der kleinen Stadt. Lotte, die im Wohnzimmer auf dem Sofa ein Nachtlager bekommen hatte, sprang auf und zog sich in windeseile an. Mutter schlief mit den Kleinen im ehemaligen Kinderzimmer der jetzt bereits verheirateten Tochter. Sie kam ebenfalls angezogen ins Wohnzimmer, keiner wußte, wo der Luftschutzkeller war. Schlaftrunken kam der Hausherr aus seinem Zimmer und fragte vorwurfsvoll, warum sie nachts hier rumturnten.

„Aber es ist doch Alarm, wo ist denn der Keller?"

„Hier geht niemand in den Keller. Hier gibts nur Alarm, wenn sie Berlin anfliegen." Mit *sie* bezeichnete er die Bombergeschwader, eine Erklärung war nicht notwendig.

„Geht ruhig wieder ins Bett, hier ist noch nie eine Bombe gefallen!"

Zwar tröstlich aber einfach ruhig im Bett wieder einzuschlafen, da machten die Nerven nicht mit. Erst nach der Entwarnung war wieder an Schlaf zu denken.

Der Gipfel der Verdrossenheit wurde einige Tage später erreicht, als Mutter mit den angesammelten Bezugscheinen in einem

Textilgeschäft, in dem viele der begehrten Waren im Regal lagen, abgewiesen wurde.

"Die sind für die Berliner gedacht, wenn sie evakuiert werden wegen der vielen Luftangriffe und dann hierherkommen. Ich kann Ihre Bezugscheine deshalb leider nicht anerkennen."

Mutters Drachenblut begann wieder zu wallen, sie beherrschte sich, schließlich waren sie hier fremd und sie wollte mit einem Aufstand nicht die Verwandten blamieren. Aber sofort, nachdem sie den Laden verlassen hatten, entschied Mutter voller Zorn:

"Hier, in diesem ungastlichen Ort bleiben wir keinen Tag länger."

Die Verwandtschaft war über diese Entscheidung ein wenig konsterniert, meinte halbherzig sie sollten doch bleiben, wenigstens bis der Bruder im Lazarett wieder ansprechbar war. Aber das konnte dauern, da eine Operation der anderen folgte: Der Onkel war auf der Krim lebensgefährlich verwundet worden, als fast neben ihm eine Granate explodierte und seinen Körper mit unzähligen Splittern übersäte.

Mutter aber setzte ihren Dickkopf auf:

"Nein! Es ist besser, wir fahren wieder zurück."

Als Abschiedsgeschenk bekamen sie den schicken Kinderwagen des Enkelkindes, der nicht mehr gebraucht wurde, ein paar abgelegte Kleidungsstücke und ein großes Paket mit Verpflegung für die Heimreise. Der Zug war diesesmal auch voll aber nicht überfüllt, sie kamen müde und erschöpft zurück.

Von da an lebten sie noch rund einen Monat im Keller, der zu der Wohnung von Vaters Bruder gehörte. Die Wohnung selbst war total leer, der Onkel hatte alle Möbelstücke irgendwo auf dem Land in Sicherheit gebracht. Nur ein Küchenregal mit Töpfen, ein alter Tisch und der Gasherd waren in der Wohnung verblieben. So lebten sie tagsüber mehr im Keller, führten, solange kein Alarm war, die Kinder ein wenig an die frische Luft oder gingen einkaufen. Auch Oma fand wieder zu ihnen. Bis Anfang Dezember ein schwerer Luftangriff alle so an den Rand ihrer Nervenkraft brachte, daß Mutter die Evakuierung aufs Land beantragte. So kamen sie in den Ort, in dem sie einige Monate später das Kriegsende erlebten.

Das Schicksal oder *die Vorsehung* lernte Lotte etwas später, bevorzugen oft seltsame Umwege. Freundlicher von den Verwandten empfangen, wären sie in dem ruhigen Städtchen geblieben und einige Zeit später, als die Ostfront immer mehr zusammenbrach, in das Inferno des Flüchtlingsstromes geraten, der sich gegen Westen wälzte. Dieser Katastrophe waren sie mit Glück, das sie erst später fassen konnten, entronnen. Vielleicht ein halbes Jahr nach Kriegsende erreichte sie der erste Brief des Onkels, der inzwischen in Mecklenburg ein Unterkommen gefunden hatte. Ein Zettel des ehemaligen Friseurmeisters war beigelegt. Er bat Mutter um Entschuldigung für seine damalige Handlungsweise. Von den Polen vertrieben, da Geschäft und Wohnhaus auf der *falschen* Seite der Neiße standen, konnte er plötzlich nachfühlen, wie erbärmlich sie sich benommen hatten. Gerührt schrieb Mutter einen versöhnlichen Brief. Lotte, die noch viele Lektionen in ihrem Leben lernen mußte, dachte bei sich: „Das geschieht ihnen Recht." Sie liebte damals klare schwarz - oder weiß- Entscheidungen.

*

Das Pferd zockelte dahin. Die kleine Schwester saß auf Mutters Schoß, lachte strahlend, durfte die Gerte halten und rief unentwegt „Hüh, hüh", Pferdle!" Der kleine Bruder schaukelte hinten im Kinderwagen, der auf der Ladefläche stand und Oma

110

hatte es sich auf dem Bettgestell bequem gemacht, das sie, zusammen mit der alten Matratze von der Hausbesitzerin geschenkt bekamen, da es sowieso nur unnütz im Schuppen gestanden hatte.

Mutter war zuvor mit einem Passierschein, den die Franzosen ausgestellt hatten, aber mit unguten Gefühlen, nach Karlsruhe gefahren. Es gab Tuscheleien im Dorf über Frauen, die angeblich trotz gültigem Schein von den Franzogen aufgegriffen und zum Kartoffelschälen in ihrer Kantine oder zu anderen „Diensten" gezwungen worden seien. Wahrscheinlich wieder Gerüchte, jedenfalls nicht ermutigend. Durchgeschüttelt, auf einem holzgasbetriebenen Traktor mit kleinem Anhänger, kam sie abends total erschöpft zurück, aber sie wollte unbedingt nach dem Kriegsende wieder nach Hause, obwohl es ein solches ja nicht mehr gab. Durch Umstände, die Lotte später vergessen hat, war ihnen eine Wohnung in einer Stadtrandsiedlung zuerkannt worden. Die Wohnungsinhaber, ein älteres Ehepaar, hatte Zuflucht bei Verwandten gefunden, wollten nicht mehr zurück.

Als sie ankamen, erschrak Lotte: Dies sollte eine Wohnung sein? Fast keine Fensterscheiben mehr, ein paar Pappkartons halbwegs an die Fensterkreuze genagelt. Die Eroberer hatten ganze Arbeit geleistet und wie sie gehaust hatten, hätte man Angehörigen der *Grande Nation,* die doch kultiviert sein wollten, nicht zugetraut. Die meisten Möbel hatten die Vorbesitzer mitgenommen, es gab noch einen alten Küchenschrank, eine Kommode und einen ledernen Ohrensessel. Diesen hatten die Besatzungssoldaten mit dem Messer oder Bajonet bearbeitet, überall quoll das helle Polstermaterial duch die Schlitze. Die Kommode war ebenfalls mißhandelt worden. Geschirr, das dageblieben war, lag in Scherben auf dem Boden aber einige Töpfe und Pfannen, die widerstandsfähiger waren, befanden sich mit übrigem Gerümpel und leeren Weinflaschen, in der Badewanne. Es gab eine Toilettenschüssel, doch die reichte wohl für menschliche Bedürfnisse nicht aus! Eine Brühe aus Urin, Kot, verschüttetem Rotwein füllte ein Drittel der Badewanne aus, bedeckte die so wertvollen Töpfe. Lotte hatte also doch Recht: Die Franzosen waren Barbaren! Der Unterschied war, man mußte jetzt auch wieder vorsichtig sein, wenn man sich kritisch äußerte. Dies hatte sie in der kurzen Zeit bereits gelernt.

Das mitgebrachte Bett kam in den Raum, den sie kühn Wohnzimmer titulierten, da einige Glasscheiben heil geblieben, etwas Licht hereinließen. Weiterhin besaßen sie ein altmodisches, zum Glück recht großes eisernes Kinderbett, das Mutter im Dorf bei Bekannten ihrer Wirtsfrau erstanden hatte. Wo sollte Oma schlafen? Eine Nachbarin im Nebenhaus nahm sie für einige Nächte auf.

Die Badewanne! Lotte ekelte sich maßlos, doch wollte sie ihre Mutter nicht im Stich lassen bei dieser Drecksarbeit. Mit bloßen Händen fischten sie die Töpfe aus der ekligen Brühe. Lotte kämpfte mit Brechreiz, aber sie schafften es. Unterm Spülstein ein Fund: Scheuerpulver! So wertvoll wie nie!

Auch wenn die Sonne nur zwischen Pappe durchscheint, alles wirkt freundlicher. Die Wohnung hatte einen Holzdielenboden, früher einmal wachsgepflegt und glänzend. Teilweise waren noch Spuren der Pflege früherer Mieter zu erkennen. Jetzt gab es an mehreren Stellen häßliche dunkle Flecken: Die Rotweinlachen, welche die Siegestrunkenen hinterließen, hatte das Holz aufgesaugt und war nicht bereit, trotz Scheuerversuche sich wieder von den dunklen Flecken befreien zu lassen.Teppiche waren nicht vorhanden und so blieb lange die Erinnerung an die gefürchteten und ungeliebten Besatzer wach. Und die vor Jahren still hielten, als die propagandistische Verseuchung immer weiter um sich griff, hatten noch lange Zeit kein Recht, sich über Übelstände zu beklagen! Also erstmal wieder ducken, diesesmal unter die fremden Sieger.

Später kamen Regentage.
Mutter wurde durch die kleine Schwester geweckt, die im Bettchen saß und dauernd rief: "Will nicht naß sein!" Hatte es doch durch die Zimmerdecke geregnet! Bettchen wegrücken. Plitsch! Schnell bildete sich eine kleine Lache auf dem Fußboden. Die mitgeschleppte Zinkbadewanne herbeigeholt, nun plitschte es da hinein und man konnte wieder ins Bett, so schnell war die Wanne sicher nicht voll. Lotte, die das Bett mit Mutter teilen mußte, wurde kurz nach dem Einschlafen wieder wach und spürte, etwas hatte sich verändert: Die Militärdecke, mit der sie sich zudeckten, war an einigen Stellen naß. Bett wegrücken, den größten Topf unter die tropfende Stelle rücken, wieder ins Bett, was sollte man auch sonst machen.
Am andern Morgen erfuhren sie von der Hausbesitzerin, daß ein Teil des Daches Schaden genommen als im kleinen Garten hinter dem Haus eine mittelschwere Bombe eingeschlagen hatte. Der Bombentrichter war insofern von Vorteil, weil er Abfälle aufnahm, obwohl es nur wenige gab. Über der neuen Wohnung in dem kleinen Zweifamilienhaus wohnten zwei unverheiratete ältere Schwestern in den Dachzimmerchen, notdürftig ebenfalls, da ihr Elternhaus vor zwei Jahren schon ausgebrannt war. Die Schwestern waren aber gegen Kriegsende zu Verwandten aufs Land geflüchtet und so hatte sich das Regenwasser langsam durch die beiden Zimmerdecken einen Weg gebahnt. Die Hausbesitzerin

war entsetzt. Mutter meinte später, sie hätte ja mal auf den Dachboden gehen und nachschauen können. Zum Glück lag ein Stapel neuer, fast unbeschädigter Ziegel auf dem Speicher. Da Mutter nicht schwindelfrei war, die Hausbesitzerin mittleren Alters nur lamentierte, lernte Lotte etwas über Dachdeckerei. Die größten Löcher waren danach wieder zu aber für alle Stellen reichten die Ziegel nicht aus. Einige Eimer, die nach jedem Regenwetter geleert werden mußten, wurden von der Hausbesitzerin unter die beschädigten Dachlatten gestellt. Ein, wenn auch löchriges Dach über dem Kopf, gibt ein sicheres Gefühl und Lotte lernte es Nacht für Nacht schätzen, daß sie durchschlafen konnten und keine Sirene sie mehr hochjagte.

Jeder Tag brachte neues. Die Nachbarin, bei der Oma übernachten durfte, hatte drei Neuigkeiten: Eine sehr gute, eine mittelgute und eine, mit der konfrontiert Mutter und Lotte nichts zu tun haben wollten.

Die gute war, daß über Wege persönlicher Freundschaften der Nachbarin ein Bett für Oma organisiert wurde, man denke, sogar mit Steppdecke und Kopfkissen. Um das Bett abzuholen, stand auch ein kleiner Leiterwagen zur Verfügung und es waren nur zwei Straßen weit zu gehen. Es sollte nichts kosten. Mutter und Oma war das peinlich, schließlich waren sie keine Almosenempfänger. Mutter litt sehr darunter, aber vielleicht würden sie auf ihren Antrag, der seitenlang peinlich genau ausgefüllt und dann per Fuß rund drei Kilometer zur Stadt ins zuständige Amt gebracht werden mußte, einen Ersatz für ihren Hausrat bekommen.

Das war zwar etwas später aber das Ergebnis erfüllte Mutter mit großer Bitternis und Lotte konnte nachfühlen, was es für sie bedeutete. Zwar wurde eine gewisse Entschädigungssumme für den verlorenen Hausrat gezahlt, aber so mickerig, daß es wirklich eine Schande war. Außerdem nützten Geld und Bezugscheine wenig. Die meisten Waren, die ausgelagert waren, wurden entweder zurückgehalten oder tauchten an diversen Punkten der Stadt als Handelsware zu Schwarzmarktenpreisen auf. Andererseits waren viele Ladenlokale ausgebrannt oder in Schutthaufen verwandelt. Manche Ladenbesitzer trauten sich vielleicht nicht in die Stadt, Genehmigungen für Neueröffnungen wurden eventuell nicht rechtzeitig erteilt. Lotte stellte nur eines fest: Es gab so gut wie nichts zu kaufen, vor allem waren Lebensmittel kaum mehr zu bekommen.

Zurück zur mittelguten Nachricht. Einladung bei dieser freundlichen Frau zum Mittagessen! Sie hatte Verwandte auf dem Land, besaß daher ausreichend Kartoffeln und daraus hatte sie einen guten Kartoffelsalat zubereitet. Dazu jeder eine Scheibe Brot. Lotte hatte lange nicht mehr so wunderbar gegessen. Hinterher eine Tasse schwarzen Tee, woher sie den hatte, fragte niemand. Gemütlich und weitgehend gesättigt saßen sie um den Tisch.

„Ist es nicht schrecklich, was sie mit den Leuten in den Lagern gemacht haben?"

Oma beugte sich vor. Sie war diejenige in der Familie, die bei Neuigkeiten auflebte.

„Was für Lager?"

„Na die, wo sie die Juden eingesperrt und umgebracht haben!"

Lotte blieb der Mund offenstehen, sie wollte gerade was fragen, Mutter kam ihr zuvor.

„Woher wissen Sie das alles? Davon haben wir noch nichts gehört und ich denke, daß das Greuelpropaganda ist, um uns noch mehr zu erniedrigen!"

Verlegene Pause allerseits, dann:

„Wir müssen jetzt leider wieder gehen. Vielen Dank für das wunderbare Essen und die Mühe, die sie sich gemacht haben."

Oma blieb sitzen, sie witterte sensationelle Enthüllungen, glaubte aber wohl auch nicht an das, was ihr die Nachbarin erzählte. Lotte ging mit Mutter nach hause.

„Was sollen das für Lager gewesen sein?"

"Ich weiß es doch nicht, vielleicht solche kleinen, wie das, woher die Französin kam. Vielleicht hatten sie was angestellt oder waren sonstwie Gefangene. Frag mich nicht, ich weiß es nicht. Eines aber weiß ich wohl, daß sowas, wie die erzählt hat nach Propaganda riecht. Vielleicht wollen die Kommunisten wieder an die Macht?"

„Wieso die Kommunisten?"

„Weil die uns schon einmal ins Elend gestürzt haben."

Mutter war vierzehn, als sie das Ende des Ersten Weltkrieges erlebt hatte. Einiges was danach folgte assoziierte sie damals mit den Kommunisten und dies kam ihr jetzt wieder in den Sinn.

„Das ganze Elend, in dem wir jetzt stecken, daran sind die mit Schuld. Die wollen die Weltherrschaft, verlaß dich drauf."

Lotte mußte nachdenken ‚>Weltherrschaft<, das hatte sie auch in der Schule gehört und deshalb mußten die armen deutschen Soldaten dort zu Tausenden sterben. Hitler wollte das doch bloß verhindern.

„Schade, daß wir sie nicht besiegt haben!"

Jetzt explodierte Mutter regelrecht:

„Kannst du endlich von etwas anderem reden? Ich kann es nicht mehr hören! Wir sitzen hier, wissen nicht, was wir morgen essen sollen und du kannst nur diesen sinnlosen Quatsch erzählen. Geh und schau beim Bäcker nach, ob er morgen öffnet und von wann ab und auf welche Märkchen es Brot gibt."

Gerade als Lotte aufbrechen wollte, hörte sie, wie Oma mit dem Stock mühsam die Stufen hochkam.

„Stell dir vor, was mir Frau.....erzählt hat, stell dir vor...."

"Tu mir einen Gefallen, und fange du nicht auch an, diesen Blödsinn zu glauben. Ich will davon nichts, aber auch garnichts hören."

Oma war mit Recht gekränkt, wenn ihre Tochter sie so anfuhr.

"Dann eben nicht."

Später am Tag wollte Lotte Oma aushorchen, aber sie war pikiert.

"Du hörst doch, was deine Mutter gesagt hat. Vielleicht hat sie recht, man sollte nicht alles glauben, was die Leute in solchen Zeiten reden."

Das stimmte, Gerüchte gab es genau so viele wie damals, bevor die Franzosen einrückten. Das unglückliche Thema war erstmal vom Tisch.

Am anderen Morgen stand Lotte in einer langen Schlange vor dem Bäckerladen an. Es sollte tatsächlich Brot geben, aber bevor sie drankam, wurde der Laden wieder geschlossen. Die nichts mehr bekamen schimpften, Lotte ging traurig heim. Wofür lebte man überhaupt noch? Sie sah die enttäuschten Gesichter von Mutter und Oma.

Sie hatten noch ein Säckchen ungemahlene Gerste, eigentlich wurden damit die Hühner gefüttert. Lotte hatte, nachdem sie erfuhr, daß Mundraub weniger zu verurteilen war, kurzerhand ein kleines Säckchen >mitgehen< lassen, sagte aber vorsichtshalber, sie hätte es geschenkt bekommen.

Was kann man mit Gerste machen? Oma, die hervorragend kochen konnte, wenn es was zu kochen gab, meinte, man könne die Körner in der Pfanne rösten, dann Kaffee daraus aufbrühen.

117

Die Körner wollten nur hellbraun werden oder ganz verbrennen. Dazu waren sie zu wertvoll. Eine Kaffemühle gab es noch in der Küche, also mahlen. Hellbraun geschrotet konnte man keinen Kaffee davon kochen, aber Suppe. Salz gab es, machte die Suppe nicht schmackhafter, satt wurde davon auch niemand.

Lottes Körper, der während der letzten Kriegsmonate auf Sparflamme geschaltet war, mußte ausgerechnet in diesem Hungerjahr sein eingegebenes Programm erfüllen und setzte sein Längenwachstum fort! Die Füße wuchsen auch und die sowieso ramponierten Schuhe drückten. Eine andere Nachbarin gab ein paar „Klepperle", Sandalen, die zwar eine Nummer zu klein waren aber die Zehen hatten Platz, sich auszustrecken.

Von der gleichen Nachbarin gab es auch ein Stück wertvollen Stoffes, der einem anderen Zweck gedient hatte, doch seine Symbolkraft war nicht mehr gefragt, eher störend im Wege: Eine über zwei Meter lange Fahne. Durch häufiges ›Flagge zeigen‹ vom Wetter ausgebleicht, hatte das aggressive Rot Patina angesetzt, wer sollte darin noch Flaggenstoff erkennen? Lotte, die dringend einen Rock brauchte, trennte vorsichtig die schwarzen Blenden, die das verräterische Zeichen der verloren gegangenen Macht darstellten sorgfältig auf beiden Seiten ab, auch den weißen Kreis. Erstaunlicherweise empfand sie keinerlei Wehmut bei der Zerlegung und Zerstückelung eines Wahrzeichens, das ihr viel bedeutet hatte. Unter den weißen Kreisen war der Stoff noch leuchtend in der Farbe, diese Stücke waren nicht zu verwenden, sie eigneten sich zum Staubwischen.

Mit Hilfe der Mutter wurde per Hand ein hübscher Rock aus dem Fahnenstoff genäht, unten mit den schwarzen Bändern abgesetzt. Bei diesem Tun lernte Lotte nebenbei, daß Symbole ihre vermeintliche Kraft im Kopf und im Herzen entfalten, während sie tatsächlich aus ganz gewöhnlichen Materialen bestehen: Rot und schwarz gefärbte Stoffbahnen, die von fleißigen Näherinnen in einer Fabrik zu der berühmt-berüchtigten Fahne zusammengenäht wurden. Warum sollte sie sich also keinen Rock daraus nähen? Und da sie den Übergang zur *Neuen Zeit*, dem angeblich wunderbaren Frieden als Hungernde, Besiegte erlebte, trug sie den Rock auch ein wenig aus Erinnerung und hielt damit ihrer verlorengehenden Weltsicht und dem damit verbundenen Glauben noch ein wenig die Treue.

Nachdem alles Eßbare restlos verbraucht war, auf die Märkchen nichts zu bekommen war, entschloß sich Mutter, nochmal in den Ort zu gehen, wo sie evakuiert gewesen waren. Vielleicht verkaufte ihr die ehemalige Hauswirtin etwas, wenn sie mit den kleinen Kindern dort ankamen. Züge fuhren noch nicht wieder in diese Richtung oder Mutter wußte nichts davon. So machten sie sich zu Fuß und viel Angst auf den Weg. Angst auch deshalb, weil die Franzosen immer noch darauf beharrten, daß man nicht mehr als 20 oder 30 Kilometer außerhalb der Stadt sich bewegen durfte ohne gültigen Passierschein.

Frühmorgens brachen sie auf. Bevor sie zu dem Feldweg kamen, der unterhalb des Waldes in Richtung Dorf führte, mußten sie an dem kleinen Städtchen vorbei, in dem die Eltern vor dem Krieg häufig sonntags mit Lotte im Schlepptau hinstrebten, um sich in den umliegenden Wäldern ausgiebig den *Freuden des Wanderns* hinzugeben.

Lotte hielt nicht viel davon, da Vater sich mehrmals in der Länge des Weges, der zum angepeilten Wanderziel führte, verschätzte und der Sonntagsausflug mehr zur Qual wurde. Es konnte aber auch sein, daß er den Weg kannte und mit seiner Verschätzerei

Lotte nur zum Durchhalten der langen Strecke zwingen wollte. Schön war es nur im Herbst, wenn Vater Pilze suchen wollte. Da mußten Pausen eingelegt werden und Vater tat sich mit seiner Pilzkennerschaft hervor, erklärte Lotte den Unterschied zwischen eßbaren und giftigen Pilzgeschöpfen. Lotte hörte nur mit halbem Ohr zu, schleppte den einen oder anderen Pilz an und überließ es Vater, sie zu sortieren.

Meistens wurden zwei oder drei kleine Körbchen voll. Voller Stolz wurden sie daheim Oma präsentiert. Vom Kochen hatte Vater zum Glück keine Ahnung, hier galt Oma als hervorragende Pilzköchin. Sie solle ja nicht vergessen, einen silbernen Löffel im Pilzgericht mitzukochen, rief er Oma noch zu.

Großes Verwundern, als sich später die Pilzportion eher bescheiden ausnahm.

„Pilze haben viel Wasser, die fallen beim Kochen eben zusammen", belehrte sie ihren Schwiegersohn. Lotte lachte in sich hinein: Oma hatte vor dem Zubereiten eine Anzahl der vom *Kenner* gesammelten Pilze aussortiert und weggeworfen. Zu Lotte hatte sie gesagt:

"Ein Glück, daß er nicht kochen kann. Da waren einige Pilze dabei, da hätte auch der silberne Löffel nichts genutzt!"

Jetzt war Juni, da wachsen leider keine Pilze und auch für Beeren ist es noch zu früh.

Als kleines, bereits etwas müdes Trüppchen passierten sie den Stadtrand. Der einjährige Bruder saß im Kinderwagen, die Schwester lief mal, dann wurde es für die kleinen Füße zu viel und sie wurde auf das Brettchen gesetzt, das vorne über dem Wagen lag.

„Guck mal, da vorne ein Bäckerladen und der hat sogar geöffnet!"

Zwar waren ihre Brotkarten bereits abgelaufen, da in der gültigen Woche kein Brot bei ihnen im Laden zu bekommen war, aber Mutter versuchte es trotzdem. Lotte wartete mit den Geschwistern vor dem kleinen Ladenlokal, hoffend, daß die Mutter dort vielleicht ein Brot erstehen könnte.

Es dauerte für Lottes Gefühl endlos lange, dann kam Mutter mit einem großen Brotlaib unter dem Arm heraus. Trotzdem machte sie ein ängstliches Gesicht, übergab Lotte das Brot und begann schnell zu laufen, sich mehrmals umsehend.

Lotte verstand nicht diese Eile.

"Los, komm schon!"

Damit bog Mutter mit dem Kinderwagen um die nächste Straßenecke, immer noch im Eiltempo. Erst eine Straße weiter, bevor sie dann das Weichbild des Städtchens verließen, setzte sich Mutter erschöpft auf ein Gartenmäuerchen. Warum so ängstlich, warum diese Eile? Mutter, noch atemlos von der Anstrengung des Laufens erzählte, daß es voll im Laden war und sie konnte nicht herausfinden, ob die Brotmarken dort noch ihre Gültigkeit besaßen oder die Bäckersfrau für einen Moment nicht aufpaßte. Wenn das letztere zutraf, würde sie vielleicht ihren Irrtum bemerken, Mutter nachlaufen und ihnen das heißbegehrte Brot wieder abnehmen!

Zum Glück war diese Gefahr vorbei und so saßen sie auf dem Mäuerchen, brachen von dem frischgebackenen, duftenden Brotlaib Stücke ab, hätten am liebsten alles aufgegessen. Die Kleinen kauten ebenfalls auf dem Brot herum, ohne Protest diesesmal. Aus der mitgeführten Milchkanne tranken sie Wasser dazu: Wunderbar!

Der Weg zog sich endlos in die Länge. Französische Soldaten wurden gottseidank keine gesichtet, dafür löste sich nach einigen

Kilometern auf dem holprigen Feldweg ein Rad von dem überlasteten Kinderwagen. Auch das noch! Mit einem Stein wieder festgeklopft hielt das Rad immer nur eine kurze Strecke. Schwesterchen mußte, so lange es ging selbst laufen, Mutter und Lotte wechselnden sich ab, trugen den Jungen, dann kam er wieder in den Wagen, Rad wieder ab! Nachmittags kamen sie an, völlig erschöpft und mutlos. Wie sollten sie je wieder heimkommen?

Ihre ehemalige Hauswirtin hatte ein Einsehen. Nochmal in dem Kämmerchen übernachten, in dem sie die letzten Kriegswochen schliefen. Die alte Frau war krank, die Tochter sorgte sich und erzählte Mutter, wie sie die letzten Wochen zugebracht hatten. Sie machte Butterbrote, schenkte Mutter ein paar Eier, Geld wollte sie keines dafür haben. Auch ein Glas mit selbstgekochter Marmelade wechselte den Besitzer.Am anderen Morgen „betteln gehen“, wie Mutter böse meinte und Lotte fand es zutiefst beschämend, bei den Bauern anzufragen, ob sie ihnen gegen ihre wenig geachtete Reichsmark etwas verkaufen würden.

*

Lotte hatte ihr kleines Taftkleid als Tauschware mitgeschleppt. Mutter hatte es ihr genäht, als sie mit Großmutter zum ersten Mal zu einer Opernpremiere mit ins alte Hoftheater durfte. Auf sonnengelbem Grund waren rotbraune Karos eingewebt und ein rötlicher Samtgürtel mit kleiner Schleife schmückte das festliche Kleidchen. Lotte erinnerte sich dunkel an den Abend: Ein befreundetes Ehepaar hatte Großmutter im Wagen abgeholt, Lotte machte ihre allerfeinsten Knickse und fühlte sich in alle Himmel gehoben, als der freundliche Herr sie mit: "Bitte, mein kleines Fräulein", in den Wagen einsteigen ließ. Sie war zehn oder elf und ungemein beeindruckt von allem.

Zwar kannte Lotte durch Vater den Theaterbetrieb. Manchmal fuhr sie mit dem Roller vorbei und brachte Vater ein Vesperbrot, wenn die Proben zu lange dauerten. Der Pförtner an der Seitenpforte kannte sie gut, ließ sie ein und Lotte suchte hinter der Bühne nach Vater. Nicht immer paßte ihm ihr Kommen, dann wurde sie barsch wieder auf die Straße gesetzt und ging deshalb beleidigt längere Zeit nicht mehr in den Musentempel! Hatte Vater gute Laune oder ein wenig Zeit, durfte sie sich in den Zuschauerraum setzen und den laufenden Proben zusehen.

Aber ziemlich langweilig das ganze: X-mal wieder die gleiche Szene, weil ein Schauspieler oder eine Sängerin etwas verpatzte oder der Requisiteur ein Teil der Ausstattung vergessen oder an den falschen Platz gestellt hatte. Dann tobte der Regisseur herum und Lotte schlich sich später in die Requisitenkammer, weil es dort unheimlich interessante Sachen zu sehen gab und der ausgeschimpfte Requisiteur so herrlich Fluchen konnte.

Vater zeigte ihr auch die Vorrichtung, mit der Donner und Wind ein Unwetter auf die Bühne zaubern konnten und wie er, wie Jupiter, der „Herr der Blitze" war.

Aber alles nichts gegen ein Premierenerlebnis im Taftkleid und Großmutter in Abendgardarobe und dazu noch in der ersten Reihe!

Aus dem Kleid war Lotte lange herausgewachsen, es hing vergessen in der Ecke ihres Schrankes. Vielleicht hatte es dem bösen Dämon in der Luftmine gefallen? Ein Stückchen blinkte goldfarben aus dem Trümmerhaufen vor ihrem Haus und als Lotte daran zog, kam das Kleid, bis auf einen kleinen Riß vollkommen unbeschädigt zum Vorschein. Ausgerechnet das nutzlose Stück, während alle anderen Sachen unwiederholbar verschwunden waren.

Oma hatte das Kleid in ihrem Köfferchen verstaut, da Mutter es nicht ansehen konnte ohne zu heulen und Lotte weder Koffer noch Tasche mehr besaß. In Abwesenheit von Mutter hatte es Oma mehrmals im Hof gelüftet, weil die Mine einen häßlichen Gestank im Stoff hinterließ.Später hatte sie es gebügelt, fein den Riß geflickt und so kam das Überbleibsel einiger glücklicher Stunden wieder mit in ihre Behausung nach Karlsruhe. Und jetzt sollte es vielleicht ein paar Kartoffeln einbringen!

Lotte klapperte mit ihrer nutzlosen Tauschware verschiedene Höfe ab. Wer brauchte in dieser Zeit und auf dem Land ein Taftkleid für zehnjährige? Keiner! Mutter und Tochter hatten sich zu ihrem vergeblichen „Einkaufsbummel" getrennt: Lotte ging alleine. Nach dem sie viele Male vergeblich um Kartoffeln oder etwas Mehl gegen Geld oder eben für Geld und Kleid zusammen gebeten hatte, wollte sie in einem etwas am Dorfrand gelegenen Anwesen einen letzten Versuch starten.

Aus der Scheuer hörte sie Geräusche, ging deshalb statt an die Haustüre dorthin. Ein Mann, nicht jung, nicht alt hantierte an seinem Traktor. Lotte machte sich bemerkbar und begann ihr „Verkaufsgespräch" mehr im Dialekt. Sie wies einen Geldschein vor und pries das Kleid an, als wäre es von purem Gold. Für die Kinder, die der Bauer hoffentlich hatte.

„Dei Geld kannsch b'halte, un den Fetze dezu! Un jetz hau ab, mer verkaufe nix!"

Das Kleid: ein Fetzen, das Geld: nichts wert! Lotte kämpfte vor Hilflosigkeit und Zorn mit den Tränen. Der Mann vor ihr verharrte einen Moment, sah sie dann seltsam taxierend an. Instinktiv spürte sie die Veränderung in seinem Wesen und empfing von einer unsichtbaren Sirene in ihrem Inneren einen Warnton.

Die Stimme weicher:

"Geb mer halt des Kleidle",

nahm es ihr ab und warf es achtlos auf die niedere Trennwand, hinter der die Schweine eingepfercht grunzten.

Er ging voraus in die dusterste Ecke der Scheune, wo ein kleiner Berg von Kartoffeln aufgeschüttet war.

„Nem d´r halt e paar", damit griff er hinter sich an die Wand und reichte Lotte einen kleinen Sack. Sie hatte nur Omas Beutel mitgenommen. Er wies auf eine Schaufel und Lotte bückte sich, Kartoffeln einzusacken, als sie plötzlich die Hand des Bauern auf ihrem Po spürte, erst schwach, dann griff er fest und unverschämt zu, mitten zwischen ihre Beine!

Eine solche Erfahrung hatte Lotte noch nie gemacht. Schreck und Zorn ließen sie gleichzeitig wie eine gespannte Feder, die man losläßt, in die Höhe schnellen und ohne jeden Gedanken, automatisch, hatte ihr Arm zu einem Schwung ausgeholt. Den hinterlistigen Angreifer traf ihr Schlag an der Schulter.

Vor Überraschung taumelte der Mann ein Stückchen zurück und Lotte verlor durch den Schwung ihres Armes fast die Balance.

Sekundenlang herrschte Waffenruhe zwischen den Geschlechtern! Angst empfand sie nicht in diesem Moment. Mutters ererbtes Drachenbluttröpfchen verbündete sich mit irgendwelchen tapferen Schwabenvorfahren zu einem explosiven Gemisch! Auch schätzte sie aus Unkenntnis die Situation falsch ein. Etwas Wildes, kampfbereites tobte sekundenlang durch ihren Körper.

Wie es hätte ausgehen können? Besser nicht daran denken!

„Schorsch!....Schorsch!...."   Eine   Frauenstimme   vor   der Scheunentüre!

Flehend jetzt:

"Gell, Mädle, du verraotsch nix?"

Lotte war sowieso sprachlos. Der Bauer schippte geschwind mehrere Schaufeln Kartoffeln in den Sack, drückte ihn ihr in die Hand:

"Lauf g´schwind!"

Lotte handelte wie eine aufgezogene Puppe. Sie schnappte den Sack und lief die Bäuerin, die gerade beim Schweinekoben stand, fast um. Ohne Danke, nichts!

Sie hörte noch:"Was isch jetz des gwese?"

Dann: „Wie kommsch an des Kleidle? Hasch du der was gebbe? Warum het die net emol Ade gsagt?"

Das war jetzt das Problem des Bauern.

Lotte mußte sich nach einigen Metern an eine Hauswand lehnen. Sie spürte, daß sie am ganzen Körper zitterte. Vor Angst oder Zorn? Aber immerhin ein Säckchen mit Kartoffeln. Mindestens zehn Pfund, wie Lotte recht gut schätzte. Und den Geldschein noch in der zur Faust geballten linken Hand. Wenigsten war das Geld nicht vor die Säue geworfen!

So ein gottverdammter Kerl! Und sie war ahnungslos fast in eine Falle getappt. In Zukunft, das schwor sich Lotte nach dem Schreck, in Zukunft würde sie mit keinem fremden Mannsbild mehr in dunkle Ecken gehen! Plötzlich mußte sie lachen, als sie sich das verdatterte Gesicht des Bauern in Erinnerung rief: Eigentlich hatte er einen schlechten Tausch gemacht!

Neben den Kartoffeln, ein kleines Säckchen mit Mehl und die Kanne voll Milch war alles, was sie gegen Geld erstehen konnten und von ihrer anstrengenden Tour mitbrachten. Wenigstens hatte ein hilfsbereiter Nachbar das Rad vom Kinderwagen repariert, so daß nicht wieder eine Panne ihren beschwerlichen Heimweg zu einer Tortur machte.Aber es war auch klar: Wer nichts mehr zu tauschen hatte, der konnte mit dem wertlosen Geld keine Waren erstehen! Lotte fand neue Haßobjekte!

Nach einigen Tagen wollte Mutter unbedingt nachsehen, ob vielleicht im Keller ihrer ausgebombten Wohnung noch etwas zu finden war oder ob sie ehemalige Mitbewohner des Hauses antraf. Mit dem kleinen Leiterwagen losgezogen, gut eineinhalb Stunden hin und wieder zurück mit einem Hungerloch im Bauch. Im Keller war Eingemachtes, aber Mutter mutmaßte, daß die Gläser durch den Luftdruck geplatzt seien. Trauriger Anblick nach einem guten halben Jahr: Die Schutthaufen vor dem Haus waren weitgehend weggeräumt, die bettlägerige Frau inzwischen verstorben, die Nachbarin verzogen. Im Keller alles trostlos: Ein Teil des Hauses war auf die ehemalige Kellerdecke gestürzt, diese hatte nachgegeben und so war im Keller, der zu ihrer Wohnung gehörte, alles verschüttet. Nichts mehr zu holen. Mutter mußte wieder weinen als sie das ganze Ausmaß der Verwüstung sah. Aber es gab einen kleinen Glücksfall. Als sie sich beide wieder auf den Rückweg machten, trafen sie die Nachbarn, die im Erdgeschoß gewohnt hatten. Ein älteres Ehepaar, das sich inzwischen in einem Vorort niedergelassen hatte und die ebenfalls in ihrem Keller noch einiges holen wollten.

„Wir haben noch rund einen halben Zentner Kohlen da, die wir nicht brauchen. Die können Sie gerne mitnehmen."

Was ein Glück! Sie übergaben Mutter den Kellerschlüssel und Lotte und Mutter machten sich daran, Kohlen in einen Karton und in den für alle Fälle mitgebrachten Sack zu füllen. Mit vereinten Kräften zogen sie die wertvolle Gabe im Wägelchen hinter sich her. Kohlen sind wichtig, leider nicht eßbar. Sie wohnten jetzt seit einigen Wochen wieder in der Stadt, aber Nahrungsmittel waren so gut wie nicht aufzutreiben.Lotte wurde krank.

Sie bekam Husten und Fieber, mußte zum Arzt. Der stellte fest, daß sie an Blutarmut litt und der Mutter machte er Angst mit der Prognose, daß sich aus so einer fieberhaften Erkrankung in dem unterernährten Körper schnell eine Tuberkulose entwickeln könne. Lotte bekam daher eine Zusatzkarte, die hundert Gramm Leber und ein Ei, etwas Butter, etwas mehr Brot in *der Woche* verhieß. Nur, wo kaufen? Leber und Ei ließen sich beim Metzger auftreiben, der hin und wieder was zum Schlachten bekam und wenn man sich mit der Milchkanne anstellte, gab es an solchen Tagen eine Wurstsuppe, dünn aber warm und mit Glück fanden sich einige Stückchen der gekochten Wurst in der Brühe.

Wegen der Leber gab es einen Kampf mit Mutter. Der Arzt hatte ihr gesagt, Lotte solle die Leber möglichst roh zu sich nehmen, da sei die Wirkung auf die Blutbildung besser. Lotte ekelte sich, rohe Leber zu essen, auch Oma empfand dies als Zumutung. Sie kam auf die Idee, das wertvolle Stückchen Fleisch anzudünsten, und in der Mitte noch halbroh zu lassen. Lotte setzte sich in die Küche, Oma und die Kinder gingen hinaus, nur Mutter blieb. Da saß sie mit ihrer Sonderzuteilung und fühlte sich todtraurig, daß sie, obwohl hungrig, weder Mutter, Oma noch den Kindern etwas abgeben durfte. Es waren wirklich schlimme Zeiten, in die sie hineingeraten waren. Brot und Butter gab es eh kaum, ob man nun berechtigt war oder nicht.

Ein zweites mal ging Lotte, als sie sich besser fühlte, den langen Weg mit Mutter zu der alten Wohnung. Mutter war eingefallen, daß es dort in der Nähe ein kleines Lebensmittelgeschäft gab, in dem sie lange Kundin war. Sie gingen dieses mal ohne den Handwagen, aber hin und wieder mußten sie sich setzen, auf einen

Mauervorsprung oder eine andere Gelegenheit. In den kleinen Parkanlagen, an denen sie vorbeikamen, waren die meisten Bänke verschwunden: Wertvolles Heizmaterial, vor allem zum Kochen auf dem Herd.

Der kleine Laden hatte nicht geöffnet, aber der Ladenbesitzer war auch der Hausbesitzer, wie Mutter sich erinnerte. Lange Klingeln. Der Geschäftsmann wohnte im ersten Stock, schaute mißtrauisch aus dem Fenster. Dann ein freudiges Wiedererkennen:

"Frau......, wie geht es Ihnen? Ich komme runter, einen Moment."

„Guten Tag, Ist das die kleine Lotte?"

Lotte war nicht mehr klein, so groß fast wie der Ladenbesitzer, aber er hatte sie noch als kleineres Mädchen in Erinnerung, das oft eingekauft hatte.

„Bitte, kommen Sie herein, meine Frau wird sich freuen, Sie zu sehen."

Mutter war die herzliche Begrüßung etwas peinlich, schließlich wollten sie nur sehen, ob in dem Laden endlich für ihre Lebensmittelkarten etwas zu bekommen war.

„Wir haben schon länger geschlossen. Nein, keine Waren mehr, die Franzosen haben alles mitgenommen, sogar die persönlichen Vorräte."

Lotte, eingedenk ihrer Erfahrung mit den Schuhen, die nirgends zu bekommen und dann haufenweise auf der Straße lagen, glaubte nicht so recht daran. Mutter erzählte von den hungernden Kindern, der Kaufmann ohne Ware, gerührt.

„Ich glaube, es ist noch eine Flasche Maggi da!"

Maggi, das Gewürz par excellence, eine große Flasche voll! Noch andere nützliche Kleinigkeiten packte er ein: Ein kleines Päckchen Ersatzkaffee, eine Rolle Zichorie im roten Papier, mit dem der Kaffee schwärzer, aber nicht geschmackvoller wurde, ein wenig

Waschpulver, Streichhölzer. Bezahlen.

„Vielen Danke und alles Gute für die Zukunft."

Mutter war aufgefallen, daß Lotte nur knapp, fast unhöflich gedankt hatte und ein verkniffenes Gesicht dazu zog.

„Du hättest ruhig ein wenig freundlicher zu Herrn.....sein können. Ich bin auch enttäuscht, daß es nicht mehr gab."

„Wahrscheinlich hat er alles versteckt und will es tauschen!"

Mutter befand sich in einer Zwickmühle. Sie hatte womöglich ähnliche Gedanken wie ihre Älteste aber es machte ihr Sorgen, daß sich ihre Tochter zu einer mißtrauischen Pragmatikerin hinentwickelte.

„Es gefällt mir nicht, daß du anfängst, niemanden mehr richtig zu glauben. Es gibt auch noch Mitmenschen, die Christen sind und an andere Denken in der Not. Hätte uns der Kaufmann mehr geben können, hätte er es sicher getan. Zu deiner Konfirmation hat er dir einen großen Korb mit Waren geschenkt, auch zur Geburt der Kinder brachten sie mir Blumen und ein kleines Geschenk ins Krankenhaus."

Stimmte es, wurde sie mißtrauisch? Oder konnte sie einfach besser beobachten? Nächstenliebe, lange hatte sie davon nichts mehr gehört.

Bevor sie nach dem Tod der Großmutter 1941 umgezogen waren, ging sie ziemlich regelmäßig zum Kindergottesdienst in die Kirche, die inzwischen ausgebrannt war. Kurz bevor sie umzogen, traf einer der ersten schweren Bombenangriffe die Stadt. Nach der Entwarnung lief sie mit ihrem Vater auf den weitläufigen Speicher, der seit Kriegsbeginn völlig leergeräumt war. Vater wollte nachsehen, ob eine dieser verflixten Stabbrandbomben dort oben eingeschlagen wäre. Manchmal lagen nur Blindgänger rum, die aber ebenfalls weggeschafft werden mußten.

Der Feuerschein brennender Häuser erhellte Teile des Speichers. Der Widerschein der Flammen warf gespenstische Lichtreflexe in den Raum und trotz Vaters Anwesenheit war es Lotte unheimlich. Vater hob sie hoch, damit sie durch eines der kleinen Speicherfenster sehen konnte. Genau zu diesem Zeitpunkt sah Lotte ein Bild, das sie in ihrem Gedächtnis bewahrte: Die neugotische Kirche hatte einen spitzen Turm mit durchbrochenen Steinarbeiten. Für einen kurzen Moment glühte er von innen heraus, bis er dann in sich zusammenfiel, die Flammen noch einmal hochsprühten. Lotte erzählte Mutter von ihrem Erlebnis, erfuhr dabei, daß vor Jahren ihre Eltern in dieser Kirche getraut worden waren.

War sie fromm? Sie war sich nicht ganz sicher, denn mit Begeisterung ging sie nicht in die Kirche. Sie freute sich darauf, ihre Freundinnen zu sehen und vor und nach dem Gottesdienst draußen in der Grünanlage zu spielen. Zuletzt allerdings gab es einen Pfarrer, für den sie alle schwärmten. Sie himmelten ihn ein wenig aus der Ferne an und an diesen wenigen Sonntagen, an denen er predigte, bemühten sie sich früh dazusein, um in den vorderen Bänken einen Platz zu ergattern. Eines Tages wurde der umschwärmte Pfarrer ebenfalls eingezogen, Lotte wohnte da aber bereits in einem anderen Stadtteil. Sie besuchte dort die zur Vorbereitung auf die Konfirmation üblichen Stunden, mal mit mehr, mal mit weniger Begeisterung, je nachdem, welches Thema der Pfarrer ansprach. Eine Woche vor dem feierlichen Ereignis schlug leider in unmittelbarer Nähe der Kirche eine Bombe ein. So mußten alle Konfirmanten ihres Jahrganges unter Mithilfe des Pfarrers tagelang schuften, da der Kirchenraum von Glassplittern, heruntergefallenem Mörtel und Unmengen von Staub gereinigt werden mußte, bevor dann am darauffolgenden Sonntag das Fest gefeiert werden konnte. Durch die Nähkünste ihrer Mutter entstand ein recht passables Kleid und Lottes Haar zierten prachtvolle Schillerlocken, wie diese korkenzieherartigen Gebilde genannt wurden. Diese modische Frisur verdankte sie einer monatelangen Prüfung ihres Durchsetzungswillen gegenüber ihrem Vater, der partout dagegen war, daß sie ihre Haare wachsen ließ, um sie später mit einer Dauerwelle verschönern zu lassen. Da Mutter und Oma als Verbündete Lottes Wunsch unterstützten, gab er zwar nach, ärgerte sie aber andauernd mit Bemerkungen wie: Wer nichts im Kopf habe, eben Locken darauf haben müsse oder andere sinnige Sprüche. Dauerwellen, prophezeite er Lotte düster, würden die Haare schädigen und am Ende behielt er leider recht. Nach einer fast fünfstündigen Prozedur beim Friseur, zwei Brandblasen im Nacken, war die Lockenpracht vollendet.Über den Festtag hinaus blieb sie unter Mutters Mithilfe tagelang noch erhalten. Dann der erste unerwartete Regenguß: Die kunstvollen Locken verwandelten sich in krauses, sprödes, fast nicht kämmbares „Roßhaar", wie Vater höhnte. Lotte ärgerte sich, ging möglichst ihrem spottlustigen Vater aus dem Wege und war selbst enttäuscht.

Ihre Konfirmation war für eine lange Zeit das letzte Familienfest.

In ihrer Kinderzeit wäre Lotte lieber katholisch gewesen. Wegen der interessanteren Kirchen, in die sie mit einer katholischen Freundin mehr hineinschlich, als ging. Sie waren zu dritt, zwei evangelisch und die katholische, die an manchen Nachmittagen zur Andacht mußte. In ihrer Geburtsstadt überwog wohl der evangelische Anteil in der Bevölkerung und es gab in der Schule während des normalen Unterrichts keine Trennung zwischen den Konfessionen. War „Reli" angesagt, wurden sie lediglich in zwei verschiedenen Klassenräumen unterrichtet. Manchmal gab es Spott:

„Ätsch, du bist katholisch, du mußt beichten!"

„Dafür kommt ihr alle in die Hölle!"

„Gibts nicht, gibts nicht!...."

Meistens vertrugen sie sich schnell wieder. Die katholischen Kirchen waren durch ihre reichhaltige Ausstattung anziehender, es gab mehr anzuschauen als in den eher kahlen Räumen der evangelischen. Lotte genoß dabei auch das leichte Kribbeln, den ganz kurzen Schauder, wenn sie ihren Roller abstellten und hineingingen. Soviel war klar, vom wachsamen Küster durfte man sich nicht erwischen lassen: Also nicht auffallen! Einen Finger ins Weihwasserbecken stecken und sich bekreuzigen. Lotte paßte immer höllisch auf, daß ihr Finger nicht zu tief ins Wasserbecken kam. Sich bekreuzigen war schon genug, aber mit geweihtem Wasser, das war so eine Sache, wo man nie wissen konnte, was danach passiert mit der Seele.

Knicksen war bekannt, nur tiefer und man mußte genau aufpassen, wann. Nur knien war hart und verdarb etwas die Freude am Katholischsein. Nach der Andacht das Negerpüppchen bestaunen. Lange war es ein großes Geheimnis, wieso es, wenn man ein kleines Geldstück in den Schlitz unter seinen Füßen steckte, dankend mit dem Kopf nickte. Lotte hätte gerne ihre Eltern gefragt, aber die Gegenfrage hätte gelautet:

"Was hast du in einer katholischen Kirche zu suchen?"

Einmal verlockte sie Oma dazu, mit in die geheimnisumwitterte Kirche zu gehen. Es endete mit einer Enttäuschung, da Oma, ebenfalls evangelisch, ihre Enkelin vom Weihwasserbecken wegzog, auch nicht knickste und angeblich kein Geldstück für die armen schwarzen Waisen dabei hatte, für welche das Figürchen nickend warb. Irgendwie verlor sich dadurch der Zauber. Zu allem schalt Oma beim Nachhausegehen Lotte auch noch gehörig aus.

Natürlich kannte sie den Begriff der Sünde, aber es schien einen qualitativen Unterschied zu geben zwischen den Sünden. Sünde war beispielweise frech zu zu den Eltern oder Oma und Großmutter zu sein, gar sie anzulügen. Stehlen war ebenfalls verpönt, aber es wäre Lotte nicht in den Sinn gekommen, irgendwo etwas mitzunehmen, was ihr nicht gehörte, obwohl es durchaus Dinge gab, die sie gerne besessen hätte. Es gab noch ein paar andere Sünden, aber interessanter waren sie wohl aus katholischer Sicht.

Lotte hatte einen etwas jüngeren Spielkameraden, einen Kopf kleiner als sie aber ungemein gewitzt. Sein Vater war Feldwebel und ein wenig rauh waren die Umgangsformen des Sohnes. Wenn es pressierte, pinkelte er in eine Ecke des Hofes und Lotte und eine Freundin schauten zuerst interessiert und neugierig zu.
„Ihr seid Säue!"
Jedenfalls wurde der kleine Unterschied sichtbar und sie kicherten sich halbtot. Einmal brachte das Nachbarmädchen zwei kleine Luftballons mit. Sie füllten sie mit Wasser, verzogen sich in eine uneinsichtbare Stelle im Hof und versuchten zu imitieren, wie Jungen „ein Rappele" machen: So hieß das im badischen Dialekt. Das Experiment mißglückte leider, Schuhe und Strümpfe wurden patschnaß. Aber es war ein Heidenspaß!
Der Eckenpinkler war katholisch und mußte eines Tages zum Kommunionunterricht. Damit tat er sich vor Lotte unheimlich wichtig und als er wieder einmal vom Unterricht zurückkam, versuchte Lotte ihn auszuquetschen. Erst wollte er nicht reden,

sagte dann geheimnisvoll, sie würden über Sünden reden. So wie er das aussprach erregte es Lottes Interesse ungemein. Viel war nicht aus ihm herauszubekommen: Man solle sich zum Beispiel keine Bilder von nackten Frauen ansehen und sich dabei unkeusche Gedanken machen. Mit beiden Auskünften konnte Lotte nicht viel anfangen, was „unkeusch" war, konnte oder wollte der Spielgefährte nicht sagen, drruckste nur mit leichtem Grinsen herum, wußte es vielleicht auch nicht so genau und schwieg eisern. Sie stellte sich dumm und fragte, was passierte, wenn man so sündige.

„Wenn man eine Sünde begeht, bekommt die Seele einen schwarzen Punkt und wenn man viele Punkte auf der Seele hat, kommt man niemals in den Himmel sondern in die Hölle!", lautete ernst seine Auskunft.

Lotte stellte sich das ganz praktisch vor und sagte etwas leichthin: „Dann sieht die Seele aus wie eine Kleiderkarte."

Diese gabs seit kurzer Zeit: Schwarze Punkte auf weißem Untergrund. Der kleine Freund war echt gekränkt.

„Jetzt kommst du ganz sicher in die Hölle!"

fauchte er Lotte so bestimmt an, daß sie unsicher wurde. Hölle, Teufel, Engel gabs die oder doch nicht? Lotte faßte einen Entschluß: Sie wollte der Höllengeschichte auf den Grund gehen. Soviel stand außer Zweifel: Wenn es die Hölle gab, dann unter der Erde, weil im Himmel ja Gott und die Engel waren. Sie würde dem kleinen Freund und sich selbst beweisen, daß diese Höllengeschichten nur Märchen waren und es keinen Teufel gab!

Der Hof in dem sie meistens spielten, war zweigeteilt. Die erste Hälfte war mit Steinplatten ausgelegt, dahinter durch ein niedriges Mäuerchen getrennt, war eine kleine Anlage mit Büschen und einem Kastanienbaum in der Mitte. Dort war auch der Sandkasten für die Kleineren. Lotte verzog sich hinter einen der Büsche, damit ihr niemand bei ihrem Vorhaben zusehen konnte. Sie würde nach der Hölle graben! Unter einem Vorwand hatte sie die Kohlenschaufel aus der Küche geholt, da ihr Spielkamerad sich standhaft weigerte, ihr seine stabile Schippe für ihr sündiges und gefährliches Vorhaben auch nur eine Minute zu leihen. Aber zu seiner Ehre sei gesagt: Er ließ die Freundin bei ihrem Abenteuer nicht allein. Lotte meinte sogar, er würde weinen, so sehr ängstigte ihn alles. Aber Jungen in diesem Alter weinen ja nicht!

Es war auch mit der Kohlenschaufel nicht einfach, ein Loch zu graben. Lotte hatte sich in ihren Plan verrannt, schuftete und tatsächlich wurde das Loch tiefer und tiefer. Etwas Hartes leistete plötzlich Widerstand. Wenn es nun mit der Hölle doch stimmte? Stieß man dann irgendwo auf eine Eingangstüre? Nachdenklich machte sie eine Grabungspause.

„Der Teufel wird rausfahren und dich für immer mit in die Hölle ziehen. Dann kannst du schmoren und die Teufel reißen dir alle Haare aus."

Lotte wurde immer unsicherer. Hatte nicht des Teufels Großmutter nur drei Haare auf dem Kopf? Vielleicht würde sie aus Lottes Haaren eine Perücke machen? Aber Lotte wollte ihre aufkommende Angst nicht zeigen, schippte verlegen noch etwas von dem ausgehobenen Erdreich um. Die Mutter erwies sich als rettender Engel:

"Nochmal rufe ich nicht, daß du zum Essen kommen sollst!"

Diesem letztmaligen Aufruf schuldete man Gehorsam, dem konnte man sich nicht entziehen! Erleichtert rannte sie die Treppen hoch. Das Thema Hölle wurde später nicht mehr aufgegriffen.

Wie sah es eigentlich im Himmel aus? Lotte hatte den Kinderglauben, den die meisten ihrer Generation teilten. Irgendwo hinter den Sternen saß der liebe Gott, weißhaarig mit Bart, gütigem Gesicht und die guten Geister, die Engel wohnten dort, kamen manchmal als Schutzengel auf die Erde und halfen Menschen, wenn sie sehr verzweifelt waren. ER hatte Moses unter Blitz und Donner die Gesetzestafeln mit den zehn Geboten überreicht. Zu seiner und zu seines Sohnes Ehre mußte man im Religionsunterricht manchmal ellenlange Kirchenlieder auswendig lernen. Meistens auf dem Schulweg, mit dem Gesangbuch in der Hand hörten sich die Freundinnen gegenseitig ab. Es war gut, sich sofort zu Beginn des Unterrichts zu melden, dann brauchte man nur die ersten Strophen aufzusagen. Klappte der Trick nicht, mußten fein säuberlich sämtliche Strophen abgeschrieben werden. Wie sagte die Klassenlehrerin häufig:

„Schreiben lernt man nicht vom Reden!" Wohl wahr.

Abends betete Lotte ihr Kindergebet, manchmal leierte sie es mehr herunter. Da religiöse Themen in ihrem Elterhaus keine bedeutende Rolle spielten, bezog sie die meisten Kenntnisse aus dem Unterricht oder ihren sonntäglichen Kirchenbesuchen. Sie lernte, was >man< tut oder was nicht schicklich ist, die bürgerlichen Verhaltensregeln eben, die ihrerseits zum Teil aus den christlichen Tugenden abgeleitet waren.

Lotte war, darin bestärkten sich Mutter und Oma gegenseitig, oft leichtsinnig und wenn Vater nicht zugegen war auch häufig frech. Mit ihrem Hang zur Flucht in Ausreden schrammte sie häufig hart an der Grenze zur Lüge, vermied aber, diese Grenze tatsächlich zu überschreiten. Höchstens mal eine Notlüge, wenn es garnicht anders ging! Sie liebte sich zu bewegen, hatte jahrelang in Turnen eine Eins, worauf sie sehr stolz war. Früh zeigte sich ein Wesenszug bei ihr, der mit den anderen nicht so harmonierte: Wenn sie sich für etwas wirklich interessierte, dann wollte sie möglichst allein und ungestört darüber nachdenken und mit den wenigen Mitteln, die ihr zur Verfügung standen, den Dingen auf den Grund gehen. Sie hatte eine „Philosophische Ader", von der sie nichts ahnte und die auch niemand hinter Lottes äußerem Gebaren vermutete.

Ihre persönliche Zeitrechnung war durch den Wegzug in einen anderen Stadtteil zweigeteilt: War es vor-oder nach dem Umzug überlegte sie, wenn sie sich an etwas erinnern wollte. So konnte sie ausrechnen, daß sie ungefähr elf oder zwölf Jahre war, als sie zum ersten Mal tief über Gott nachzudenken begann. Sie stand am Küchenfenster und schaute von da aus über die Dächer in den Himmel. Dort irgendwo saß also Gott, aber wo? Von den unendlichen Weiten des Universums wußte sie nichts, hätte sie sich auch kaum vorstellen können. Was sie beunruhigte war die Frage, woher Gott kam. Er hatte Himmel, Erde, Tiere und Menschen geschaffen, sie kannte die Schöpfungsgeschichte gut. Woher aber kam ER, wenn vorher nichts da war, wenn alles erst von IHM geschaffen wurde? Sie drückte die Stirne gegen die Scheibe und dachte angestrengt nach. Kam Gott aus dem Nichts? Und wenn ja, war Nichts nicht mehr Nichts, wenn daraus doch ein Gott kommen konnte. Sie spürte, wie etwas sich in ihrem Kopf drehte, es wurde ihr leicht schwindelig, sie spürte, daß sie aufhören mußte, darüber nachzugrübeln.

Der Mutter hatte sie nichts von der „Höllengrabung" erzählt, die hätte sie mit Recht ausgelacht, wahrscheinlich bei anderen die Geschichte zum besten gegeben und Lotte hätte sich blamiert gefühlt. Jetzt allerdings brauchte sie Rat. Mutter wurde ernst, sagte, daß es gefährlich sei, sich so tief in Gedanken zu verlieren. Sie habe ähnliches auch schon erfahren. Man müsse sich mit Gewalt dazu zwingen, nicht noch weiter zu Denken, da es keine

Antwort auf diese Fragen gebe. So gab es für Lotte Gott im Himmel irgendwo immer noch, aber wo ER herkam, blieb rätselhaft.

*

Sie hatten sich notdürftig ein wenig eingelebt, von den Vormietern über deren Sohn die paar Möbelstücke gekauft, die in der Wohnung verblieben waren und einige Fenster waren tatsächlich wieder mit Glasscheiben versehen. Trotzdem sah alles noch sehr trostlos, armselig und deprimierend aus. Die zermürbende tägliche Suche nach Brot, Milch und nach anderem Eßbarem ließ keinen Optimismus aufkommen und die Zukunft nach dem langen Krieg schien kaum rosig zu werden. Immer noch bestimmten weitgehend die französischen Besatzungstruppen den Alltag. Mutter war tagsüber stundenlang zu Fuß unterwegs, um die notwendigen Lebensmittelkarten, andere Bezugscheine u.s.w. aufzutreiben. Dies war mühselig, da die früheren Amtsräume häufig ebenfalls zerstört oder besetzt waren, so daß eine lange Sucherei die Folge war.

Dann eines Tages der Schock: Mutter kam zurück mit der Mitteilung, daß, wer über sechzehn Jahre alt und keine Kinder habe, arbeiten müsse, sonst gäbe es keine Lebensmittelkarten mehr!

Lebensmittelmarken waren Garantiescheine für ein armseliges Überleben, vor allem für Menschen, die nichts Tauschbares besaßen. Lotte weinte. Sie hatte erwartet, daß sie weiterhin irgendwo zur Schule gehen könne, aber Mutter redete ihr dies aus. Inzwischen hatte sie die amtliche Nachricht erreicht, daß Vater in Russland vermißt sei. Sein Gehalt wurde vorerst weitergezahlt - aber wie lange noch? Mutter beriet sich mit einem Onkel, der auch in die Stadt zurückgekommen war, um beim Wiederaufbau seiner

Firma zu helfen. Er hielt es unter den gegebenen Umständen für besser, Lotte in eine Lehre zu geben, welche war erstmal egal. Ansonsten gab es nur Arbeit in einer Wäscherei oder eben buchstäblich auf der Straße: Aufräumarbeiten. Durch des Onkels geschäftliche Beziehungen wurde tatsächlich eine Lehrstelle für Lotte gefunden. Wenn schon Lehre, dann hätte sie gerne etwas Kaufmännisches gelernt: Nicht daran zu denken, Lehrstellen waren einige Wochen nach Kriegsende so rar wie Lebensmittel!

Am 1. Juli 1945 begann Lottes Lehrzeit als Putzmacherin, fünfundzwanzig Reichsmark als Vergütung im Monat. Jeden Morgen zwanzig Minuten Fußweg bis zur Straßenbahnhaltestelle, gottseidank fuhr wenigsten hin und wieder eine Bahn. Ihre Lehrherrin schenkte ihr einen alten Schirm, sie trug immer noch ihre „Klepperle". Aber es war Sommer! Sie schickte sich in das Unvermeidliche, erlebte ihre Lehrzeit weniger strapaziös als vermutet.

Im ersten Lehrjahr gab es viel Spaß, da die Firma mehrere Lehrmädchen unter Vertrag hatte und die jüngeren alle die Dinge tun mußten, welche den älteren nicht mehr zugemutet werden konnten, beziehungsweise vor denen diese sich drückten. Meistens waren das Aufräumarbeiten, aber mit der Zeit entwickelte sich Lotte zur >elektrotechnischen Fachkraft< des Lehrbetriebes! Zum unverzichtbaren Handwerkszeug ihres Berufes gehörten zahlreiche Bügeleisen, alterschwache Vorkriegsmodelle, von denen wenigstens eines in der Woche seinen Heizgeist aufgab. Lotte hatte bei ihrem technisch begabten Vater häufig zugesehen, diente ihm manchmal als Gehilfin, die den Schraubenzieher reichen oder Drahtrollen aufwickeln durfte. Von diesen dabei abgeschauten Kenntnissen provitierte nun ihr Lehrbetrieb. Zuerst schaute Lotte nach, ob sich im Stecker irgendwelche Teile gelöst hätten. Einmal lag der halbe Betrieb still, weil fast alle über den Boden kriechend nach einem herausgefallenen Schräubchen suchten, für das es keinen Ersatz gab. Waren die Stecker intakt mußte Lotte den Boden des Bügeleisens aufschrauben und versuchen, die Keramikperlen, die als Isolation für die Glühdrähte dienten, wieder in ihre richtige Lage zu bringen. Das, was alles als Ersatz für die altersschwachen, zersprungenen Keramikperlen diente, soll weiter Geheimnis bleiben! Entweder sprang beim Ausprobieren die Sicherung heraus oder nicht! Betriebssicherungsämter und ähnliche Vereinigungen mußten sich erst wieder selbst regenerieren, bevor sie kontrollieren konnten, ob auch alles rechtens sei.

Lotte mit ihren manchmal verrückten Einfällen, unterhielt die anderen und hatte es so gesehen recht gut. Da es kaum Material gab, um neue Hüte anzufertigen, brachten die Kundinnen ihre alten Hüte zum Umändern. Das kleine Hutmacheratelier war notdürftig einige Straßenzeilen weiter als das ebenfalls beschädigte Ladenlokal untergebracht. So zog Lotte, zusammen mit einem anderen Lehrmädchen, jeden Vormittag mit dem kleinen Handkarren los, um die umgeänderten Hüte im Pendelverkehr zwischen Atelier und Geschäft an die Kundschaft zu bringen. Meistens waren es Trödeltouren. Es galt abzuschätzen, welcher Zeitraum für die Strecke, das Ein- und Ausladen mitgerechnet, noch im Bereich des Glaubwürdigen lag! Langsam kehrte das Leben in die weitgehend zerstörte Innenstadt zurück. Die ausgebrannten Ruinen wurden notdürftig abgestützt, die Schuttberge von den Gehsteigen geräumt und große Geschäftigkeit erfüllte die Straßen. Eines Tages hatte Lottes Begleiterin einen halbaufgebrauchten Lippenstift dabei, den sie irgendwo gefunden hatte. Heimlich schminkten sie sich dick die Lippen, setzten einen der mitgeführten Hüte möglichst kess auf und amüsierten sich köstlich über die erstaunten und mißbilligenden Blicke der Passanten. Lotte hatte einen alten Lappen aus der Werstatt dabei und bevor sie an ihren Zielpunkten ankamen, wurde die verräterische Farbe sorgfältig wieder abgewischt.

Durch gute Beziehungen der Chefin wurden eines Morgens Kohlen fürs Atelier angeliefert. Der Händler brachte eine Rutsche an und als die Kohlen gut im Keller waren, mußten sie zu dritt die Kohlen schaufelweise in Körbe füllen und hinter einen Verschlag verfrachten. Sie ließen sich gehörig Zeit, lachten viel, tauchten schwarz wieder auf und durften anschließend sofort nach Hause.

In einer der folgenden Wochen machten sie einen Ausflug: Die Chefin hatte tatsächlich gute Verbindungen! Die Sonne schien und ein kleiner Pferdewagen fuhr mit den Lehrmädchen ins Albtal zu einem Sägewerk. Dort durfte man unter großem Hallo die Sägeabfälle aufladen und zum Heizen mitnehmen. Überdies gab es unterwegs ein gutes Butterbrot. Und auf dem Heimweg viel zu lachen: Das Leben konnte an manchen Tagen doch wundervoll sein!

Ein Lehrmädchen, das älter als Lotte war, kam aus einem der kleinen Dörfer am Stadtrand, die Jahre später alle eingemeindet wurden. Von zu Hause, einem kleinen Bauerngehöft, gut mit Eßbarem versorgt, gab sie Lotte, die sie besonders in ihr Herz geschlossen hatte, immer mal wieder einen Happen ab und Lotte half ihr dafür hin und wieder bei den Hausaufgaben, die es auch in der Berufsschule gab.

Trotz allem lernte Lotte die Grundlagen dieses Berufes von der Pike auf. Aber Modistin, wie die feinere Lesart dieses

Berufsbildes lautet, hätte sie freiwillig   niemals lernen wollen. Später, nach ihrer Gesellenprüfung, ging sie diesem Metier auch wieder verloren!

*

Einige Zeit war so ins Land gegangen. Lotte trottete wie üblich eines Morgens zur Haltestelle als ihr auffiel, daß kaum ein anderer Mensch auf der Straße zu sehen war. Sie wunderte sich, daß auch kein Pulk von Mitfahrern auf die ersehnte Bahn wartete. Sie schaute sich unsicher um und gewahrte erst da einen Anschlag mit der Aufforderung, daß die Bürger zu Hause bleiben sollen, weil...dies....und ...das......und sonst noch was!

Wie der genaue Text lautete, hat Lotte später vergessen, jedenfalls drehte sie um und lief eilends wieder zurück. Mutter machte sich bereits Sorgen um sie, wußte aber auch nur gerüchteweise von einer Nachbarin: Die Amerikaner sollten kommen und die Franzosen als Besatzung ablösen.

Die Amerikaner? Lotte hatte sich inzwischen ein wenig an die Anwesenheit der französischen Soldaten auf den Straßen gewöhnt. Sie benahmen sich erstaunlich anständig bei ihren Patrouillien, ließen die Bevölkerung weitgehend in Ruhe. Lediglich die Versorgung mit dem Notwendigstens schien unter ihrer Regie nicht gut zu klappen.

Was wollten jetzt plötzlich die Amis hier? Die Nachbarin wußte zu erzählen, daß die Amerikaner mit den Franzosen ein politisches Tauschgeschäft machten: Karlsruhe gegen das linksrheinische Ludwigshafen. Die Bevölkerung solle sich nicht beunruhigen, nur eben in den Häusern bleiben und abwarten.

Den Tag über passierte garnichts, gegen Abend erfolgte dann der Einzug der neuen Besatzungstruppen. Lotte war neugierig, doch stiegen auch wieder alte Ängste hoch. Was dann geschah, entbehrte nicht der Komik, jedenfalls empfanden es die Anwohner der kleinen Straße so, an der beiderseits nur je sechs Zweifamilenhäuschen standen. Mutter und Lotte unterhielten sich mit der Hausbesitzerin vor dem Haus, Oma machte auf Befehlsverweigerung, blieb im ramponierten Sessel sitzen und sagte energisch:

"Laß die Amis ruhig kommen, mir tut mein Bein weh, das werde ich denen schon klarmachen." Die Kleinen schliefen schon im Bettchen, auch in Mutter erwachte der Kampfgeist: "Wenn sie die Kinder aufwecken, bekommen sie es mit mir zu tun. Ich werde mich beschweren."

Wo oder bei wem war unklar. Klar dagegen, daß das Kommen der „Amis" nicht mit dem gebührenden Ernst erwartet wurde. Es gab zwar wieder Gerüchte in der kleinen Straße, sie sollten Schwarze dabei haben, die irgendwo Frauen vergewaltigt hätten. Eine Nachbarin bestritt dies, die würden hart bestraft, wenn sie sowas machten, überhaupt sollten sich ihre Soldaten von der Zivilbevölkerung fernhalten - auch von den Frauen.

Geräusche von Fahrzeugen, einige Panzerspähwagen oder ähnliche Gefährte auf der Durchgangsstaße: Sperrten die Heranrückenden doch die kleine Straße ab, auch von der Rückseite! Was wollten sie denn, nachdem die Franzosen bei ihrem Einmarsch Haus für Haus durchkämmt hatten? Lotte empfand urplötzlich eine gewisse Sympathie für ihre bisherigen Besatzer! Sie hatte in der Zwischenzeit erfahren, daß Deutschland den Krieg angezettelt hatte und auch die Franzosen unter den Kriegsfolgen bitter litten. Da mußte man noch froh sein, daß sie sich nicht schlimmer aufführten!

Mißtrauten die Amerikaner ihren alliierten Freunden? Warum wollten sie sonst nochmal von Haus zu Haus nachprüfen, ob sich nicht doch noch Waffen oder gar deutsche Soldaten dort versteckt hielten?

Ein ganzer Trupp amerikanischer Soldaten, darunter tatsächlich einige mit dunkler Hautfarbe kamen die Straße entlang und Lotte hatte den Eindruck, daß es ihnen nicht ganz geheuer war.Als Mutter die Schwarzen sah, dachte sie an die Kinder, wie die sich erschrecken würden, wenn sich plötzlich so ein dunkles Gesicht über sie beugte. Mutig ging sie mit nach oben, sagte barsch:

„Nein! Lassen Sie mich sofort los!"

als einer der Soldaten sie am Arm festhalten wollte und ihr bedeutete, sie solle auf der Straße bleiben. Mutter ging tapfer trotzdem mit nach oben. Später erzählte sie, daß einer der Farbigen lächelte, als er die schlafenden Kinder sah, sich auf den Zehenspitzen bewegte und Oma, die tapfer ebenfalls lächelte, bekam eine Tafel Schokolade - für die Kinder. Nach einer halben Stunde war der Spuk vorbei, jetzt waren sie unter amerikanischer Besatzung und die Kinder aßen zum erstenmal in ihrem Leben Schokolade.

Lottes Gefühlswelt war inzwischen reichlich aus dem Lot. Die Franzosen hatte sie aus vollem Herzen, und wie sie glaubte auch mit tiefer Berechtigung gehaßt. Jedenfalls kannte sie damals kein anderes Wort für ihre Unlustgefühle, wenn sie an die Feinde im Westen dachte. Nach und nach, nachdem das schlimmste vorübergegangen war, kühlten diese leidenschaftlichen Aufwallungen ab und es kamen ihr - so erschien es ihr sehr viel später - ein wenig vor-vor-europäische Gedanken in den Kopf. Außerdem Spuren eines sehr alten Hochmutes! Schließlich war sie Angehörige einer der jahrhundertealten Kulturnationen, die auf dem europäischen Kontinent saßen, mit ihren „Dichtern und Denkern" und anderen berühmten Kulturschaffenden, gegenüber den „reingeschneiten" Fremden aus einem Land, das für Deutsche damals in traumhafter Ferne lag.Unverzeihlich blieben für Lotte vorerst die Taten der nächtlichen und später auch tagsüber stattfindenden Angriffe ihrer städtevernichtenden Bombengeschwader.

Lottes Informationsstand war auch weiterhin sehr mager. Was wußte sie überhaupt von diesen Fremden? Vor allem Aufgeschnapptes und in der Schule gelerntes. Und die Amerikaner kamen dort naturgemäß nicht gut weg.

Die Propaganda des erst vor kurzem untergegangenen *Dritten Reiches* hatte vorzüglich gearbeitet, alle Medien gleichgeschaltet und kaum einer wagte, ausländische Sender abzuhören. „Feind hört mit", Lotte erinnerte sich gut an diese Parolen und die Plakate, die überall hingen. Wer doch etwas in den fremden Ätherraum lauschte, hielt dies geflissentlich bei sich.

Im Sommer 1944, nach der Mobilisierung des im Februar ausgerufenen *totalen Krieges,* wurde auch das Theater geschlossen und Vater zum Frontdienst einberufen. Kurz vorher ertappte Lotte ihn in einer recht prekären Situation. Da er sich für alles was mit Elektrizität und daraus entwickelten technischen Gerätschaften zusammenhing sehr begeistern konnte, hatte er auch am Radio herumgebastelt. So konnte er wohl mühelos einen oder mehrere ausländische Sender empfangen. Früher hatte Lotte einmal eine heftige Auseinandersetzung der Eltern belauscht, bei der Mutter ihrem Mann vorwarf, er gefährde mit seinem Tun die ganze Familie und sie wolle nicht seinetwegen ins Gefängnis. Er versprach hoch und heilig von seinem heimlichen Tun zu lassen, was Lotte nicht recht glauben wollte.

Vater beanspruchte hin und wieder das Wohnzimmer für sich alleine, um auf dem Sofa ungestört ein Schläfchen zu halten.

Lotte, gedankenlos, platzte eines Tages ins Zimmer, dachte Vater sei nicht da. Da saß er, dick in eine Decke eingehüllt, hatte sie auch über den Kopf gezogen, was Lotte sehr seltsam vorkam. War er krank? Sie hatte keine zwei Sekunden Zeit sich weitere Gedanken über ihren eingewickelten Vater zu machen. Er bemerkte seine Tochter, sprang hoch, fluchte und Lotte rettete sich vor seinem aufkommenden Zorn zu Oma in die Küche. Sie hatte blitzschnell erfaßt, daß Vater keinesfalls erkältet oder sonstwie krank war: Er hatte vor dem Radio gesessen und warum er sich vermummt hatte, war ihr sofort klar. Wütend riß er die Küchentüre auf. Lotte, die nicht immer mit ihrem Vater auf gutem Fuße stand, hatte zwar Angst, daß es ein paar Ohrfeigen setzen würde, fühlte sich in diesem Moment aber keinesfalls als Opfer. Sie hatte den Vater beim streng verbotenen Abhören eines ausländischen Senders erwischt! Sie brauchte nur ihrer BDM-Führerin einen Tip zu geben, dann.......

Er tobte laut in der Küche herum: Ob es nicht möglich wäre in diesem gottverdammten Haus, sich eine halbe Stunde ungstört auszuruhen! Schließlich wäre er der, der arbeitet und hätte ein Recht darauf. Türeknallend ging er wieder: Im Schlaf fühlte er sich gestört!

Oma, die nichts von den heimlichen Vorgängen ahnte, fand die Rumbrüllerei unverschämt und meinte kühn, warum er sich nicht ins Bett legen würde, andere hätten auch ein recht aufs Wohnzimmer. Lotte war sehr versucht, Oma die Wahrheit zu sagen, kannte aber deren Hang zu sensationellen Neuigkeiten. Erfährt man welche, können sie schnell im ungeeigneten Moment entschlüpfen und Unheil anrichten. Jedenfalls in einer Zeit wie dieser.

Lotte behielt ihre Entdeckung für sich, spielte in Gedanken durch, was passieren würde, wenn sie ihren Vater verpetzte, empfand Genugtuung darüber, ihn ein wenig in der Hand zu haben. Das kleine Überlegenheitsgefühl pflegte sie insgeheim einige Tage, wußte dann aber ganz sicher, daß sie niemals, auch nicht im gerechten Zorn, ihren Vater und damit die Familie ausliefern würde. Ein schlechtes Gewissen plagte sie keinesfalls: Zwischen hinterhältigen Gedanken an eine rachsüchtige Tat und ihre tatsächliche Ausführung besteht halt doch ein himmelweiter Unterschied. Etwas von der christlichen Schulung war doch nicht umsonst gewesen!

Was die Ätherwellen interessantes aus anderen Weltregionen ins abgeschottete Deutschland sendeten, erfuhr sie nicht. Einmal hatte sie in Vaters Abwesenheit versucht, einen solch geheimen Sender zu finden. Sie drehte an den Knöpfen, vergebens. Vater hatte wohl das Gerät so manipuliert, daß kein anderes Familienmitglied diese Sender empfangen konnte.

Wie sollte sie so etwas Objektives über die Amerikaner erfahren haben? Ihre geographischen Kenntnisse über den fernen Kontinent waren bescheiden. Sie konnte die größten Flüsse aufzählen und einige Staaten des riesigen Landes, die Hauptstädte, Gebirge und einiges andere mehr.

Wie aber waren die Menschen, die Amerikaner wirklich? Gab es noch Nachfahren von Winnetou, dem stolzen Apachenhäuptling? Karl May hatte sie bändeweise verschlungen, obwohl das nicht so gerne gesehen wurde. Aber der ältere Bruder ihres Vaters hatte noch eine alte Ausgabe, die er ihr auslieh. Onkel und Nennonkel kamen zu Lottes Freude hin und wieder zu Besuch und wenn sie geschickt die Indianer ins Gespräch brachte, war der befreundete Onkel nicht mehr zu bremsen. Er konnte hervorragend Stimmen und Geräusche imitieren und wenn er ein „echtes" Indianergeheul anstimmte, Vater und Onkel dazu einen wilden Indianertanz aufführten, gab es großes Gelächter und Mutter sorgte sich um die Einrichtung!

Einmal fingen sie die Protestierende ein, banden sie mit Lottes Hüpfseil an den imaginären Marterpfahl einer Stuhllehne und sie kam nur mit dem Versprechen los, eine Flasche Wein aus dem Keller zu holen. Mutter wollte diese Arbeit an die Tochter deligieren, aber Lotte stimmte ein Wehgeschrei an: Sie fürchte sich, nachts allein in den Keller zu gehen. Vater sagte, es sei noch garnicht richtig dunkel, außerdem gäbe es elektrisches Licht. Sie mutmaßte, daß auch Mutter nicht so gerne in den tiefsten Teil des Hauses ging. Jedenfalls machte Vater eine ungehobelte Bemerkung, irgendwas von alten, ängstlichen Weiberröcken, von denen er umgeben sei.

Oma, die bis dahin still zugehört hatte, meinte spitz: Früher, zu ihrer Zeit, hätte es noch Kavaliere gegeben, die nicht erwartet hätten, daß Frauen nachts allein in den Keller gingen! Der Nennonkel fühlte sich daraufhin in seiner Kavaliersehre gekränkt, sagte, er ginge. Da er aber nicht wußte, wo der Keller war, mußte Vater sich bequemen mitzugehen, und der Onkel schloß sich den beiden an. Oma meinte trocken:

"Die sehen wir so schnell nicht wieder. Ich glaube, der Wein ist alle."

*

Fotos und Texte aus Illustrierten kamen Lotte wieder ins Gedächtnis zurück. Schwarze, die *Negermusik* machten, die man Jazz nannte. Vater und dessen älterer Bruder spielten gut Klavier, meistens was klassisch-erhabenes. War Lotte mit den Eltern beim Onkel eingeladen, tobten die beiden sich manchmal irre auf dem Flügel aus, bis die Tante sich diesen Krach verbat:

"Vielleicht denkt ihr mal an die Nachbarn, denen diese Musik kaum gefällt!"

Dann kehrte wieder Ruhe ein. War das vielleicht Negerjazz? Darüber konnte sich Lotte kein Urteil bilden, da ihr Vergleichsmöglichkeiten fehlten.

Es gab auch Bilder von ziemlich heruntergekommenen Amerikanerinnen, dick angemalt und Oma meinte, so würden keine anständigen Frauen rumlaufen. Lotte, die so von Stand und Lebensart unterschiedliche Frauen als großmütterliche Vorbilder hatte, erinnerte sich an zwei Wesen, die für einen Nachmittag einmal ihren Weg kreuzten: Zwei Tanten väterlicherseits, die aus dem „befreiten" Frankreich, dem elsäßischen Teil, ihre Schwester besuchten. Sie waren stark geschminkt, mit roten Fingernägeln, elegant, wie Mutter etwas neidvoll feststellte, und rochen wunderbar. Lotte war durch deren Erscheinung hingerissen. Zwar puderte sich auch die Großmutter ganz dezent, immer ging ein guter Duft von ihr aus aber sie schminkte sich nicht die Lippen. Ihre hereingewehten Schwestern, jünger auch, trugen die Farben leuchtend, vielleicht aus Protest? Denn: Deutsche Frauen schminken sich nicht!

Über so etwas machte sich Lotte selbstverständlich noch keine Gedanken, sie bewunderte die beiden und war glücklich, als eine der Verwandten ihr die Fingernägel leuchtend rot lackierte. Mutter konnte in Gegenwart der beiden nicht viel dagegen sagen, aber auf dem Nachhauseweg mußte Lotte ihre hübsch gemachten Finger in zu Fäusten geballten Händen verbergen. Sie durfte noch bis zum Abend mit diesem Fingerschmuck im Zimmer bleiben, aber was nutzte die ganze Freude darüber, wenn sie diese außergewöhnliche Pracht nicht ihren Freundinnen zeigen durfte?

Aber natürlich waren Amerikanerinnen auf den Bildern häßlich angemalt, das konnte jeder sehen, der Augen im Kopf hatte!

Mutter, die in der Weimarer-Republik-Zeit noch sehr jung war, hatte vor Lottes Geburt eine zeitlang als Platzanweiserin in einem kleinen Kino gejobt, dankbar für die wenig einträgliche Beschäftigung in einer wirtschaftlich grauen Zeit. Oma konnte durch diese Gelegenheit immer mal wieder kostenlos ins Kino und Mutter und Tochter schwärmten von den Filmen und ihren Stars, vor allem von Greta Garbo, Rudolf Valentino und den anderen Kinolieblingen aus jener Zeit. Früher hatte Mutter Bilder aus Zeitungen ausgeschnitten und Bildchen der Filmstars gesammelt, die in Alben geklebt wurden. Lotte hatte wieder und wieder diese Bilder gesehen, fand den Valentino mit seinem pomadigen Haar aber gräßlich, andere Männerbilder prägten ihre Zeit, beeinflußten ihren Geschmack.

Kamen Mutter und Oma auf alte Filme zu sprechen, waren sie nicht mehr zu bremsen, erzählten lang und breit den Inhalt, ergänzten gegenseitig fehlende Stücke und Lotte wuchs mit einem umfangreichen Wissen über glückliche oder unglückliche Film-Liebesverhältnisse, die aber alle in den Erzählungen irgendwie platonisch waren, auf.

Einmal erfuhr sie nebenbei, daß Mutter sie unbedingt Greta nennen wollte. Der Standesbeamte weigerte sich, dies sei kein vollständiger Name, sie solle das Kind Margarethe nennen, dann könne sie es ja Greta rufen. Lotte dankte dem Himmel und allen Standesbeamten, daß Mutter diesen Vorschlag verwarf. Eine von Lottes Freundinnen hieß so und alle Welt nannte sie nur „das Gretele!"

Die alten Hollywood - Filme, zumindest die Sequenzen, die Lotte erfahren durfte, handelten meistens von Herz und Schmerz, sie zeigten auch den erwachsenen Deutschen kaum die amerikanische Wirklichkeit. Diese zu zeigen, dafür sorgte die bald einsetzende Propaganda des neuen Regimes.Diese Art der *Aufklärung* war wiederum kaum objektiv zu nennen.

Demnach sollten die Amerikaner schnöde Kapitalisten sein, eine Menge Millionäre gäbe es in diesem fernen Landstrich und sie hätten soviel zu essen, daß sie Lebensmittel, die zuviel auf dem Markt waren, einfach ins Meer kippten oder sonstwie vernichteten. Diese Information stammte noch aus ihrer Schulzeit und fiel Lotte jetzt wieder ein. Es erschien ihr mit ihrem ewig hungrigen Magen unfaßbar und sprach in ihren Augen nicht für die Amerikaner. Aber es war für sie noch das wichtigste und interessanteste von allen Gerüchten und Spekulationen, die mit dem Wechseln der Besatzung aufblühten. Was konnte man also von ihnen erwarten?

Eine der Handlungen, die Lotte den amerikanischen Besetzern lange persönlich nachtrug, bestand in der seltsamen Prozedur, die Deutschen, teilweise zu „Entnazifizieren". Das klang wie entlausen und wie es ihr persönlich geschah, verletzte Lottes Stolz tief.

Sie war noch keine achtzehn und fiel damit unter eine Art Generalamnestie. Um diese bestätigt zu bekommen mußte sie mit Mutter in ein nahegelegenes Schulgebäude. Ein amerikanischer Sergeant drückte ihr einzeln alle zehn Finger auf ein Stempelkissen und verewigte so ihre Fingerabdrücke. War sie eine Schwerverbrecherin? Lotte kam sich gedemütigt vor, schaute den lächelnden Soldaten so böse von oben bis unten an, daß diesem das Lächeln erstarrte.

Vor der Türe machte sie sich mit groben Worten über die neuen

Besatzer Luft. Mutter sorgte sich, daß sie durch Lottes aufgebrachtes Gerede Unannehmlichkeiten bekommen könnten, waren sie doch total abhängig von der Gunst dieser Leute. Wieder besser den Mund halten! Diese unumstrittene Tatsache steigerte nur noch Lottes Ärger. Sie wischte verstohlen ihre Tränen ab, auch Mutter sollte sie nicht sehen, sie würde nur mit ihren eigenen Gefühlen noch alles schlimmer machen. Sie wußte, daß Mutter unglücklich darüber war, daß sie ihrer ältesten Tochter keine angenehmeren Lebensumstände bieten konnte.

Oma erfuhr sofort nach der Heimkehr von der Mißhandlung ihrer Enkelin. Lotte erhob ihre Hände mit der Geste der Ergebung, dabei sah man noch die Farbspuren an den Fingerkuppen. Voller Erregung begann sie aus dem Stegreif einen Reimgesang: „Ich bin entnazifiert, ent-na-zi-fi zieeeert, blamiert, infiziert, kariert...." bewegte dabei ihren Körper rhythmisch und imitierte *Negertänze* oder was sie dafür hielt.

Die kleine Schwester lachte lauthals, versuchte mitzutanzen, mitzusingen. Lotte nahm sie auf den Arm und so tanzten sie eine Weile durch ihr armseliges Wohnzimmer. Mögen andere die Sieger jubelnd begrüßt haben: Lotte fand bis jetzt keinen Grund zum Jubeln!

Da Lotte in der Lehre war, mußte sie einmal in der Woche zur Berufsschule. Zusammen mit einem anderen Lehrmädchen aus ihrer Firma, das im gleichen Stadtviertel wie Lotte selbst wohnte, freuten sie sich auf die wöchentliche Abwechslung, waren beide gute Schülerinnen.

Eines Morgens kam der Leiter der Schule mit zwei amerikanischen Offizieren in die Klasse, tuschelte etwas mit der Lehrerin und ging wieder. Später erfuhr Lotte, daß die Amerikaner eine Art Kulturprogramm planten, da die Entnazifizierung allein aus vielen verstockten und durch die Mühle jahrelanger nationaler Schulung hindurchgetriebenen Jugendlichen nicht von heute auf morgen stramme Demokraten machte.

Nach Unterrichtsschluß sollten Lotte und ihre Freundin noch dableiben. Ihre Lehrerin teilte ihnen kurz mit, daß die amerikanischen Offiziere mit deutschen Jugendlichen eine Veranstaltung planten und aus den verschiedenen Schulen gute Schüler, wie sich später herausstellte auch angehende Studenten der Technischen Hochschule dazu eingeladen seien. Der Treffpunkt stand auch schon fest. Es sei natürlich freiwillig, betonte die Lehrerin.

Auf dem Heimweg überlegten die beiden, was sie davon halten sollten. Daß sie vorgeschlagen worden waren, fanden sie gut, war ein Lob, das mehr Freude machte, als die reichlich ominöse Einladung.

Wie würden sich die Mütter dazu stellen? Beide waren sie noch lange nicht volljährig und die Zeiten waren keinesfalls so sicher, daß man junge Mädchen nach Einbruch der Dunkelheit ohne weiteres in einen anderen Stadtteil gehen ließ. Den amerikanischen Soldaten war anfangs das Fraternisieren mit deutschen Fräuleins streng verboten, doch konnte man wissen, ob sie sich immer daran hielten? Außerdem gab es in dieser Umbruchzeit auch wieder Gestalten mit mehr oder weniger krimineller Energie, meistens hielten die sich aber in Gegenden auf, in denen in stillen Ecken der Schwarzmarkt blühte.

„Wohin wollt ihr gehen?"

Die Freundin war zur Verstärkung mitgekommen.

„Abends in ein Lokal zu den Amis? Und euch hat man ausgesucht? Mein Gott, was ist das für eine Schule?!"

„Das könnte den Amis so gefallen, zwei hübsche Mädchen in Lokale zu schleppen, betrunken machen und dann..."

Das war Oma.

„Es hat was mit Demokratie zu tun und daß wir etwas vom amerikanischen Leben lernen."

Das war die Freundin.

„Nennt man das jetzt Demokratie, wenn man Mädchen verführen will?", wieder Oma.

„Was sagt deine Mutter dazu?"

„Ich war noch nicht zu Hause, aber wenn ich gehen kann, darf Lotte dann auch mit?"

Später großer Kriegsrat der beiden Mütter. Kompromiß: Einerseits wurden die Töchter von der Lehrerin vorgeschlagen, was durchaus positiv gewertet wurde, andererseits würde man die Töchter nicht ohne Kenntnis der Dinge ausliefern. Die Mütter würden mitgehen und sich selbst ein Bild machen.

Das vorgeschlagene Lokal war eine mittelmäßige Wirtschaft, die in besseren Zeiten den kleinen rückwärts gelegenen Saal für Vereins-oder Familienfeiern vermietete. Die Veranstaltung sollte abends stattfinden, Lotte war neugierig aber auch unsicher was sie wohl erwarten würde. Vor der Türe standen zwei höflich lächelnde Soldaten, schwarz von Angesicht, mit umgehängtem Gewehr, was die Mütter einige Schritte zurücktreten ließ, fast wären sie alle umgekehrt.

Von drinnen hörte man Musik und Lottes Freundin wurde energisch, sie wollte jetzt unbedingt in das Lokal. Etwas älter als Lotte, mit Formen bereits eindeutig Richtung weibliches Wesen entwickelt, wirkte sie vernünftig und zielstrebig. Lotte, die noch immer wie ein größerer Junge aussah, allerdings mit langen

Haaren, kam sich neben ihr eher schüchtern vor. Sie unterschieden sich auch in ihren Zukunftsperspektiven: Die Freundin strebte eine Hausfrauenkarriere an, wollte eine Familie, Kinder, wie es für die meisten jungen Frauen ihrer Generation noch eher selbstverständlich war. Lotte reichten erstmal ihre beiden kleinen Geschwister, die häufig nervig waren.

Naturgemäß brauchte man fürs Heiraten ein geeignetes männliches Wesen und es schadete nichts, sich rechtzeitig danach umzusehen. Lotte hatte genug andere Sorgen und vor allem Träume, in denen ein Ehemann vorerst nicht vorkam. Ihr Eintritt in eine andere Welt vollzug sich also unter sehr unterschiedlichen Vorstellungen, die den jeweiligen Blickwinkel bestimmte. Lotte wollte vor allem gucken, was die Amerikaner so treiben.

Hinter der Eingangstüre hing eine dunkle Samtportiere, ein Windfang, der beiseitegeschoben, den Blick ins Lokal freigab. Ein recht gut deutsch sprechender amerikanischer Offizier begrüßte sie und brachte sie in das Sälchen, das bereits reichlich verqualmt war.

Lotte nahm die seltsame neue Lebenswelt mehr als Bild, denn als Wirklichkeit war. An einer Längswand, den Fenstern gegenüber war eine Theke aufgebaut, dort schenkten die Amerikaner ein braunes Getränk aus, das süßlich schmeckte: Ihre erste Bekanntschaft mit Coca Cola!

Am Saalende saßen und standen drei oder vier Musiker von der Militärkapelle, auf der kleinen Tanzfläche bewegten sich mehrere Paare, alles ganz junge Deutsche: Meistens ältere Schüler, vielleicht Gymnasten der Oberstufe und Mädchen und Jungen ihrer Altersstufe.

Lotte setzte sich zuerst mit ihrer Begleiterin an einen der Tische und verfiel nach kurzer Zeit in eine merkwürdige Stimmung. Die

Kapelle spielte ungewöhnlich laut, es dröhnte Lotte regelrecht in den Ohren. Die meisten anderen jungen Leute hopsten vergnügt herum, sie hielt sich an ihrem Glas fest, beobachtete das Treiben. Es schien ihr so, als säße sie in einem Film, nur daß sie tatsächlich körperlich mitten im Filmgeschehen anwesend war. Gleichzeitig fühlte sie sich verloren, nicht dazugehörend, unfähig sich dem unbekannten Geschehen ein-und anzupassen.

Später hielt einer der Offiziere eine Rede. Lotte war geistesabwesend, die Worte, Sätze rannen an ihrem Gedächtnis vorbei, gruben sich nicht in ihre Erinnerung. Eine kleine Tombola gab es, Lotte zog, noch immer gedankenverloren, mechanisch ein Los, gewann ein Päckchen amerikanischer Kekse, freute sich einen kurzen Moment, und hatte fast gleichzeitig den heftigen Wunsch, die Packung hinzuwerfen, mitten auf die Theke oder dem freundlichen Amerikaner vor die Füße und irgend was zu schreien. Natürlich traute sie sich nicht, setzte stattdessen eine eingeübte Maske auf, trank noch zwei Gläser der zuckrigen Flüssigkeit und beschloß dann, allein nach Hause zu gehen. Sie besprach sich kurz mit der Freundin, die mit einem älteren Schüler tanzte und dableiben wollte. Lotte wollte nur raus und weg. Sie verabredeten, daß der Tänzer seine Partnerin nach Hause begleitete und Lotte behauptete, sie käme alleine auch zurecht.

Allein auf der dunklen Straße fürchtete sie sich schrecklich. Sie rannte, das ungewohnte Getränk verursachte ihr Herzklopfen, das Laufen entspannte ein wenig. Es war ein ziemlich weiter Weg, langsam ließ die Angst nach und sie fühlte sich plötzlich stark.

Sie verlangsamte ihre Schritte, sie mußte allein sein, nachdenken. Sicher, die Amerikaner waren höflich und zuvorkommend gewesen, benahmen sich sehr korrekt, tanzten auch nicht, waren

Gastgeber. Lotte spürte, daß sie sich Mühe gaben und auf ihre Weise versuchten, einen positiven Eindruck zu machen. Lotte aber war enttäuscht.

Wieder daheim wollte Mutter unbedingt wissen, wie es war, machte ihr Vorwürfe, allein zurückgegangen zu sein. Lotte hörte nur mit halbem Ohr zu und ging zu Bett, stellte sich schlafend. Aber sie konnte nicht einschlafen.

Warum hatte sie nicht einfach mitgemacht? Sie war schließlich kein Trauerkloß und Tanzen konnten die anderen auch nicht, jedenfalls nicht auf diese Rhythmen, die so laut heranbrausten und das Sälchen mit Lärm füllten. Sie konnte doch oft ebenso unbeschwert sein, weshalb gelang es ihr an diesem Abend nicht?

Erst später begriff sie, daß ihre Lebenswelt, diese Jahre von Krieg und einer langen Zeit anhaltender Entbehrung geprägt, auf eine völlig andere Lebenswelt gestoßen war. Der Umschwung war zu kraß, zu fremd kam ihr alles vor, sie war traurig und unglücklich.

Am anderen Tag erzählte sie Mutter und Oma von ihren Erlebnissen. Die beiden waren vor allem froh, daß Lotte wieder wohlbehalten von ihrem abendlichen Abenteuer zurückgekommen war. Oma meinte, sie hätte doch mittanzen können, wenn die Amis sich anständig benommen hätten. Mutter wußte eh alles besser, fühlte sich mit ihrer Warnung, von solchen Angeboten wegzubleiben, bestätigt. Lotte fühlte sich wieder einmal von beiden mißverstanden.

Die Freundin, die sich gut amüsiert hatte, wollte wissen, warum Lotte so früh gegangen war. Sie entschloß sich zur Notlüge, sagte, es wäre ihr von der Cola schlecht geworden, sie hätte nach Hause gewollt und die ganze Nacht sei es ihr nicht gut gegangen, was teilweise wieder der Wahrheit entsprach. Sie war nicht fähig, ihre Eindrücke und ihre Enttäuschung über den Abend einigermaßen verständlich wiederzugeben. Sie mutnmaßte auch, daß die Freundin sie nicht verstehen würde.

Was hatte sie sich überhaupt vorgestellt? Die Franzosen, so viel war klar, hätten so kurz nach dem Krieg keine Lust gehabt, sich als Freunde zu zeigen. Undenkbar, daß sie so eine Veranstaltung organisiert hätten, sie waren die Besatzer. Fertig! Vielleicht war ihre Besatzungszeit zu kurz und sie hätten später ähnliche Angebote gemacht? Vorerst aber: Eine klare Grenzziehung. *Man* war besiegt, *man* mußte das spüren, *man* war besetzt.

Trotzdem gelang es Lotte einige Jahre später, den Franzosen gegenüber eine große innere Wertschätzung aufzubauen, während doch die Amerikaner es waren, die sich sichtlich bemüht zeigten, sich den Deutschen zu nähern, zu zeigen, daß sie nun nicht mehr unbedingt als Feinde anzusehen waren? Hing ihr Gefühl des Verlorenseins an jenem Abend damit zusammen, daß sie mehr halbbewußt wahrnahm, daß die amerikanische Art zu Leben Schattenseiten hatte, die sie nicht kannte, damals nicht kennen konnte?

Es war ihr nicht möglich Antworten auf diese Fragen zu finden, sie vergaß sie auch wieder, aber es blieb ein Schlüsselerlebnis, wie eine solche Situation später benannt wurde.

Trotz aller Vorbehalte begriff Lotte doch, daß der Tausch mit den Amerikanern auch sein Gutes hatte. Zwar gab es noch weiterhin große Versorgungsprobleme, aber von Tag zu Tag stellten sich kleine Verbesserungen ein. Die kleine Brücke über die Bahngeleise wurde ausgebessert und die ersten Straßenbahnen konnten nun wieder bis zu ihrer Siedlung fahren. Weil dies Brückchen nicht sehr belastbar war, fuhr nur ein alter Triebwagen, der stets restlos überfüllt war. Es war gang und gäbe, daß, wer ein wenig sportlich war, immer noch mitkam: Zu dritt auf dem Trittbrett, mühsam an andere, die besseren Halt hatten angeklammert, zuckelte die Bahn mit Gequitsche die Auffahrt zur Brücke hoch und wieder runter und wenn es nicht gerade regnete, war dies ein Spaß und jedenfalls entschieden besser als zu laufen.

Eines Tages vom Pfarrer eine Mitteilung: Ein halbes Care-Paket sei auf dem Pfarramt abzuholen. Welche Wundertüte: Eipulver, Milchpulver, Kakao, etwas Schokolade und ein kleines Paket Zucker. Was für Schätze. Oma, die auch nicht wußte, in welcher Verdünnung das kostbare Milchpulver zu verwenden sei, rührte daraus ein Masse, die wie Pudding aussah, gab noch etwas Zucker hinzu und jeder bekam ein paar Löffel von der Götterspeise. Leider bekam die ganze Familie hernach Durchfall, eine so konzentrierte Zufuhr Milchpulver vertrugen die entwöhnten Mägen schlecht. Aber es war ein Genuß.

Ansonsten gab es Rüben, Rüben und nochmal Rüben, weiße und gelbliche, von denen Oma behauptete, das wären Futterrüben, die früher die Schweine bekamen. Ohne Fett, nur mit Wasser, Salz und ein paar Tropfen des Universalgewürzes, hätte auch ein Drei-Sterne-Koch Mühe gehabt, daraus etwas Schmackhaftes zu zaubern. Brot aus Maismehl, das innen pappig war, zu schnell gegessen bekam man davon Magenschmerzen. Aber wenigstens hatte der Magen etwas zu tun.

Hin und Wieder gab es ein paar Kartoffeln und auch das Brot wurde langsam besser, ein wenig Fett wurde auf die entsprechenden Märkchen zugeteilt und Zwiebeln tauchten plötzlich auf: ohne Marken! Mit Brotstückchen, angedünsteten Zwiebeln und einem guten Schuß Maggi wurde daraus eine Suppe: Eine Leibspeise, die nur nicht lange satt machte.

Prompt fand sich eines Tages eine Maus ein! Sie mußte aus dem Garten die Regenrinne hoch in die Küche gelangt sein. Nachts hörte man ihr Knabbern an der Türe. Sie war wohl sehr schlau, ging nicht in die Falle, die Mutter von der Hausbesitzerin ausgeliehen hatte. Käse oder Speck hatten die Mäusefallensteller selbst keinen, Maisbrot schien nicht verlockend. Was tun? Nachbars Katze wurde für einen Tag ausgeliehen, saß stundenlang vor dem Küchenschrank - die Maus schien den Rückzug angetreten zu haben. Am anderen Tag war sie wieder da! Eine ganze Woche lang nachts Geräusche, alles irgendwie eßbare sorgsam weggeschlossen.

Auch schlaue Mäuse machen Fehler, werden übermütig. Sonntagmorgen: Ein Schrei aus der Küche! Spülwasser stand in einer Schüssel bereit. Von irgendwo her machte die Maus einen gewaltigen Satz, verfehlte ihr Ziel und landete vor Mutters entsetzten Augen im Wasser. Was nun? Sie schwamm verzweifelt darin herum, scheiterte am glatten Schüsselrand. Mutter wollte sie samt Wasser ins Clo kippen, Oma meinte, sie könnte das Rohr verstopfen. Lotte hatte Mitleid mit dem kleinen hilflosen Wesen: In den Garten bringen.

„Ich nicht! Wenn du unbedingt Mäuse retten willst, bitteschön! Aber ohne mich und mach schnell!" Mutter war damit raus.

Oma bekam fast einen Lachkrampf, sie hatte es mit ihrem kranken Bein ja gut. Lotte nahm zaghaft die Schüssel, balancierte mit ihr vorsichtig die Treppe hinab.Oma rief lachend nach:

„Fall nicht hin mit der Schüssel, sonst bricht sich die Maus noch was!"

Die Rettungsaktion verlief ohne weitere Störung.

Inzwischen hatten sie auch wieder einen Garten! Abermals ein verkrautetes Stück Wiese, das als eine Art Auffangbecken für den kleinen Fluß Alb diente, falls dieser gemütlich dahinziehende Wasserlauf die Neigung verspüren sollte, bei Hochwasser über die Ufer zu treten. Diesesmal konnte die Mutter beim Umgraben helfen und ein Rondell war nicht geplant. Ein kleiner Nutzgarten, der im ersten Jahr vor allem mit Tomatenpflanzen, die es aus unerfindlichen Gründen in diesem schicksalhaften Jahr 1945 in Mengen bei einer Gärtnerei zu kaufen gab, bepflanzt wurde.

Tomaten, in einer ungeahnten Fülle, die ohne Dünger heranreiften, und die vorsichtshalber noch grün geerntet wurden, um sie vor hungrigen Langfingern in Sicherheit zu bringen. Da lagen sie nun auf sämtliche Fensterbänke verteilt in der Sonne, um ihr begehrtes Rot zu entwickeln. Da nicht alle gegessen werden konnten, wurde daraus eine Art Tomatenmark produziert. Oma meinte, ohne jedes Konservierungsmittel würde das vielleicht nicht gut gehen. Mutter war optimistisch. Es wurden alle möglichen Flaschen irgendwoher organisiert. Mit dem zu Mus verkochten Mark wurden sie gefüllt, verschlossen und das mühsam hergestellte Einmachgut danach im Keller verwahrt. Insgesamt vielleicht sechs oder sieben kleinere Flaschen, die leider Explosives enthielten! Das nicht sachgemäß haltbar gemachte Tomatenmark begann zu gären. Die kostbare Essenz, versuchsweise nach einiger Zeit zum Probieren aus dem Keller geholt, gebärdete sich wie der berühmte Geist in der Flasche: Kaum war der Verschluß geöffnet, spudelte der Inhalt in die Höhe. Verschreckt mußten Mutter und Oma zusehen, wie das Tomatenmark aus der Flasche schoß, einige Spritzer erreichten die Decke, verewigten sich als rote Punkte, die bis zur Renovierung viele Jahre später die Küchendecke zierten.

Lotte war nicht dabei gewesen, erlebte aber die Aufregung, welche entstand, weil sich Mutter nun nicht mehr in den Keller traute! Aber die unheimlichen Flaschen mußten weg. Ein freundlicher Nachbar, dem Mutter von dem Mißgeschick erzählte, kam mit Sack und Kiste, warf den Sack über die ungebärdigen Flaschen, verpackte das Gefahrgut in die Kiste und schaffte diese weg. Keiner aus der Familie kam jemals wieder auf die Idee, Tomatenmark selbst herzustellen!

Aber der Garten war trotzdem eine große Hilfe in den zwei oder drei Jahren, in welchen sie ihn bewirtschafteten. 1946 wurde aus ihm weitgehend eine Mini-Tabakfarm! Das Klima in der Nähe von Lottes Heimatstadt eignet sich in warmen Sommern bedingt für den Anbau einiger Tabaksorten. Es gab in der Nähe eine kleine Versuchsanstalt, in der wohl mit unterschiedlichen Tabaksorten experimentiert wurde.

Obwohl sie alle Nichtraucher waren, fanden sie die Idee des alten Gartennachbarn einleuchtend: Tabak war begehrt und eignete sich daher hervorragend als Tauschware. Der Nachbar organisierte die Pflanzen und so wuchsen neben Kohl und Kohlrabi, Möhren und nur schlecht gedeihenden Kartoffeln mehrere Reihen der kostbaren Tauschpflanzen heran.

Nach der Ernte der Tabakblätter wurde die Familie unter Anleitung des kundigen Nachbarn zu Tabakherstellern! Die Blätter wurden aufgefädelt und im Badezimmer unter der Decke zum Trocknen aufgehängt. Sie verbreiteten einen seltsamen Geruch, mußten, damit sie nicht vorzeitig zerbröselten, dauernd kontrolliert und einzeln abgenommen werden. Zuletzt kamen sie, zusammen mit Apfelstückchen, die angeblich zum Fermentieren beitrugen, kurze Zeit in den Backofen.

Der Nachbar übernahm auch die Vermarktung. Die Ausbeute ihrer Tabakernte brachte zwei große Rollen mittelstarkes Baumwollgarn ein, das auf nicht nachvollziehbaren Wegen, vermutlich aus einer Spinnerei stammend, den Weg zum Nachbarn fand und sich nach dem Tauschgeschäft als überaus nützlich erwies. Mutter und Oma strickten Verschiedenes für die Kleinen. Lotte häkelte für sich einen kleinen kurzärmeligen Pulli mit einem komplizierten Lochmuster. Das kostbare Baumwollgarn war leider noch naturbelassen. In Zeiten, die eher düstere Perspektiven boten, war Farbe hochwillkommen.

In ihrer Lehrwerkstatt fand Lotte beim Aufräumen einige Tüten mit altem Textilfarbstoff. Die Meisterin erlaubte ihr, sich einen Farbbeutel auszusuchen und mitzunehmen.Der wunderschöne Pulli kam rotleuchtend aus dem Farbbad. Was für eine Pracht! Leider entpuppte er sich als nicht farbecht: Nach der ersten Wäsche zeigte sich das kostbare Stück in einem häßlichen, undefinierbaren Rosa, und Lotte war bitter enttäuscht.

*

Wenn Lotte viel später an diese Zeit zurückdachte, fand sie, daß trotz vieler äußerer Widrigkeiten diese Jahre auch ihren eigenen Charm hatten. Kleinigkeiten brachten ungemeine Freude, jeden Tag ging es ein klein wenig aufwärts. Inzwischen gab es auch wieder Zeitungen, schmale Blätter nur, aber immerhin. Lotte las sie von vorne bis hinten durch, erfuhr daraus mehr und mehr über den vergangenen Krieg und daß sie in einer Diktatur gelebt hatten. In einer Diktatur! Lotte merkte sich den Begriff, konnte ihn aber nicht mit ihrem Leben richtig in Verbindung bringen. Sie und ihre Familie hatten also unter einem Diktator gelebt, dem Schlimmes angelastet wurde. Sie brauchte noch Zeit, dies alles zu begreifen.

Es waren wieder die Amerikaner, die Lottes Lebenserfahrung bereicherten, diesesmal aber mit Folgen, die Lotte Stück für Stück erst verdauen mußte. Es fing ganz harmlos an: Eines Morgens kamen wieder zwei Offiziere in die Berufsschule, brachten ein Filmvorführgerat mit und Lotte freute sich über die Unterbrechung des Unterrichts.

Was dann in dem dunklen Raum auf der Leinwand flimmerte, war so ungeheuerlich, daß Lotte ihren Kopf in den Armen verbarg und auf den Tisch legte, um nicht weiter hinsehen zu müssen. Sie hatte noch nie in ihrem Leben einen Horrorfilm gesehen, war also gänzlich unvorbereitet auf die Bilder, die bis auf das Skelett abgemagerte Tote zeigten. Sie lagen zum Teil übereinander, meistens nackt, andere Gestalten wankten umher, ebenfalls dem Tode nahe. Es war ein Film, den die Amerikaner bei oder nach der Befreiung eines Konzentrationslagers gemacht hatten. Um welches Lager es sich handelte, konnte Lotte später nicht mehr sagen.

Sie hatte früher in den Wochenschauen tote Soldaten gesehen, meistens feindliche, aber was jetzt hier vor ihren Augen erschien, das konnte einfach nicht von dieser, ihrer Welt sein. Sie war kurz davor wieder ohnmächtig zu werden, rannte raus und ging nicht mehr in den Raum. Ihrer Lehrerin sagte sie später entschuldigend, es wäre ihr schlecht geworden, was diese auch verstand. Auch sie war ganz blaß, beendete den Unterricht und sagte, sie würden das nächstemal über den Film sprechen. Jedenfalls blieb es Lotte so in Erinnerung.

Es waren vor allem Juden, wie der Kommentator sagte, die auf diese Weise gefangengehalten und getötet wurden. Millionen seien es gewesen, Männer, Frauen, Kinder und Greise. Lotte konnte es einfach nicht glauben. Alles sträubte sich in ihr, so etwas Schreckliches, Grausames zu glauben.

Als sie mit Oma alleine war, wollte sie wissen, was die Nachbarin ihr damals erzählte, als sie wieder nach Karlsruhe gezogen waren. Oma berichtete ähnliches, von Lagern, in welche die Juden gebracht und später zum Teil getötet wurden.

„Oma, hast du davon gewußt?"

„Nein, natürlich nicht, wo denkst du hin?"

„Und Mama?"

„Nein, frag sie aber nicht, sie regt sich nur auf, sie hat doch schon genug Sorgen."

„Wer hat denn davon gewußt? Papa vielleicht?"

„Mein Gott, ich weiß es doch selbst nicht. Jedenfalls hat er nie etwas davon erzählt."

„Der Film war so schrecklich. Hitler soll das alles angeordnet haben. Stimmt das denn, Oma?"

„Wenn er es getan hat, war das ein großes Unrecht."

Lotte wollte wieder allein sein, darüber nachdenken, nicht sofort, aber sie würde dies nicht so ohne weiteres glauben! Sie klammerte sich an die Hoffnung, daß es nicht geschehen sei, daß die Amis sie nur schlecht machen wollten, sie die Deutschen, über ihr Vaterland herziehen, aus Rache, weil sie bei ihren Kriegseinsätzen auch viele Soldaten verloren hatten. Sie nahmen sich das sicher nur raus, weil sie Schuld waren, daß die Städte in Deutschland durch ihre Bombenangriffe zerstört waren, viele Menschen dadurch zu Tode kamen, die Überlebenden der furchtbaren Angriffe hier hungerten und unzählige alles verloren hatten. Nein, es durfte einfach nicht wahr sein! Fast verzweifelt klammerte sich Lotte in ihren Gedanken an diesen Strohhalm: Ja, so muß es sein!

Aber die Saat war gesät, sie brauchte Zeit, um aufzugehen. Vorerst wollte, konnte sie das Gesehene einfach nicht glauben.

*

Juden.

Hatte sie welche persönlich gekannt? Gab es Dinge, die sie als Kind wahrgenommen, aber nicht zuordnen konnte? Die Synagoge hatte gebrannt. Sie war damals durch Geräusche wach geworden, hatte sich zu den Eltern ins Schlafzimmer geschlichen, neben ihnen am Schlafzimmerfenster gestanden, als sie den Brandschein sahen, vielleicht fünf/sechshundert Meter Luftlinie von ihrer alten Wohnung entfernt. Die Synagoge lag in einem Wohnviertel, das dicht bebaut war. Für Lotte war es das erstemal, daß sie einen Brand sah, das erste Feuerzeichen, dem unzählige folgen sollten.

In jener Nacht war es für sie als Kind nur aufregend, aus sicherer Entfernung zuzusehen und sich zu überlegen, wo es denn gebrannt habe. Vater schätzte ziemlich genau, wo der Brandherd lag und welches Gebäude durch das Feuer zerstört wurde. Wußte er damals bereits etwas, ahnte er es nur? Gab es vorher Gerüchte über den Anschlag? Hatte er etwas durch seinen älteren Bruder erfahren, der ja der Partei angehörte? Sie konnte ihn nicht fragen, er galt noch immer als vermißt.

Am anderen Morgen in der Schule. Hatte der Lehrer etwas darüber gesagt? Sie ärgerte sich, daß sie oft nicht aufgepaßt hatte, ihre Gedanken irgendwo herumstreifen ließ.Häufig steckten diese noch in der halbangefangenen Lektüre einer hinreißend spannenden Geschichte! Lotte gehörte zur Art der Leseratten, die stundenlang ununterbrochen lesen können, wenn man sie denn läßt!

Zwei Mitschülerinnen waren am folgenden Tag oder kurz nach dem Brand nicht im Unterricht anwesend. Ja, Lotte erinnerte sich jetzt, daß sie Jüdinnen waren. Eine hatte kurze Zeit neben ihr gesessen, jetzt verteilte der Lehrer die Plätze neu. Hieß eine von ihnen, die mit den hübschen krausen Haaren, nicht Simone? War das vielleicht ein jüdischer Name? Lotte beneidete damals dieses Mädchen etwas um ihre natürliche Lockenfrisur, daran erinnerte sie sich. Hielt sie vielleicht der Locken wegen diesen Vornamen im Gedächtnis? Das andere Mädchen und sein Name waren nicht mehr aus der Erinnerung zu heben, nur daß beide dunkelhaarig waren.

Die beiden blieben meistens für sich. Warum? Es war nicht selten, daß zwei Mädchen eine enge Freundschaft hatten und lieber unter sich blieben. Jedenfalls kamen sie nach der Brandnacht nicht wieder und Lotte vergaß sie bald.

Sie überlegte, konnte aber trotz konzentrierter Suche in ihren Gedächtnisschleifen keine Bilder hervorrufen, die Auskunft gaben, ob diese Klassenkameradinnen durch irgend eine Bemerkung des Lehrers herausgehoben wurden, daß er sie persönlich kränkte. Etwas, das auch nichtjüdischen Schülerinnen leicht zustoßen konnte. Solche Geschichten merkte sich Lotte vor allem, weil man dann in der Pause entweder über die Ungerechtigkeit der Lehrer herziehen konnte oder über die blamierte Schülerin, wenn diese sowieso als blöde Gans bei den Freundinnen firmierte. Klatsch und Geschnatter in den Pausen rettet vor Schulstreß und läßt auch autoritäre Unterrichtsmethoden einigermaßen heil überstehen!

Alles, was um diese jüdischen Klassenkameradinnen und ihr Fernbleiben vom Unterricht damals geschah, versank im Gedächtnis, weil ungefähr zur gleichen Zeit etwas passierte, das Lotte Ärger einbrachte.

Die „Lauseschwester", wie die Diakonissin, die hin und wieder kam und die Köpfe der Kinder in Augenschein nahm, respektlos hinter ihrem Rücken genannt wurde, war zur Kontrolle gekommen. Lotte hatte einen Zettel mitbekommen: Es wurden

Läuseeier in ihren Haaren gesichtet! Es war zwar anders formuliert, reichte aber aus, um Mutter, Oma und zuletzt auch Vater gehörig auf die Palme zu bringen. Ihre Tochter so verseucht! Lotte wurde in die Wanne gesteckt und mehrmals wurden ihre Haare gewaschen, unter anhaltend lauter Rede von Mutter, die es als persönliche Schande empfand: Ihre gepflegte Tochter und dann sowas! Vater, der aus eigenen unguten Erinnerungen nicht allzuviel von Schule insgesamt hielt, machte sich anderntags schnurstracks zum Rektor auf den Weg, um sich zu beschweren, daß seine Tochter ausgerechnet neben eine Schülerin gesetzt wurde, die nun tätsächlich Läuse hatte. Lotte wurde daraufhin weggesetzt, was ihr nicht besonders gefiel, da sie das Mädchen mit den unheimlichen Krabbeltieren auf dem Kopf ganz gut leiden konnte. Außerdem gab es dunkle Geheimfiguren in Lottes Seele, die ihr einflüsternden, es wäre irgendwie schick mit einem dicken Kopfverband gegen Läuse herumzulaufen und damit harmlose Leute zu erschrecken. Lotte wünschte sich häufig pflegefreie Tage ohne Haarebürsten und Zähneputzen.

Jetzt, bei ihrer Spurensuche fiel ihr ein, daß Mutter neben den Familienpapieren im geretteten Köfferchen auch das Fotoalbum mit Lottes Kinderbildern bewahrt hatte. Waren die beiden Jüdinnen vielleicht auf dem Klassenbild, das zum Abschluß ihres vierten Schuljahres 1939 aufgenommen wurde? Sie kramte herum, fand das Bild auch. Zweiundvierzig Schülerinnen zählte sie, aber die Gesuchten waren nicht darunter. Warum? Sie dachte angestrengt nach und dann fiel ihr ein, daß der Brand der Synagoge früher war, 1938. Erst später erfuhr Lotte, wie das schlimme Ereignis genannt wurde: Kristallnacht.

Wie war das mit Oma, was hatte sie erzählt? Sie, die immer Neuigkeiten wußte, hatte sich damals sehr aufgeregt, daran konnte sich Lotte noch gut erinnern. Es mußte mit dem Brand der Synagoge zusammenhängen, denn Oma hatte Mutter erzählt, daß sie morgens an dem großen jüdischen Bankgebäude vorbeigekommen war, das Lotte gut kannte. Es war ein imponierender heller Steinbau, in der Nähe wohnte eine Schulkameradin.

„Stell dir vor, sie haben dort Möbel aus dem Fenster geworfen, ein großes, teures Ledersofa, Sessel und Tische. So was gehört sich einfach nicht! Es gibt viele arme Leute, die das gut hätten gebrauchen können. Wenn sie es schon den Juden wegnehmen, ist es trotzdem nicht nötig, alles kaputt zu machen."

Dem stimmte auch Mutter zu. Teure Möbelstücke einfach sinnlos zu zerstören war eine Sünde, wie Oma meinte, die als Rentnerin sehr sparen mußte und ausdrückte, was insgeheim wohl manch anderer ebenfalls dachte.

Was hatte Oma noch erzählt? Scheiben in jüdischen Geschäften seien eingeschlagen worden und Männer, die wohl Juden waren, wurden barsch behandelt, mußten unter Geschimpfe einiger SA-Leute auf einen Lastwagen klettern. Auch ein alter Mann war darunter, der kaum auf die Ladefläche klettern konnte, den sie mit seinem eigenen Stock fast geprügelt hätten.

Das letztere empörte Oma, die selbst einen Stock zu Hilfe nehmen mußte, am meisten. Warum? Lotte blieb in Erinnerung, daß Mutter und Oma sich darin einig waren: Was die Juden auch immer getan hätten, so konnte man nicht mit Leuten umgehen. Es waren SA-Leute und Oma meinte, daß da auch wohl einiges an Gesocks drunter sei: Gesocks! das war neben Pöbel die unterste Stufe der Wortwahl, tiefer gings nicht mehr. Mutter ermahnte Oma, sie solle vor Lotte nicht so reden, aber Oma war in Fahrt und erzählte weiter. Lotte lernte daraus, daß es wohl auch SA-Leute gab, die zu denen gehörten, über die ihre Großmutter sagen würde:

„Mit solchen Leuten hat man keinen Umgang."

Hatte die Großmutter vielleicht Juden gekannt? Im Nachhinein war sich Lotte sicher, denn die Großmutter hatte einen großen und interessanten Bekanntenkreis. Aber Lotte erfuhr nichts davon. Die Großmutter hätte auch nicht „Gesocks" gesagt, für sie waren solche Leute irgendwie nicht vorhanden. Lotte dachte oft, daß ein unsichtbarer Schutzkreis diese Frau umgab und sie fand nicht heraus, wie Großmutter diese Eigenschaft erworben hatte. Ihre Enkelin konnte nur das Funktionieren beobachten, die Art, wie respektvoll oder liebenswürdig andere Menschen mit ihrer Großmutter verkehrten.

In Gegenwart ihrer Enkelin wurde der Name des Führers und sein Haß gegen alles jüdische nicht zur Sprache gebracht. Der unsichtbare Schleier, den diese leider früh verstorbene Großmutter umgab, lag auch über diesen Themen.

Lotte sinnierte weiter: Ja, die alte Nachbarin, für die sie häufiger eingekauft hatte, war ja auch Jüdin gewesen. Die alte Dame war etwas gehbehindert und Lotte machte diese Botengänge ganz gern, weil sie dann meistens fünf Pfennige als Belohnung bekam. Mutter meinte, man müsse auch etwas aus Gefälligkeit tun aber für Lotte waren fünf Pfennige eine echte Einnahme. Sie bekam kein festes Taschengeld, ihre meisten Freundinnen auch nicht. Hin und wieder gabs von den Verwandten ein kleines Geldgeschenk für ein Eis oder ein paar Bonbons.

An den Sonntagen, wenn die Großmutter zum Essen eingeladen wurde, schenkte sie Lotte eine Mark, wovon die Hälfte ins

Sparschwein kam. Ansonsten wünschte sie sich als Kind das eine oder andere. Kleinigkeiten wurden meistens umstandslos finanziert, größere Wünsche kamen auf den vorweihnachtlichen Wunschzettel oder waren Geburtstagsgeschenke. Nicht immer gab es das Gewünschte auch tatsächlich, dann war Lotte natürlich enttäuscht. So war es eben und sie zerbrach sich darüber nicht weiter den Kopf. Aber für fünf Pfennige bekam man ein kleines Eis so zwischendurch oder fünf *Merbele,* wie die einfachen Murmeln im Dialekt hießen. Die taugten allerdings nicht viel,da sie beim Spiel schnell auseinanderbrachen.

Lotte bekam eines Tages Gewissensbisse: Die Nachbarin hatte ihr nach dem Einkauf ein Stück von ihrem *Judenbrot,* den Matzen, angeboten. Überrascht von der unerwarteten Gabe, hatte sie die dünne Scheibe Backwerk angenommen, sich höflich bedankt und spürte, wie die Nachbarin erwartete, daß sie es aß. Lotte kaute herum, es schmeckte ihr keinesfalls und wenn sie die alte Dame nicht beleidigen wollte, mußte sie es teilweise aufessen. Was würde ihre BDM- Führerin dazu sagen? Diese war zum Glück nicht dabei, aber richtig fand Lotte ihr eigenes Tun nicht. Sie würde in Zukunft vor solchen Angeboten auf der Hut sein!

Lotte besorgte für die Nachbarin meistens Brot oder Milch. Sie hatte zwei Enkelinnen, die von einem Hausmädchen betreut wurden, das auch die größeren Einkäufe für sie mit erledigte. Die beiden Mädchen waren etwas älter als Lotte, sie hielten sich oft auf dem Flachdach eines Seitenanbaus im Nachbargebäude auf, das zu einer Art Terrasse umgestaltet war. Die Eltern betrieben im Vorderhaus ein Fachgeschäft. Der Vater der Mädchen zog ein Bein etwas nach, eine Verwundung aus dem Ersten Weltkrieg.

Dort hatte er das Eiserne Kreuz bekommen, wie seine Mutter stolz erzählte.

Diese fremden Mädchen erregten häufig Lottes Interesse, sie waren, soviel konnte sie erkennen, sehr gut gekleidet, benahmen sich ruhig und Lotte sah nie andere Freundinnen auf dem kleinen Dachgarten. Aber sie schaute ja auch nicht dauernd hin. Mutter und Oma zerbrachen sich etwas den Kopf darüber, weshalb die jüngere der Schwestern auffallend blond war. Beide behaupteten, dies sei keine natürliche Haarfarbe, die Haare seien höchstwahrscheinlich gefärbt. Dies wiederum fand Lotte „pfundig", da sie sich oft blonde Haare wünschte. Letztlich hatten alle Prinzessinnen, mit Ausnahme von Schneewittchen, diese begehrte Haarfarbe. Soviel stand fest: Wenn sie erst erwachsen wäre, und ihr niemand mehr etwas Verbieten könnte, würde sie sich sofort ihre Haare blond färben!

Diese kindliche Wunschvorstellung wurde allerdings, obwohl möglich, nie in die Tat umgesetzt. Auch Schneewittchen bekam ja ihren Prinzen!

Eines Tages, es war wohl kurz vor oder nach der Brandnacht, waren die Mädchen verschwunden, die kleine Dachterrasse blieb leer. Als Lotte wieder einmal Besorgungen machte, bat die Nachbarin sie, Lottes Mutter möchte sie doch einmal aufsuchen. Ihr Sohn habe das Geschäft geschlossen, die Familie, bis auf ihn, sei ausgewandert, berichtete sie Mutter. Sie hatten einen recht teuren Kamelhaarmantel und zwei Kleider der Töchter dagelassen, und sie wollte diese Mutter für Lotte, die noch nicht ganz in diese Kleidungsstücke hineinpaßte, preiswert abgeben. Mutter beriet sich mit Oma, die ein paar Mark dazugab und so bekam Lotte einen überaus eleganten Mantel, den Mutter etwas kürzte, da er unbedingt sofort getragen werden mußte. Natürlich leider nur sonntags!

Es gab einen unschönen Vorfall zum Schaden der älteren Dame, in den Lotte verwickelt war. Sie spielte mit ihrem kleinen Freund und anderen Nachbarskindern im Hof und sie waren ausgesprochen laut. Die Mittagsruhezeit war zwar vorbei, aber die Nachbarin fühlte sich doch von dem Krach sehr gestört, riß ein Fenster auf und bat etwas unwirsch um mehr Ruhe. Normalerweise wurde eine solche Beschwerde murrenderweise befolgt, es gehörte sich eben nicht und galt als rücksichtslos, laut brüllend herumzutoben oder gar vom Hof aus nach Mutter, Oma oder Kinderfrau zu schreien. Wozu hatte man junge Beine, wenn unbedingt etwas gebraucht wurde. Überhaupt steckte immer mal jemand aus der Nachbarschaft prüfend den Kopf aus dem Fenster. Der Hof war zur Straße hin nicht abgeschlossen, leicht konnten Fremde hineingelangen.

An besagtem Nachmittag schlug die Stimmung um. Ein Junge, war es der kleine Freund?, begann plötzlich aus Leibeskräften „Judensau! Judensau!" zu brüllen. Lotte und die anderen grölten mit. Lotte wußte sehr genau, daß sie das nicht tun sollte, aber sie tat es trotzdem, schrie im Chor ebenfalls die Beleidigungen mit.

Lottes schlanke, bewegliche Mutter war als erste am Tatort. Klatsch, klatsch hatte Lotte zwei kräftige Ohrfeigen weg. Sie packte ihre Tochter am Arm, mit der anderen Hand schleifte sie „das Gretele", das einen Stock tiefer wohnte gleichfalls unter allen möglichen Drohungen nach oben. Dessen Mutter war schon auf dem Weg nach unten, ihre Tochter bekam ebenfalls einiges um die Ohren, der dazugehörende Bruder war rechtzeitig irgendwo in Deckung gegangen. Mutter entschied sich zu petzen, wozu gab es einen Vater zu dem frechen Gör?

Am Abend Riesendonnerwetter, Ausgangssperre für den Rest der Woche, Belehrung, wie man sich älteren Leuten gegenüber zu betragen habe. Vater wiederum petzte bei seiner Mutter und als Lotte zur Großmutter kam, machte diese ein langes Gesicht und Lotte wurde nochmals eingehend ermahnt. Sie fand, daß Erwachsene oft maßlos übertreiben, ihre Macht Kindern gegenüber schamlos ausnutzen und nahm sich vor, in sehr fernen Zeiten, wenn sie endlich erwachsen wäre, alles viel besser zu machen!

Lotte wußte sehr genau, daß ihre Eltern und die Oma keinesfalls besonders judenfreundlich waren. Die allgemeine Stimmung in dieser Zeit war gegen die Juden. Antisemitische Stimmungsmache, wenn auch abgemildert und nicht mit den für diese Menschen katastrophalen Folgen gab es ja zu jener Zeit auch in anderen Ländern.

Aber es war etwas anderes, ob eine Nachbarin, eine ältere dazu, so unflätig beschimpft wurde, oder ob *man* allgemein Witze über Juden machte, oder über sie schimpfte. Lotte mußte sich bei der Nachbarin entschuldigen, was ihr nicht leicht fiel, aber das war das mindeste an Wiedergutmachung.

Eines Tages, als Lotte aus der Schule kam, große Aufregung. Das Essen war nicht fertig, Mutter und Oma beratschlagten, wie sie Geld zusammenbekommen könnten. Was war los? Mutter erzählte, ein SA-Mann sei vormittags zur Nachbarin gekommen, sie müsse in einigen Stunden einen kleinen Koffer gepackt haben, solle auch Geld bereithalten, sie, die Juden würden interniert. Jedenfalls hatte Mutter dies so verstanden als die Nachbarin sich hilfesuchend an sie wandte. Die Frau zitterte vor Aufregung, Mutter half, den kleinen Koffer zu packen, an Papiere zu denken, war selbst aufgeregt. Aber Internierung war ja nicht so schlimm, wahrscheinlich würden die Juden irgendwo im Ausland wieder freigelassen. Es war schließlich bereits Krieg und die Juden galten in der öffentlichen Meinung als Kriegstreiber.

Wo Geld hernehmen? Mutter krazte ihr Haushaltsgeld zusammen, Oma suchte ebenfalls ein paar Mark im abgegriffenen Portemonnaie, es kamen zwanzig oder dreißig Mark zusammen, eine große Summe damals, wenn das Haushaltsgeld nicht üppig war. Es sollte auch nur geliehen sein. Der Sohn würde kommen und die Summe ausgleichen. Mutter mußte unbedingt zwei schöne, handgestickte Decken und sechs silberne Kaffeelöffel als Pfand dafür annehmen.

Dann der Abschied. Mutter erzählte, daß sie neben dem SA-Mann hergegangen sei, gefragt habe, was mit der Nachbarin geschehe. Er habe geantwortet, es sei besser für sie, keine unnötigen Fragen zu stellen.

"Dieser Stoffel hat der alten Frau nicht mal den Koffer getragen!"

Mutter trug das Köfferchen, begleitete die alte Frau bis zur Straßenbahnhaltestelle, half ihr einsteigen, wünschte ihr „Alles Gute" und kam mit verweinten Augen wieder zurück.

Lotte hatte wieder einen Grund, sich im Nachhinein über die Handlungsweise ihrer Mutter zu wundern. Als junge Frau, noch in der Zeit vor Hitler, hatte Mutter eine bittere Enttäuschung erlebt, von der jeder in der Familie wußte. Nach der schlimmen Inflationszeit, die noch lebhaft in der Erinnerung aller war, mußte Mutter arbeiten, nicht immer in Bereichen, die sie sich selbst ausgesucht hätte. Immerhin verdiente sie sich ihren Lebensunterhalt und von dem Wenigen, was da ausgezahlt wurde, zweigte sie Geld ab für ihre Aussteuer, wie das früher üblich war.

Vom Mund abgespart wurde buchstäblich *jeder Pfennig umgedreht*, doch Stolz auf das aus eigener Anstrengung erreichte schwang mit, wenn Mutter von dieser Zeit erzählte.

Das mühsam Zusammengesparte wurde für eine längst ausgesuchte Schlafzimmereinrichtung vertrauensvoll zu einem Möbelhändler getragen. Als große Anzahlung. Einen Monat später sollte die Lieferung erfolgen.

Der jüdische Händler machte Konkurs, einen betrügerischen, wie alle glaubten und Mutter als eine der Gläubigerinnen mußte sich für ihr mühsam abgespartes Geld mit einem übriggebliebenen Küchenschrank begnügen.

Bei einem deutschen Händler hätte Mutter ebenfalls so einen bitteren Reinfall erleben können. Weil es aber ein Jude war, bestärkte sie dies, der allgemein verbreiteten Ansicht über unehrliches Geschäftsgebaren der Juden zu glauben. Ein Nährboden für die später anrollende Propagandawelle der Nationalsozialisten.

Mutter hätte also in der aufgehetzten Stimmung sehr wohl die Augen vor der plötzlich auftauchenden Not der Nachbarin verschließen können. Sie tat es nicht und Lotte lernte, daß es einen Unterschied gab zwischen dem, was *man* allgemein für richtig hielt und persönlich zu verantwortender Handlungsweise, die letztlich eine Gewissensfrage war und blieb.

Nachmittags sollte die Wohnung versiegelt werden. Wieder kam ein SA-Mann, diesmal brachte dieser seine Frau mit. Mutter kannte sie vom Einkaufen, nannte sie schon vorher „eine ziemliche Schlampe." Die beiden gingen in die Wohnung der alten Jüdin. Oma, eher unverdächtig, wollte nachsehen, was dort passierte. Die Türe war nur angelehnt, sie sah mit einem kurzen

Blick, daß die Schlampe sich Gegenstände griff und unter ihren Rock steckte. Oma machte sich bemerkbar, erhielt einen Anpfiff vom SA-Mann: Was sie in der Wohnung wolle? Oma stellte sich dumm, sagte scheinheilig, sie wolle die Wohnungsinhaberin besuchen, ob er wisse, wo diese sei.

„Verkehren Sie häufig mit Juden?"

Oma , doch schockiert, stotterte herum, hatte aber gesehen, was sie vermutet hatte. Gesocks, was konnte man da anderes erwarten?

Den ganzen Nachmittag über war das Geschehen in der Wohnung der alten Jüdin Gesprächsstoff zwischen Mutter und Tochter. Lotte saß still an ihren Schularbeiten und bekam so unerwartet einiges von den Gesprächen mit: Ob die Schwiegertochter mit den Töchtern tatsächlich nach Amerika gefahren war, und wie die alte Frau den unverhofften Wechsel ihrer Lebensumstände verkraften würde. Natürlich herziehen über die Schlampe! Oma empörte sich über die SA und wunderte sich über die Tatsache, daß dort scheinbar auch Strolche aufgenommen würden.

Der Sohn der alten Frau kam erst am anderen Tag, er war verreist gewesen, wollte seine Mutter besuchen. Er wußte noch nichts von den Vorgängen und es blieb Mutter die schwere Aufgabe, ihn zu unterrichten.

Sie erzählte später, er habe sehr geweint und sie vergaß oder schämte sich, wegen des geliehenen Geldes zu fragen. Die Pfandsachen wurden weggeschlossen, Mutter meinte, sie gehörten trotzdem noch der alten Dame, wenn sie zurückkäme, würde sie vielleicht ihre Sachen zurücktauschen wollen. Mutter machte sich wahrscheinlich mit voller Absicht etwas vor. Die Pfänder gingen später ebenfalls im Bombenhagel unter und an eine Wiederkehr der alten Frau glaubte bald niemand mehr.

Diese wenigen Menschen waren die einzigen Juden, an die Lotte sich bewußt erinnern konnte. Es hieß, jüdische Geschäfte würden geschlossen. Lotte mit ihren anderen Kinderinteressen kümmerte sich nicht weiter darum. Gab es noch irgendwelche Erinnerungsfetzen, die bestätigen konnten, was sich nicht weiter verleugnen ließ?

Wie war das mit den Bildern? Sie war eines Tages bei dem kleinen Freund oben in der Wohnung. Auf dem Eßzimmertisch lagen einige Fotografien mit der Rückseite nach oben. Die Hausfrau hantierte in der Küche und Lotte nahm eher gedankenlos die Fotos hoch. Normalerweise hätte sie fragen müssen, ob sie sich die Fotos einmal ansehen dürfe. Sie hatte nur zwei oder drei gesehen, nur kurz Szenen wahrgenommen, daß Männer erhängt waren, als auch schon die Nachbarin aus der Küche kam. Diese war eine rundliche, meistens zum Scherzen aufgelegte Frau, jetzt allerdings war sie ärgerlich. Abrupt riß sie Lotte die Bilder aus der Hand, meinte, ob sie nicht gelernt habe, daß man bei fremden Leuten nicht einfach Sachen vom Tisch nehmen solle.

Eine solche Reaktion hatte Lotte nicht erwartet, ziemlich verdattert stand sie da. Die Nachbarin war sonst keinesfalls so auf strenge Einhaltung allgemeiner Regeln erpicht. Daß sie so unerwartet reagiert hatte, mußte mit den Abbildungen zusammenhängen. Lotte sagte: "T´schuldigung", bißchen obenhin und: sie müsse jetzt sowieso wieder heim. Sie überlegte, ob sie Mutter oder Oma davon erzählen solle. Es war blöd von ihr gewesen, daß sie die Bilder einfach genommen hatte. Hätte sie aber gefragt, hätte sie diese ganz sicher nicht anschauen dürfen.

Die Welt war in vielem kompliziert! Sie entschloß sich, umständlichen Frageprozeduren zuhause durch Nichterzählen aus dem Weg zu gehen.

Wer waren die Erhängten? Lotte versuchte ihre visuelle Erinnerung zu aktivieren. Es waren keine Galgen, an denen die Männer hingen, dicke Äste waren dazu ausersehen, die Stricke und die Körper daran zu halten. Neben und unter den Bäumen standen Uniformierte. Waren diese Männer, die da leblos hingen Verbrecher? Lotte wußte, daß es für Mörder die Todesstrafe gab. Oma hatte einmal von einem aufregenden Kriminalfall berichtet, bei welchem ein Mörder zum Tode verurteilt wurde. Soldaten, das erfuhr sie im Laufe des Krieges, konnten standrechtlich erschossen werden, wenn sie Befehle verweigerten oder Taten begingen, welche die Truppe schädigten. Aber aufhängen? Warum hatte der Vater ihres Spielkameraden solche Fotos an seine Frau geschickt? Wollte er etwas dokumentieren oder fand er dieses Tun rechtens? Lotte fühlte sich wieder einmal von interessantem Wissen ausgeschlossen. Sie war damals ein Kind und Kindern erzählte man eben nicht alles. Sie hatte anderntags versucht, den kleinen Freund auszuhorchen.

„Das waren Feinde und Feinde hängt man auf!"

Er war der Sohn eines Soldaten mit klarem unerschütterlichem Standpunkt. Auch galt es, den Vater und sein Tun zu verteidigen. Lotte gab es auf, weiter hinter das Geheimnis der Fotographien zu kommen und vergaß es - scheinbar.

Nachdem ihr diese Episode wieder in den Sinn kam, blieb weiterhin ein Rest Unklarheit über die dargestellte Situation auf den Bildern. War der Vater ihres Spielkameraden aktiv an der willkürlichen Tötung dieser Menschen beteiligt? Empfand er Genugtuung, einen Anflug sadistischer Freude bei dem, was da geschah. Wer hatte die Fotos geknipst? Was stand wohl in dem Begleitbrief an seine Frau, der er diese Fotos beilegte? Wollte er durch diese Bildbeweise später sagen können: Seht, so wurde mit den Feinden dort umgegangen? Man konnte das auf mehrfache Weise interpretieren. Lotte erfuhr nie die Wahrheit.

Bei ihrer einsamen Recherche fiel Lotte auch wieder ihre Bekanntschaft mit dem vielleicht dreißigjährigen blonden SS-Mann ein, der einen nordischen Vornamen trug. Es mußte kurz nach Weihnachten 1939 oder 1940 gewesen sein, als er mit einem blutjungen Adlatus in die Mansarde, die zu ihrer Wohnung gehörte, einquartiert wurde.

Mutter war zuerst keinesfalls begeistert, da die Mansarde, nachdem der Speicherverschlag aus Sicherheitsgründen leergeräumt werden mußte, als eine Art Rumpelkammer diente und Mutter nun vor der Frage stand: Wohin mit dem ganzen Krempel? Sie entschied sich für Trennung und beschwor damit einen mittleren Familienkrach herauf. Vater wetterte, wie es ihr einfallen konnte, die Notenbücher, die noch aus seinem Elternhaus stammten, einfach wegzuwerfen! Dabei waren sie längst verstaubt und man konnte kaum noch die Noten lesen. Lotte jammerte einem alten Koffer mit schönen bunten Stoffresten nach, wunderbar geeignet zum Verkleiden bei Theaterspielen mit ihren Freundinnen. Mutter verteidigte sich, es wären längst die Motten drin gewesen. Lotte beschwerte sich bitterlich bei Oma, die natürlich zu der Enkelin und ihrem Kummer hielt.

Mutter ihrerseits war tiefbeleidigt, beklagte sich, daß man ihr die ganze mühselige Arbeit überlassen habe, Undank eben der Welt Lohn sei und grollte tagelang einsilbig vor sich hin.

In diese häusliche Gewitterstimmung brach die Einquartierung herein und brachte Verwirrung.

Mutter, Mitte dreißig damals, sah sich plötzlich umworben von nordischem Flair in schicker Uniform. Vater mußte sich in Acht nehmen, was er in Gegenwart des gefährlichen Fremden sagte, schließlich war er kein Parteimitglied und hatte wohl kaum Lust, sich mit einem SS-Angehörigen näher darüber auf Diskussionen einzulassen. Er entschuldigte sein vermehrtes Fernbleiben mit wichtigen Proben die anstünden und seine Anwesenheit im Theater dringend erforderten. Oma schwieg zu allem, machte aber ein griesgrämiges Gesicht, obwohl sie von den Männern zuvorkommend behandelt wurde.

Lotte aber war restlos begeistert, präsentierte sich in ihrer Uniform, sang zusammen mit den beiden Männern ihre ansonsten wenig geliebten Lieder, zeigte ihre Bücher, ihre Schulhefte, vor allem die mit den guten Noten und stolz die umfangreiche Kakteensammlung vor. Mutter nannte diese Sammelwut der stacheligen Geschöpfe eine von Lottes wechselnden Marotten, und da tat es gut, Bewunderer dafür zu finden.

Sie bedauerte tief, daß der Spuk, wie Vater später meinte, nach gut ein oder zwei Wochen wieder vorbei war. Aber er hinterließ Spuren.

Der hereingewehte Offizier gehörte der Waffen-SS an und mußte samt seines jugendlichen Begleiters an die Front, zuerst wohl nach Frankreich. So genau erinnerte sich Lotte nicht mehr an die Zeit. Bevor sie abzogen, bat er Mutter, sie möge ihm doch ab und an schreiben, eine Art briefliche Betreuung eines einsamen Frontkämpfers! Briefe an Soldaten zu schreiben galt als gute Tat und Lotte hatte ihrerseits dem jungen Soldaten versprochen, ihm ebenfalls zu schreiben. Zuerst tat sie es mit Begeisterung, berichtete von der Schule und was sie gerade las und wie die

Kakteen gediehen. Aber nach einigen Briefen fiel ihr nichts mehr ein, dem Angeschriebenen ging es wohl ebenso und der Briefwechsel schlief sanft ein.

Mutter aber, die gerne Briefe schrieb, dachte nicht daran, den unterhaltsamen brieflichen Gedankenaustausch einfach aufzukündigen. Vater mußte wohl interveniert haben, der Briefwechsel unterblieb, scheinbar.

Eines Tages belauschte Lotte eine heftige Auseinandersetzung zwischen Mutter und Oma. Diese warf ihrer Tochter vor, sie gefährde mit ihrer Heimlichtuerei womöglich ihre Ehe! Was war passiert? Mutter hatte ihren Briefwechsel fortgesetzt: postlagernd. Er dauerte wohl bis zum Beginn des Rußlandfeldzuges, hörte dann aber schlagartig auf.

Wie es zu diesem plötzlichen Ende kam, erfuhr Lotte erst einige Jahrzehnte später, als ihre Mutter schon hoch in den Sechzigern war. Sie hatten sich bei einer Tasse Kaffee über die Kriegszeit unterhalten, darüber wie alles angefangen hatte und Lotte fragte nach, ob Mutter noch etwas von dem Brieffreund gehört habe, ob er gefallen wäre.

Mutter erzählte, wie es dazu kam, daß sie keine Briefe mehr austauschten. Hin und wieder hatte er wohl Filme zum Entwickeln geschickt, meistens Landschaftsaufnahmen oder Bilder anderer Kameraden. Der letzte Film, den sie zum Entwickeln brachte, entsetzte Mutter auf zweierlei Art. Erstens sagte der Inhaber der Drogerie reichlich aufgebracht, sie solle sich einen anderen Laden suchen! Er würde für sie keine Filme mehr entwickeln, da er Bilder dieser Art nicht noch einmal anschauen wolle, was Mutter zutiefst beschämte. Zum anderen zeigten die Aufnahmen Szenen von Erschießungen Jedenfalls eindeutig Hinrichtungen von verängstigten Menschen. Mutter war wie vor den Kopf gestoßen, schickte die Bilder zurück und schrieb, daß sie es schrecklich gefunden habe, solche Bilder ansehen zu müssen. Und kündigte ab sofort den Briefwechsel auf.

Nachdem das Gespräch soweit in die Vergangenheit reichte, wollte Lotte jetzt endlich wissen, wann Mutter von den Konzentrationslagern erfahren hatte. Es stellte sich heraus, daß sie 1945 bei der Nachbarin tatsächlich zum ersten Mal davon gehört hatte. Und es nicht glauben wollte. Die verräterischen Fotos brachte sie nicht damit in Zusammenhang. Sie zeigten ihrer Meinung nach die Grausamkeiten, die Kriege überall auf der Welt mit sich bringen und nichts als Schmerz und Leid verursachen.

*

Die Tage und Monate gingen dahin. Der Winter kam und Lotte fror erbärmlich, weil sie nur ein dünnes Mäntelchen besaß und keine wärmenden Schuhe. Es war Frieden, aber es war kalt im Frieden.

Die Kohlen der Nachbarn waren fast verbraucht, auch brannten sie im Küchenherd nur, wenn bereits eine starke Holzglut sie entzündete. Holz! Woher? Andere froren auch und daher war in den erreichbaren Wäldchen oder kleinen Anlagen kein Fitzelchen Holz mehr zu finden. Der Wald wie gefegt. Lediglich an den Ufern der Alb hingen noch Zweige über das Wasser. Mit ausgeliehenen Gummistiefeln versuchte Lotte vom niedrigen Wasser aus die Büsche abzuhacken. Sie hielt sich an einem überhängenden Ast fest und kämpfte mit den widerborstigen Zweigen. Ein mühseliges Geschäft bei dem zuletzt noch eiskaltes Wasser in die Stiefel schwappte, weil sie beim Bergen ihrer kostbaren Ausbeute eine ungeschickte Bewegung machte. Eine häßliche Erkältung war der Preis für das bißchen grüne Holz, das erst brennt wenn es tagelang zum Trocknen in den Backofen kommt. Jahre später erinnerte sich Lotte noch an den durchdringenden Gestank, der von dem grünen Holz ausging und mit beißenden Qualm die Küche füllte. Um das bißchen Essen zu kochen, reichte aber die Feuerung!

*

Lotte versuchte, hinter dem Begriff *Diktatur* mehr als nur ein Wort zu sehen. Sie hatte in einem Staat gelebt, der sich das *Dritte Reich* nannte und nun waren sie alle in den Augen anderer Nazis gewesen. Diese Abkürzung verband sich mit so viel Negativem, sie mußte sich erst daran gewöhnen. Zur Zeit der Weimarer Republik geboren, war sie noch nicht ganz fünf als Hitler an die Macht kam. Den größten Teil ihres noch jungen Lebens hatte sie demnach unter einem Diktator verbracht. Für sie, wie für viele andere ebenfalls war er der *Führer,* sie hatte ihn verehrt und völlig anders in Erinnerung, als er jetzt dargestellt wurde.

Die meisten Namen der Führenden, die zusammen mit Hitler diese Diktatur begründeten und aufrecht erhielten waren ihr noch immer vertraut: Goebbels, Göring, Baldur von Schirach und eine Reihe anderer, dazu die Namen der Generäle, welche zuerst die deutschen Truppen zum Sieg führten und später deren Niederlage begleiteten.

Sie war umgeben und eingehüllt gewesen von etwas, das jetzt Diktatur hieß und sie hatte es als das selbstverständlichste empfunden, es gehörte zu ihrem Leben, sie war Teil davon. Es existierte jetzt nicht mehr, war wie auf der Theaterbühne in der Versenkung verschwunden. Nur die Kulissen blieben stehen: Ruinen, Schuttberge, dazwischen verschreckte Schauspieler, die als Chor den Schurken dienten und froh sein konnten, wenn man

sie am Leben ließ. Gute Rollen durften sie vorerst nicht mehr spielen. Wer würde jetzt die glanzvollen oder die Charakterrollen übernehmen? Wer den König spielen oder einen anderen Herrscher? Vorerst war die Einteilung der Spielfiguren geregelt: Sieger und Besiegte und Lotte zählte zu den letzteren.
Sie war ratlos.

Wie hatten die Erwachsenen gedacht, gehandelt? Welche Motive hatten sie bewogen, diesem Mann und seiner Partei ihre Stimme anzuvertrauen?

Lotte versuchte, an sich selbst Fragen zu richten: Angenommen, sie wäre in dieser Zeit kein Kind gewesen, sondern bereits erwachsen. Hätte sie die Partei Hitlers gewählt? Weiter angenommen, sie wäre arm und ohne Arbeit gewesen, ohne Hoffnung auf die Zukunft, umgeben von Millionen Menschen, denen es ähnlich schlecht erging. Hätte sie den Versprechungen geglaubt oder wenigstens gedacht: Versuchen wirs mal, schlechter kann es kaum noch werden? Dann kehrt vielleicht wieder Ruhe in den Alltag ein und Sicherheit auf den Straßen. Mutter hatte oft von den Aufmärschen der verfeindeten Parteigänger erzählt, die häufig beim provozierenden Aufeinandertreffen in Straßenschlachten kulminierten.Oma wollte von Politik und politischen Auseinandersetzungen überhaupt nichts hören. Wenn schon Regierung, dann doch wieder das Kaiserreich aufleben lassen. Das war der Zeitraum, in dem Oma fast vierzig Jahre lebte und alles, was danach kam, war sowieso von Übel, wie sie mit warnendem Unterton Lotte oft erzählt hatte. Hitler und seine Nationalsozialisten ließen Oma im Grunde kalt aber irgend jemand mußte ja regieren und zusammen mit Mutter lehnte sie die Kommunisten kategorisch ab. Oma war wohl in den entscheidenden Wahlen vor 1933 gar nicht zur Wahl gegangen.

Lotte spielte in Gedanken verschiedene Möglichkeiten durch. Sie hatte inzwischen von den Widerstandsbewegungen gehört, von mutigen Männern und Frauen, die größtenteils dafür bitter büßen mußten, daß sie versuchten, dem Führer und den anderen Verantwortlichen entgegenzutreten.
Sie überlegte: Wäre sie in den Widerstand gegangen? Hätte sie sich als Erwachsene solchen Gruppierungen heimlich angeschlossen? Sie versenkte sich in ihre Tagträumereien, stellte sich in Gedanken ihre Beteiligung an konspirativen Handlungen gegen das System vor. Mit ihrer damaligen Vorliebe für Heldenmythen und dem Wunschdenken an etwas Gutem, Großen mitgemacht zu haben, waren solche Phantasiebilder stärkend für das Selbstbewußtsein. Heldin im Kampf gegen das Böse!
Aber: *Hätte sie den Mut dazu gehabt?*

Wenn sie andererseits bereits erwachsen, ähnlich gläubig wie als Kind den Parolen Hitlers gelauscht und sie für richtig gehalten hätte? Wäre sie ihm und dem ganzen System, das dahinter stand, willig gefolgt? Unbeirrt, nicht von Zweifeln geplagt, vielleicht ehrgeizig? Höhere BDM-Führerin, wie ihre letzte Direktorin hätte sie werden können, in anderen Organisationen für Frauen aufsteigen. Vielleicht hätte sie sogar einen Orden für besondere Tüchtigkeit bekommen?

Gab es nicht auch Lager für Frauen? Wenn man sie vor die verlockende Entscheidung gestellt hätte, dort durch ihre Tätigkeit einen Beitrag für den „Sieg ihrer Sache" zu leisten? Wäre sie bereit gewesen, eventuell dort als Aufseherin zu arbeiten? Wäre sie fähig gewesen, in ihrer Verblendung mitanzusehen, wie schrecklich es anderen, die ohne persönliche Schuld dorthin gelangt waren, erging? Hätte sie mitgemacht?

Hättest du, Lotte, da mitgemacht?
Nein, nein, niemals, nie!
Du sollst doch nicht so häufig „niemals" sagen!
Ich hoffe, glaube nicht, daß ich es getan hätte.
Bist du absolut sicher?

Warum gab es überhaupt immer wieder Täter und Opfer? Lotte erkannte später, daß ihr jugendliches Alter ein schicksalhafter Glücksfall war. Es hatte sie davor bewahrt, sich für oder gegen die Diktatur zu entscheiden.

Aber sie hatte in einer Diktatur gelebt und in der nachfolgenden Zeit ein Gespür dafür entwickelt, wie schwierig und fast unmöglich es ist, im Nachhinein sich ein gerechtes Urteil über Handlungen, Verwicklungen und persönliche Schuld des einzelnen zu bilden.

Spätere Sprachregelung prägte den Begriff *Mitläufer*. So gesehen waren ihre Eltern, ihre Oma und viele Menschen, die sie persönlich kannte solche Subjekte, die alles hätten wissen und dadurch verhindern können. Sie hatten nicht aufgepaßt, hatten sich einlullen lassen von Propaganda, die tatsächlich zu durchschauen einem später Geborenen mit anderem Wissensstand vielleicht gelungen wäre.

Vielleicht.

Lotte nahm im Laufe der fortschreitenden Zeit vieles wahr, was ihr seltsam vorkam. Sie hatte für sich allein wenigstens so viel verstanden, daß es nicht möglich war zu begreifen, was alles im Namen „einer gerechten Sache" passieren konnte. Sie überlegte, ob sie, als sie nach und nach von den Greueln hörte, sich schämte. Sich schämen war doch mehr ein sehr persönliches Gefühl. Sie hätte sich geschämt, wenn sie nackt auf die Straße gelaufen wäre oder sonst etwas getan hätte, was ihren Vorstellungen von richtigem Verhalten zuwidergelaufen wäre. Geschämt hatte sie sich, als sie sich damals bei der alten Jüdin entschuldigen mußte, aber es war ihre eigene Tat gewesen, wofür sie sich entschuldigte. Sie hätte sich sicher auch geschämt, wenn ihr Vater oder ihre Mutter etwas getan hätten, was dem Familienansehen sehr geschadet hätte. Konnte denn ein ganzes Volk, das doch aus unzähligen einzelnen Individuen besteht, sich schämen? Schämten sich die wirklichen Täter?

Warum hörte sie plötzlich von Menschen, von denen sie oft anderes gehört hatte, daß sie sowieso dagegen waren? War es die nackte Angst zuzugeben, daß man sich grenzenlos getäuscht hatte? Schämten sich viele Erwachsene mehr davor, als töricht und tumb vor den nachwachsenden Generationen dazustehen, als dafür, was auch in ihrem Namen sich aber keinesfalls immer in ihrem Sinne da zugetragen hatte? Verstummten andere ganz, weil doch kein offenes Ohr bereit war, erst zuzuhören und dann zu urteilen?

Später hörte Lotte von *Betroffensein* und konnte wenig damit anfangen. Alles schöne Worte, die vom häufigen Gebrauch abgenützt klangen. Sie mußte für sich selbst, für sich ganz allein eine Möglichkeit finden, etwas im Grunde Unbegreifliches in ihr weiteres Leben so einzubetten, daß sie geschützt und gewappnet war gegen ähnliche Verführungskünste mit ihren daraus resultierenden schrecklichen Folgen. Würde ihr das je gelingen?

Jedenfalls beschloß sie, wachsam zu sein. Millionen Menschen waren umgekommen. Aber zählten denn Millionen? Waren es nicht immer und immer Einzelschicksale, die in Umstände verstrickt wurden, die von Menschen geschaffen waren?

Wer kann das Meer an geweinten und ungeweinten Tränen je ausmessen? Die Schmerzen der von Phosphorbomben Verbrannten in den engen Straßen nachfühlen? Die, der in Hiroshima in Sekunden Verglühten? Der Verstümmelten der großen Schlachtfelder, egal welcher Nationalität sie angehörten.

Wer hörte die Verzweiflungsschreie der auf grausame Weise oft mehrmals vergewaltigten Frauen und Mädchen, die, wenn sie nicht auf der Flucht vorher irgendwo elend zugrunde gingen, erbarmungslos einem brutalen Geschehen ausgeliefert waren? Wer gab einen letzten Trost vor dem Gang in die unsäglichen Kammern der Lager? Wer weinte mit den Opfern der Folterer? Wer tröstete all die Hinterbliebenen, die schreckliche Ängste plagten, was mit Vätern, Söhnen, Brüdern irgendwo an der Front, verschleppt, gefangen oder vermißt geschieht, geschehen ist?

Lotte ahnte, daß sie Fragen dieser Art nie wirklich beantworten konnte. Sie saß im kriegsbeschädigten Sessel, dem tagsüber die blaukarierte Decke übergeworfen wurde, damit man seine offensichtlichen Mängel nicht sah. Oma hielt ein Nachmittagsschläfchen, Mutter war mit den Geschwistern spazieren. Es war ganz still im Zimmer und sie versuchte sich zu erinnern, wie es in Zeiten war, als sie noch ihr Heim hatten und an sonnigen Tagen in den Garten fuhren, unbeschwert, lachend.

Sie mußte eingenickt sein. Plötzlich waren sie wieder da, die schrecklichen Plagegeister:

Sie kamen herangebraust, stürzten auf sie herab, immer wieder, immer wieder! Sie duckte sich in panischer Angst. Wo ist der Sack? Da liegt er im Feuer! Feuer, überall Feuer. Sie saß auf dem Schlitten, konnte sich nicht bewegen, nicht weglaufen als sie auf sie zielten, immer wieder, immer wieder!
Sie wollte schreien, nur schreien, konnte aber nur weinen.
Laßt doch das Dirndl in Ruhe! Sie spürte den Druck der Hand, die die Angst verscheuchte, als der Bauer sie mit ins Haus nahm, wo sie sicher war.

„Kind, was ist denn los, warum weinst du denn?"
Oma hatte ihren Mittagsschlaf beendet und stand nun neben dem Sessel und streichelte sanft Lottes Hand. Lotte war noch halb im Traum versunken, so daß sie Oma nicht gehört hatte. Die Tränen waren ihr eher peinlich, auch die Frage, weil sie keine Antwort wußte, jedenfalls keine, die Oma befriedigen würde. Ihre liebe, alte Oma mit dem kranken Bein, das sich verschlimmert hatte und sie deshalb kaum mehr das Haus verlassen konnte. Auch ihre Augen wurden immer schlechter, es gab keine neue Brille, nichts. Die Bügel an der alten waren längst abgebrochen, Mutter hatte versucht, mit Zwirn notdürftig zwei henkelartige Schleifen statt der Bügel zu befestigen, aber Oma schämte sich, und außerdem rutschte die Brille immer runter. Das so tapfer ertragene Elend dieser alten Frau, der das Leben teilweise übel mitgespielt hatte, erschütterte für einen Moment Lottes Innenleben so sehr, daß sie krampfhaft versuchte, nicht noch mehr zu heulen und Oma irgendwie zu trösten. Lächelnd sagte sie:
„Du hättest besser den Bayer geheiratet, dann ging es uns allen jetzt gut!"

Lotte war in ihren Gedanken noch nicht wieder aus der Traumzeit aus Bayern zurück. Oma konnte sich nicht so rasch wieder erinnern, schließlich lagen nicht nur Jahre sondern schlimme Erlebnisse dazwischen.

„Der Bayer, der Witwer mit dem schönen Hof", versuchte Lotte Omas Gedächtnis zu aktivieren. Unter dem unmöglichen Brillengestell bekamen Omas Augen wieder ein wenig Glanz, sie lächelte, als sie sich an diese zurückliegenden Ereignisse zu erinnern begann.

„Aber Kind", - Lotte verzieh ihr in diesem Augenblick das unvermeidliche „Kind" -, „was sollte ich denn in Bayern?"

Jetzt verschlug es Lotte doch die Sprache. Die gleiche Antwort, die sie vor Jahren ihrer Tochter gab, als sich herausstellte, daß der Witwer ein reges Interesse an Oma zeigte, und daß er wohl seinen Lebensabend gerne mit ihr zusammen verbracht hätte. Lotte, die ihre Oma nur als solche kannte, irgendwie geschlechtslos und eben alt, wie Omas damals zu sein hatten, schnappte einiges von den Gesprächen auf. Neben Mutter waren auch die Wirtsfamilie samt Maria und dem zum Hof gehörenden Knecht höchst interessiert. Der hatte wohl von seinem Kumpan, der auf dem Hof des Witwers arbeitete, Wind davon bekommen, und die Neuigkeit verbreitet. Oma war die ahnungsloseste von allen. Gutmütig und wohl mit schwäbischem Eifer hatte sie für den Witwer samt Stallbursche gekocht, scheinbar zur Zufriedenheit aller. Aber Heiratsgerüchte, das ging zu weit! Mutter zog Oma gehörig auf und diese beharrte darauf, daß sie keinesfalls gewillt war, auf ihr städtisches Leben zu verzichten, auch wenn dies eher armselig war. Oma war verdammt freiheitsliebend! Und Lotte hatte Blut von ihrem Blut in den Adern!

So saßen sie nebeneinander in der dürftig ausgestatteten Behausung und wiegten sich in freundlichen Erinnerungen, um der Trostlosigkeit ihrer derzeitigen Lage zu enfliehen. Was Lotte in ihrem jugendlichen Sein aber nicht in vollem Umfang bewußt wurde: Ihr stand, was immer geschehen würde, das „Leben noch offen", wie Mutter immer sagte. Der alten Frau neben ihr aber hatten Hitler und seine menschenverachtenden Pläne und Handlungen mehr genommen, als Hab und Gut und ein paar Jahre: Sie hatte gar keine Hoffnung mehr auf eine eigene glücklichere Zukunft.

*

Nachwort

Lotte war siebzehn, als die Erzählung endet. Inzwischen ist sie einundsiebzig und wundert sich, wie schnell die Jahre dahinziehen und was sich in dem dazwischenliegenden Zeitraum alles änderte.

Oma und Mutter, die beiden tapferen Frauen, deren Lebensschicksal durch zwei schreckliche Kriege und deren Nachwirkungen geprägt war, stammten noch aus der Zeit, als Deutschland ein Kaiserreich war.Stolz hatte Oma erzählt, daß sie als junge Frau den Kaiser noch persönlich gesehen hatte. Die umstehenden Frauen machten beim Vorbeireiten seiner Majestät einen tiefen Knicks, die Männer zogen den Hut und alle schrien „Hurra".
Nach vier Jahren Krieg, in dem die Luftfahrttechnik noch in den Kinderschuhen steckte und daher die Zivilbevölkerung von Bombardements riesigen Ausmaßes verschont blieb, begann eine Hungersnot, an die Mutter mit Schrecken zurückdachte.

Die nächste Staatsform, welche das äußere Leben der Menschen jener Zeit prägte, wurde Republik genannt. Viele Menschen konnten sich mit dieser neuen Form des Regiertwerdens nicht anfreunden. Der Umschwung kam zu schnell, raffte in der unseligen Inflationszeit, die Omas Erspartes in wertloses Papier verwandelte auch Mutters bescheidenes Guthaben hinweg. Die Großeltern mußten ebenfalls, um diesen Einbruch in ihr Lebensgefüge verkraften und um überleben zu können Bilder und andere Wertgegenstände veräußern.
Sie zogen drei Kinder groß, der älteste mußte schweren Herzens sein Studium der Germanistik aufgeben, weil die Eltern die

Kosten nicht mehr aufbringen konnten. Kein Bafög stand ihm zur Verfügung, und so hatte er noch Glück, daß er als Volontär in einer Buchdruckerei unterkam, in einer Zeit, in der bereits drohend die *Große Depression* und in deren Gefolge die Massenarbeitslosigkeit Not und Armut über weite Teile der Bevölkerung brachte.

Dies steht zwar alles in den Geschichtsbüchern, kluge historische Analysen der Weimarer Republik und ihr Scheitern gibt es zuhauf, aber wie sich die Familien, häufig mit mehreren Kindern durchschlagen mußten, welche persönlichen Lebensträume der schieren Notwendigkeit geopfert werden mußten, verblaßt dabei leider. Die Notleidenden jener Jahre, die Enttäuschten, Entmutigten bildeten eben jenen Nährboden, in den geschickte demagogische Kräfte die Saat ihrer wahnwitzigen Visionen einsenkten.

Die drei Frauen der Erzählung erlebten den Beginn einer neuen Staatsform mit unterschiedlichen Gefühlen. Die Jüngste konnte sich nach einer zweifelnden Übergangszeit recht schnell an die neuen Umstände anpassen, auch wenn die ersten Jahre dieser neuen Zeitrechnung weiterhin von äußeren Nöten geprägt waren.

Dann, 1948, die erste große Zäsur: Die Währungsreform, die berühmte und jahrzehntelang überaus geschätzte D-Mark brachte nie zuvor gesehene Waren in die Schaufenster, die aber noch lange nicht jedermann erstehen konnte.

Lotte lauschte im kleinen neuerworbenen Radio den großen Bundestagsdebatten, durfte mit einundzwanzig Jahren das erste Mal wählen gehen und ging zum Wahllokal mit etwas unsicheren Gefühlen aber auch etwas Stolz: Mit ihrer Stimme konnte sie mitbestimmen, was auch Verantwortung mit sich brachte. Würde sie die „Richtigen" wählen?

Die nächste Zäsur: Ein zweiter Staat entstand, die viele Jahre in Gänsefüßchen gesetzte „DDR".Noch konnte Mutters Bruder mehrmals mit Frau und Kind zu Besuch kommen, dann, fast über Nacht: Eine Mauer durchzieht das Land. Der „kalte Krieg" mit seiner Eisgrenze trennt Verwandte und Freunde.

Der Onkel durfte lange Jahre nicht ausreisen, Lotte wurde eingeladen, raffte sich später dazu auf, die Eisgrenze zu überqueren und sich umzusehen im so entfremdeten Land. Mit ihrem damals noch grünen Paß stand sie in einer kleinen Schlange vor dem Polizeirevier, um sich anzumelden. Sie schaute auf ihr kleines Paßheft und während sie wartete, ging ihr durch den Sinn, was es symbolisierte: Ein Stück kostbare Freiheit! Sie hatte keinesfalls vor, in der DDR irgendwie negativ aufzufallen, aber wenn sie aus Unachtsamkeit in eine Situation geriet, die unangenehm werden konnte, würde die Macht, die hinter dem unscheinbaren Papier stand, sie, ihre Bürgerin schützen!

Die Mauer ist schon über zehn jahre weg. Die Demokratie selbstverständlich.
Vielleicht bereits zu selbstverständlich für viele von „hüben und drüben", wie es jahrelang hieß?

Inzwischen ist ein neues Jahrtausend angebrochen, mit pompösem Feuerwerk allüberall und vielfältigen Wünschen für ein friedliches Zusammenleben der Menschen. Lotte schaut sich wie tausend andere die täglichen Fernsehnachrichten an und hofft, daß in dem kleinen Land, dessen Fläche auf dem Globus mit einem

Daumendruck abgedeckt werden kann, jenes kostbare Gut des Friedens noch lange erhalten bleibt.

*

In dankbarem Gedenken an meine Mutter, die es nicht mehr ganz geschafft hat, das neue Jahrtausend zu begrüßen. An meine Oma, die vielleicht das Jubiläumsfeuerwerk irgendwo von „oben" ansehen konnte? Sie wäre restlos begeistert gewesen!

Dieses Buch ist meinem Sohn Jan gewidmet.

Zu Beginn Anno 2000.

Bombenkrieg: Terror gegen Frauen und Kinder. Bei all den anderen Opfern und unmenschlichen Handlungen, welche den Jahren 1939 bis 1945 für immer einen düsteren Schatten verleihen, gab es auch das stille Leiden und sich Ducken der Bevölkerung unter die Knute der „Vergeltungsschläge", die angeblich alle selbst verschuldet waren. So jedenfalls der Kanon der später Geborenen.

Lotte, für ein durchschnittliches, eher kleinbürgerlich geprägtes Leben erzogen, lange ein Einzelkinddasein führend, verfällt den verführenden Versprechungen der Herrschenden und übernimmt die gängigen Vorurteile über die „Feinde", die es zu besiegen galt. In Zeiten der Informationsüberfülle ist die Aussperrung von nformationen und die unwidersprochen bleibende Wirkung gezielter Propaganda den nachwachsenden Generationen fast nicht mehr verständlich zu machen.

Wie jeder Mensch wird Lotte in ein ihr durch Geburt bestimmtes Milieu, eine Zeit, die durch Nummerierung ihrer Jahre als bestimmter Abschnitt im Geschichtsverlauf gekennzeichnet ist, hineingeboren.

Der Lebensverlauf, der am Kriegsende sechzehnjährigen Lotte beginnt in einer sich bereits dem Untergang nähernden Demokratie, die einige Jahre später durch die Diktatur Hitlers ein jähes Ende findet.

Der innere Kreis ihrer Familie besteht anfangs aus Vater, Mutter und zwei vom Wesen her sehr unterschiedlichen Großmüttern. Mit großem Abstand gesellen sich zwei Geschwister hinzu und der Vater entschwindet kriegsbedingt aus dem Kreis der Familie.

Ohne es vorher zu beabsichtigen wurde so aus der Geschichte eine Erzählung, in der überwiegend Frauen als Personen handeln.

Ein Mädchen mit Feindbild, so könnte die Erzählung auch betitelt werden. Die elfjährige Lotte, voller Siegeszuversicht

den falschen Parolen und Propheten vertrauend, „zieht" im
Geiste mit in einen Vernichtungskrieg, singt Siegeslieder
und muß erleben, daß sie und ihre Familie immer mehr dem
Verderben entgegengehen und sie mit sechzehn, arm und
besiegt erkennen muß, welche Fußangeln bedingungsloser
Glaube und daraus erwachsender Fanatismus andere
Menschen zum „Feind" machen.
Lotte war zu ihrem Glück jung und konnte lernen..........